1

Est-ce qu'on pend encore les voleurs de chevaux, en Oregon ?

« Bien sûr que non », se rassura Molly Sterling Wells. Pourquoi imaginait-elle toujours le pire ? Pas étonnant qu'elle ne puisse rien entreprendre sans être aussitôt découragée.

Elle avait assez de soucis en ce moment pour ne pas en rajouter. Il avait fallu que le téléphone sonne, ce matin, juste comme elle allait sortir. Si seulement elle avait eu la bonne idée de ne pas répondre, elle ne se retrouverait pas maintenant à trois cents kilomètres de chez elle, affamée, assoiffée, exténuée, en nage et complètement perdue.

Elle avait pris tellement de tournants sur cette route de campagne qu'elle n'avait plus aucune idée de l'endroit où elle se trouvait. Aucun poteau indicateur n'était là pour la renseigner, et le terrain vallonné limitait l'horizon. Quant à la végétation d'avril, épineuse, desséchée, elle achevait de la désorienter. Pleuvait-il si peu dans l'Oregon, à l'est des Cascades ?

Habituée à la verdure luxuriante et à la température beaucoup plus fraîche de Portland, Molly souffrait. Elle soufflait sur la mèche de cheveux auburn, humide de sueur, qui s'était échappée de sa natte, quand son 4 x 4 Toyota rouge fit une embardée. Elle donna un brusque coup de volant, mais le poids du van qu'elle tractait empêcha le véhicule de se redresser. Molly écrasa le frein avant de perdre le contrôle.

— Zut !

Par la lunette du van, elle vit Sonora Sunset rouler des yeux fous. L'étalon noir poussa un hennissement de terreur. Elle le comprenait, mais, après cinq heures passées à se battre avec le volant, sa patience était à bout. Ce cheval ne voyait-il donc pas qu'elle cherchait à lui sauver la vie ?

Découragée, elle appuya le front sur le volant. Eh bien, désormais, elle saurait qu'il ne faut pas se fier à ce que l'on voit au cinéma. Dans *L'homme qui parlait à l'oreille des chevaux*, l'héroïne traversait la moitié du pays avec un cheval survolté, sans aucune difficulté. Quel fossé entre la fiction et la réalité !

Elle releva la tête et fixa la route devant elle, se remémorant les informations qu'elle avait recueillies auprès d'un fermier, avant de quitter la nationale. Si elle en croyait son compteur, elle avait parcouru les quinze kilomètres qui la séparaient du ranch de Jack Coulter. Le *Lazy J Ranch* ne devait plus être loin. Dans quelques minutes, elle confierait Sonora Sunset au Robert Redford du coin, et son entreprise de sauvetage serait terminée.

L'étalon hennit de nouveau, comme pour exprimer son impatience. Molly leva le pied et laissa le Toyota repartir. Après tout, sur cette route déserte, elle était à l'abri des accrochages qu'elle n'avait évités que de justesse sur l'autoroute tout au long de la matinée.

À peine eut-elle pris le virage suivant qu'elle découvrit une arche de bois sur laquelle était gravé le nom du ranch qu'elle cherchait. Un moteur ronronnait dans le lointain, et Molly le prit comme point de repère pour ne pas s'égarer.

Le sol qui conduisait au ranch était inégal, et Sunset fit savoir bruyamment qu'il n'appréciait pas d'être ainsi secoué. *Plus que quelques minutes de patience, mon garçon.* D'après l'entraîneur de Portland, si quelqu'un pouvait aider l'étalon, c'était bien Jack Coulter.

Le chemin grimpait brusquement. Le moteur du 4 x 4 commença à tousser et à montrer des signes inquiétants d'essoufflement. Molly réussit miraculeusement à changer de vitesse sans caler et poussa un soupir de soulagement quand le véhicule atteignit enfin le sommet de la côte.

Elle demeura bouche bée en découvrant la vallée qui s'étendait à ses pieds, telle une oasis au fin fond du désert. De vastes étendues émeraude traversées par le ruban miroitant d'un cours d'eau apparaissaient entre des bouquets de pins. Sur la droite, elle distingua les deux cheminées de pierre d'un grand ranch en rondins dont la rusticité s'accordait parfaitement au paysage. « Quel coin splendide ! » songea-t-elle.

Le chemin passait entre la maison et une écurie qui donnait sur des paddocks ceints de clôtures à claire-voie. Des chevaux paissaient si tranquillement dans les verts pâturages environnants que Molly fut rassurée quant au sort de Sonora Sunset.

Dès qu'elle sortit de voiture, elle sentit une douce brise portant des senteurs de pins, d'herbe, de fleurs sauvages, mêlées à l'odeur un peu âcre typique des ranchs.

L'ombre des grands pins et la proximité de la rivière faisaient baisser la température de plusieurs degrés. Cet endroit était un véritable paradis pour les chevaux ! Il y régnait une telle paix que Molly elle-même y serait volontiers restée. Pour la première fois depuis qu'elle avait quitté Portland, elle se sentit en sécurité.

Ce sentiment fut de courte durée. Elle sursauta en entendant de nouveau le bruit de moteur qui l'avait guidée quelques minutes plus tôt. Elle se retourna, et aperçut un homme en train de tronçonner un pin. Elle nota vaguement qu'il avait les cheveux couleur sable, tandis que son regard parcourait, fasciné, le torse bronzé et merveilleusement musclé de l'inconnu. Fixer quelqu'un avec insistance n'était pas dans ses habitudes, mais pour rien au monde elle n'aurait détourné le regard.

Cet homme était vraiment magnifique. Les épaules larges, les muscles saillants, de longues et solides jambes moulées dans un jean délavé, il donnait l'impression d'être sculpté dans du chêne. Elle fut submergée par un émoi qui se passait d'explication, mais qui la surprit tout de même. Depuis son divorce, elle se tenait à l'écart de ces jeux de séduction dont elle n'avait jamais vraiment saisi les règles.

Comme s'il avait senti sa présence, l'homme jeta un coup d'œil par-dessus son épaule, puis se retourna franchement. Même de loin, le bleu de ses yeux était d'une extraordinaire intensité.

Molly se sentit brusquement gênée. La première impression comptait beaucoup, et la vie de Sonora Sunset pouvait en dépendre. Elle songea que ses chaussures à petits talons – parfaites pour marcher en ville – n'étaient pas adaptées au terrain. Elle lissa nerveusement son pantalon kaki, froissé par la transpiration. Rien n'est moins flatteur qu'un pantalon plein de plis sur les cuisses.

L'homme tourna les yeux vers l'élégant 4 x 4 et son énorme van. Dans ce pays de machos, on devait plus facilement atteler un van à un camion. Molly vit l'incrédulité se peindre sur le visage bronzé, et se dit qu'ils étaient deux à être surpris. Là où elle s'attendait à rencontrer un Robert Redford, voilà qu'elle tombait sur quelqu'un qui paraissait trop fier de ses biceps pour porter une chemise. Cet homme ne pouvait être le propriétaire du ranch. Il était bien trop jeune – et sans doute trop préoccupé de son physique – pour gérer une telle affaire.

Il arrêta sa tronçonneuse et la posa sur le sol. Attrapant un Stetson brun foncé et une chemise en jean posés sur une souche, il s'avança vers Molly. Tandis qu'il dépoussiérait son chapeau puis l'enfonçait sur son crâne, elle songea que, à sa place, elle aurait commencé par enfiler la chemise.

La démarche à la fois souple et assurée, il parcourut la distance qui les séparait en quelques grandes enjambées. Il s'arrêta à quelques pas de Molly, le temps de secouer sa chemise, couverte de sciure, et de l'enfiler.

— Bonjour! fit-il d'une voix grave, enveloppante. Je peux vous aider?

— Je... je cherche Jake Coulter.

— Vous l'avez trouvé. Qu'est-ce que je peux faire pour vous?

Molly le fixa stupidement. Certes, elle n'avait jamais rencontré d'hommes qui murmurent à l'oreille des chevaux. Mais il fallait de l'expérience, non? Avoir au moins la cinquantaine. Enfin, correspondre un tant soit peu au personnage de Redford. Or cet homme devait avoir, disons, trente-deux ou trente-trois ans, soit deux ou trois ans de plus qu'elle.

— Quelque chose ne va pas? reprit-il.

— Non. Simplement, je ne m'attendais pas à quelqu'un comme vous.

Coulter retint visiblement un sourire.

— Apparemment, votre compagnon de voyage ne semble pas très heureux.

— Pas heureux du tout, confirma Molly en frottant ses paumes moites sur son pantalon. Je... je suis Molly Ster...

Elle s'interrompit. Si Rodney avait lancé la police à ses trousses, il valait mieux qu'elle dissimule sa véritable identité.

— Je suis Molly Houston.

Pourquoi Houston ? Peut-être parce qu'elle aurait préféré être au Texas à cet instant précis.

Sonora Sunset choisit ce moment pour hennir et lancer des ruades contre les parois du van. Si Molly sursauta, Coulter, lui, ne sourcilla même pas. Il donnait l'impression d'être le genre d'homme impassible en toute circonstance.

— Comme vous pouvez le constater, reprit Molly, se ressaisissant, mon cheval a des problèmes.

— On dirait, oui.

— Un entraîneur, à Port…

De nouveau, elle s'interrompit. Moins Coulter en saurait sur elle, mieux elle se porterait.

— Un entraîneur du sud de l'Oregon m'a dit que vous chuchotiez à l'oreille des chevaux.

Cette fois, Coulter sourit carrément. Un sourire si plein de charme que Molly en fut toute remuée.

— Désolé, si c'est ce que vous cherchez, je ne suis pas votre homme. Je ne crois même pas qu'une telle chose existe.

— Pourtant, cet entraîneur était tellement convaincu que vous pourriez m'aider.

Coulter lança un coup d'œil au Toyota et, avisant les affaires entassées à la hâte sur la banquette arrière, fronça légèrement les sourcils.

— Je n'ai pas dit que je ne pouvais pas vous aider. Mais pas comme on vous l'a expliqué. Alors, quel est le problème ?

Étant donné le vacarme que faisait Sunset, Molly fut étonnée par la question de Coulter.

— Eh bien, il devient fou dès qu'on tente de l'approcher.

— Ah ? fit simplement Coulter.

Réaction bizarre de la part d'un expert, tout de même !

— Pouvez-vous travailler avec un étalon qui refuse à ce point de coopérer, monsieur Coulter ?

— Peut-être. Ça dépend du cheval.

Dieu que Molly se sentait exténuée ! Elle voulait que cet homme la rassure, lui affirme qu'il allait tout arranger, et lui demeurait là, à l'étudier pensivement, comme si c'était elle qui avait besoin d'aide.

— L'entraîneur affirme qu'il est dangereux, expliqua-t-elle. S'il ne change pas, il craint d'être obligé de l'abattre.

— Depuis combien de temps se comporte-t-il ainsi ? l'interrogea Coulter.

Il s'approcha du van, grimpa sur le pare-chocs d'une roue avec l'aisance d'un homme habitué à ce genre de véhicule et aux grands quadrupèdes qu'on y enfermait, et examina Sunset à travers la lunette.

— C'est très récent ou bien… ?

L'étalon poussa un hennissement aigu et recula d'un bond en faisant tellement tanguer le van que Coulter dut s'y agripper.

— Bon sang ! s'écria-t-il. Cet animal a été fouetté !

— Je sais, fit Molly, les bras serrés autour de la taille. Mais si vous croyez que c'est moi la coupable, vous vous trompez.

— Alors qui ?

Molly chercha vainement une réponse qui lui permettrait de laisser sa vie dans l'ombre, puis dut se résoudre à avouer la vérité.

— Mon ex-mari.

— C'est lui qu'on devrait fouetter, grommela Coulter. J'ai déjà vu des bêtes maltraitées, mais jamais à ce point. Pourquoi n'êtes-vous pas intervenue ?

— Pourquoi ? Parce que j'ignorais ce qui se passait. Maintenant, je sais que ce n'était pas la première fois. Mais jusqu'à présent il n'avait pas de marques.

— Il n'avait jamais eu un comportement bizarre ?

— Je n'ai rien remarqué et, si l'entraîneur s'en est aperçu, il ne m'en a jamais rien dit.

Jake Coulter resta songeur, le regard fixé sur Molly. Puis il sauta de son perchoir.

— Ce cheval vous appartient bien, madame ? s'enquit-il d'une voix glaciale.

Si Molly avouait la vérité, elle était bonne pour rebrousser chemin. Quant à Sunset, il irait droit à l'abattoir.

— Bien sûr. Sinon comment aurais-je pu vous l'amener ?

— Bonne question, remarqua Coulter, de plus en plus circonspect. Vous avez des papiers pour me le prouver ?

— Des papiers ? Oh ! J'ai complètement oublié de les prendre.

— C'est un étalon qui vaut de l'argent. S'il se blesse ici, je risque un joli procès.

— Je vous signe une décharge.

— Une décharge n'aura aucune valeur si ce cheval ne vous appartient pas. Et, en ce moment, je n'ai vraiment pas les moyens de me payer un avocat.

Il allait les renvoyer d'où ils venaient, c'était clair. Sunset s'ébrouait si désespérément que Molly en avait le cœur serré. Elle ne se voyait pas le reconduire à Portland où des gens qui n'avaient que faire de lui décideraient de son sort.

— Je viens de vous dire que je suis la propriétaire de ce cheval, monsieur Coulter. M'accuseriez-vous de mentir ? Franchement, est-ce que j'ai l'air d'une voleuse de chevaux ?

Elle vit Coulter, la mâchoire crispée, jeter de nouveau un coup d'œil à ses affaires entassées à l'arrière du 4 × 4.

— Non, finit-il par admettre en soupirant, un sourire penaud aux lèvres. Allons voir dans quel état se trouve ce pauvre vieux. Vous avez laissé la clef sur le contact ?

Avant qu'elle ait pu répondre, il s'était déjà installé au volant et démarrait. Elle s'écarta du chemin et il fit marche arrière afin de rapprocher le van de la barrière d'un enclos. Il avait fait la manœuvre avec une telle facilité qu'elle se demandait pourquoi elle-même avait trouvé cela si compliqué.

— Vous n'allez pas le faire sortir, n'est-ce pas ? s'enquit-elle en le voyant se diriger vers l'arrière du van. Parce que, si vous ne voulez pas vous en occuper, ce sera difficile de le faire rentrer.

— Je veux voir comment il se comporte.

— Ce matin, il a fallu quatre personnes pour lui faire grimper la rampe.

— Je devrais pouvoir me débrouiller. Si besoin est, j'appellerai mon frère Hank.

Molly préféra fermer les yeux quand il ouvrit les portes et déplia la rampe. Elle entendit ses bottes marteler le sol de bois, puis ses paroles apaisantes :

— Doucement, mon garçon, doucement.

Sunset se mit à geindre puis, à en juger par le bruit, à lancer des ruades dans tous les sens. Molly entrouvrit les yeux, s'attendant à voir Coulter battre en retraite. Mais elle l'entendit parler de nouveau à Sunset et, une seconde plus tard, l'arrière-train du cheval apparut sur la rampe.

Coulter réussit à le guider jusqu'en bas dans un tel fracas de sabots que Molly dut serrer les dents. Le matin même, Sunset avait failli tuer son entraîneur, et elle regrettait maintenant de ne pas avoir eu l'honnêteté d'en avertir Coulter.

Si cet homme était blessé, elle en porterait l'entière responsabilité.

2

Jack Coulter s'avéra parfaitement capable de faire descendre l'étalon du van sans l'aide de quiconque. Quand le cheval tentait de se cabrer, Coulter pesait de tout son poids sur le licou et, bientôt, l'homme et la bête se retrouvèrent dans l'enclos.

Dès qu'il eut lâché le licou, Coulter se précipita vers la clôture à la vitesse de l'éclair. Déjà, il franchissait la barrière, le Stetson toujours vissé sur la tête, mais le front brillant de sueur. Il s'essuya d'un revers de manche.

— Vous aviez raison, reconnut-il. Il ne vous laisse pas une minute de répit !

Narines frémissantes, l'étalon faisait le tour du paddock en hennissant. Ses sabots soulevaient des nuages de poussière. Les poings serrés, Molly s'attendait à tout moment à le voir franchir la barrière d'un bond, mais Coulter ne semblait pas partager ses craintes.

Il ferma l'enclos puis, les bras croisés sur la clôture, il observa attentivement le cheval, à la manière d'un psychiatre qui prend en charge un nouveau patient en pleine crise. Au bout d'un moment, il rentra rapidement les pans de sa chemise dans son jean et, d'un bond, s'installa à califourchon sur la clôture.

— Monsieur Coulter ? fit Molly, angoissée.

Jack Coulter ne répondit pas. Molly lut la détermination sur son visage, tandis qu'il gardait les yeux rivés sur l'étalon. Le soleil couchant adoucissait à peine son profil qui semblait sculpté dans le granit.

— Monsieur Coulter, auriez-vous l'intention de descendre dans ce paddock ?

Jack Coulter lui jeta un bref regard.

— Je n'ai pas d'autre moyen de savoir si je peux travailler avec lui. Inutile de me répéter qu'il est dangereux. C'est parce que je m'occupe de chevaux dangereux que j'ai du travail.

— Prenez au moins quelque chose pour vous défendre.

— Quoi ? Un club de golf ? Il pensera que j'ai l'intention de le frapper.

Quand il passa la jambe par-dessus la barrière, Molly fit une ultime tentative.

— Il a failli tuer son entraîneur ce matin.

— Ne vous inquiétez pas, se contenta-t-il de dire. Il ne m'arrivera rien.

Coulter sauta dans l'enclos. Sunset se dressa sur ses jambes arrière et poussa un hennissement de détresse où perçait une note menaçante.

— Holà, mon garçon ! fit Coulter, les jambes écartées, légèrement fléchies. Ça ne sert à rien de t'exciter comme ça.

Cet homme était impressionnant. Puissant, rapide, prêt à tout. Même un animal comme Sunset devait subir sa loi.

Se sentir coincé et impuissant, suffoquer de frayeur, Molly savait ce que c'était. Oh, oui ! elle ne le savait que trop bien.

L'étalon fonça au galop se réfugier à l'autre bout de l'enclos, puis fit demi-tour, le corps frémissant, pour affronter celui qui le tourmentait. Jake Coulter tendit les mains, paumes en l'air, afin de lui montrer qu'elles étaient vides.

— Regarde, mon pauvre. Tu vois ? Tu n'as pas de raison d'avoir peur.

Sunset se cabra de nouveau, laissa échapper un hennissement sauvage en battant l'air de ses longues jambes nerveuses. Quand il se laissa retomber, la terre trembla sous ses sabots.

Toute son attention fixée sur l'étalon, Coulter en avait oublié la présence de Molly.

— Doucement, mon garçon. Doucement. Tu te surmènes.

Les mains toujours tendues vers le cheval, vigilant à l'extrême, Coulter demeura à la même place, se contentant de tourner sur lui-même afin de ne pas quitter des yeux l'animal qui décrivait des cercles autour de lui. Tandis que l'étalon se fatiguait, l'homme, lui, dépensait un minimum d'énergie.

— Tu vois ? reprit-il d'une voix égale. Je ne vais pas te faire de mal.

Les ongles enfoncés dans les paumes, Molly attendait que Sunset abandonne son combat inutile. Ne pouvait-il comprendre que Coulter était là pour l'aider ? Parfois, ceux qui semblent être vos pires ennemis se révèlent finalement vos meilleurs amis. Molly l'avait appris par la force des choses, mais il n'existait aucun moyen de transmettre ce savoir à un cheval. Sunset devrait le découvrir par lui-même.

L'étalon continua à avancer et à reculer jusqu'à vaciller d'épuisement, le souffle bruyant, les flancs recouverts d'une épaisse couche d'écume.

Molly transpirait autant que Sunset quand celui-ci finit par s'immobiliser, l'arrière-train appuyé à un angle de la clôture, la tête pendante, la respiration erratique. Il semblait prêt à s'effondrer.

Les mains crispées sur la barrière, les larmes aux yeux, Molly vit Coulter s'approcher lentement de Sunset, le regard fixé sur le sol. Le cheval l'observa prudemment, attendit qu'il soit à moins de deux mètres pour réagir, mais ne put que renâcler et vaciller.

Coulter s'immobilisa, marqua du talon la limite qu'il s'imposait, puis, sous le regard stupéfait de Molly, il recula et s'approcha de nouveau, toujours aussi lentement. Il recommença la manœuvre jusqu'à ce que l'étalon reste tranquille.

— C'est bien, mon garçon. On s'en tiendra là pour aujourd'hui, déclara-t-il d'une voix de velours.

Puis il sauta par-dessus la clôture pour rejoindre Molly.

— Désolé, je sais que ce n'est pas facile de laisser un étranger faire ce genre de choses à son cheval.

— Quel était votre but ? Vous n'avez pas réussi à vous approcher suffisamment pour le toucher.

Le bras reposant sur la clôture, Coulter expliqua :

— Il sait que j'aurais pu le faire. Il a aussi compris que je ne lui voulais aucun mal... Et il m'a prouvé que lui non plus ne me voulait aucun mal, ajouta Coulter en esquissant un sourire. S'il était foncièrement dangereux, il m'aurait chargé. Ce cheval est simplement terrorisé, et comment le lui reprocher ?

Sur ces mots, il se dirigea vers un robinet à l'angle du corral, prit le seau qui se trouvait à côté et le remplit.

— Dois-je comprendre que vous acceptez de l'aider ? risqua Molly.

Au lieu de répondre, Coulter fit glisser le seau sous la clôture, puis recula. Sunset l'observa quelques instants avant de se diriger, les jambes flageolantes, vers le seau. Il allait l'atteindre quand Jake Coulter s'avança pour le retirer.

Molly le regarda répéter la manœuvre encore et encore, sentant la colère monter en elle.

— Pourquoi faites-vous cela ? finit-elle par exploser. Vous savez qu'il meurt de soif. Le tourmenter ainsi est cruel.

— On ne doit pas laisser un cheval qui écume boire tout son saoul, expliqua Coulter en se déplaçant, le seau à la main, vers un autre angle de l'enclos où il reprit sa tactique.

— Si je le tenais par la bride, je le ferais marcher cinq minutes, boire un peu, puis je le promènerais cinq autres minutes. Puisque je ne le peux pas, je le fais bouger comme je peux.

— Ah… fit Molly d'une voix faible.

— Je vais le laisser boire un peu ici, annonça Jake en remettant le seau dans le paddock.

Il recula pour laisser l'étalon s'approcher, et ajouta :

— Il pourra vider le seau quand je verrai qu'il n'a plus envie de se jeter dessus. Sinon, il s'attrapera une de ces coliques qui tuent un cheval neuf fois sur dix.

Consciente de l'étendue de son inexpérience, Molly préféra se taire. Jake la rejoignit dès qu'il put laisser le seau dans le paddock. Il paraissait songeur.

— Comment se fait-il que vous ne connaissiez pas grand-chose aux chevaux ? demanda-t-il sur le ton de la conversation.

— D'accord, je ne suis pas habituée à ce que je viens de voir. Mais ça ne signifie pas pour autant que je ne connais rien aux chevaux. En ville, on met généralement son cheval en pension et quelqu'un d'autre s'en occupe.

— Vous savez comment fonctionne une ferme, un ranch ? fit-il.

— Pourquoi cette question ? demanda-t-elle prudemment.

Coulter jeta un coup d'œil à son chemisier et à son pantalon froissés.

— J'essaie simplement d'évaluer votre expérience en matière de chevaux.

De crainte qu'il refuse de s'occuper de Sunset si sa réponse était négative, Molly s'inventa une expérience qui lui manquait.

— Disons que je ne suis pas une débutante, mais pas encore une experte. En tout cas, je suis incapable de m'occuper de Sunset. Si vous ne l'aidez pas, il sera bon pour l'abattoir.

— Sachez que dans un cas comme le sien, la participation du – ou de la – propriétaire compte beaucoup.

— C'est-à-dire ?

— Je sais que c'est contraignant, mais je tiens à ce que les propriétaires viennent travailler avec leurs chevaux plusieurs fois par semaine.

Molly crut sentir le sol se dérober sous ses pieds. Elle lança un regard effaré à l'étalon. Elle pensait confier Sunset à Coulter comme elle aurait laissé sa voiture à un garagiste.

— Cela vous pose problème ? reprit Jack. Si votre cheval n'écoute que moi, ça ne vous sera pas très utile.

— Vous voulez que je... que j'entre... là-dedans... avec lui ?

— Vous ne comptez pas le faire travailler en restant de l'autre côté de la barrière ? Je prendrai toutes les précautions nécessaires à votre sécurité. Et je serai tout près, en cas de problème. Ça vous va ?

— C'est que... je ne suis pas d'ici, monsieur Coulter. Je ne peux pas faire la route plusieurs fois par semaine.

Jake coula un regard vers le 4 x 4.

— J'ai comme l'impression qu'en ce moment vous vivez dans votre voiture. J'ai aussi le sentiment que vous avez fait vos valises en quatrième vitesse.

— Je suis entre deux appartements, répliqua Molly.

— Dans ce cas, vous trouverez peut-être quelque chose par ici.

— C'est possible, admit-elle sans enthousiasme.

Prise de découragement, elle aurait avoué la vérité si son regard ne s'était posé au même instant sur les plaies sanglantes de l'étalon que le couchant faisait scintiller comme des rubis.

La culpabilité est un sentiment terrible, qui vous poursuit jour et nuit, et ne vous laisse aucun répit. Elle avait déjà trahi deux personnes qui lui étaient chères, et toutes deux étaient mortes. Avoir une troisième mort sur la conscience risquait d'être plus qu'elle n'en pourrait supporter, même si Sonora Sunset n'était qu'un cheval.

— Dans ce cas, fit Coulter en s'écartant de la clôture, vous pourrez venir ici régulièrement. Cela dit, j'ai remarqué que la jauge d'essence était dans le rouge. Seriez-vous à court d'argent ?

Molly redressa fièrement la tête.

— Pardonnez-moi, monsieur Coulter, mais l'état de mes finances ne vous regarde pas.

— Cela me regardera si vous ne pouvez pas me payer.

— Quel est votre tarif ?

— Cinq cents dollars par semaine, pension comprise.

— C'est un peu cher, il me semble.

— Vous croyez ? Un spécialiste comme moi ne travaille pas au rabais.

Molly se frotta les bras. Elle avait froid, soudain, malgré la température.

— Je suis convaincue que votre travail justifie vos tarifs, admit-elle. Combien de temps estimez-vous qu'il vous faudra pour soigner le traumatisme de Sunset ?

— Un mois. Ou six. Tous les chevaux ne réagissent pas de la même façon. J'ai un bon pourcentage de réussite, mais ce n'est pas joué d'avance, et le prix est le même quel que soit le résultat. Si un cheval se montre totalement récalcitrant, je ne suis pas responsable.

— Je comprends, monsieur Coulter. Mais peut-être pourrions-nous établir un échéancier.

— Franchement je ne voudrais pas passer pour un mercenaire, surtout quand il s'agit d'un animal aussi cruellement maltraité. Mais je ne peux pas faire crédit. J'ai emprunté pour me lancer dans cette entreprise, et j'en suis encore à payer mes traites.

Avant de quitter Portland, Molly n'avait pu retirer que mille dollars à un distributeur. Elle avait payé l'essence et, si elle disposait encore d'une petite somme à la banque, elle préférait ne pas faire de chèque. À chaque transaction elle risquait d'être repérée. Et puis, de toute façon, tant qu'elle n'aurait pas trouvé de travail, il lui était impossible de sortir cinq cents dollars par semaine, à moins de dormir dans la voiture et de faire les poubelles pour se nourrir. Encore fallait-il qu'elle trouve du travail. Elle n'avait aucune référence et craignait de donner son numéro de Sécurité sociale, au cas où la police aurait lancé un avis de recherche.

— Dans ce cas, lâcha-t-elle, je ne vois pas de solution.

— J'accepte les cartes de crédit.

— Je n'en ai pas, riposta Molly en maudissant silencieusement Rodney Wells, la cause de tous ses maux.

Jake ôta son Stetson, glissa les doigts dans ses cheveux puis, les yeux baissés, racla le sol de son talon. Visiblement, il cherchait une solution, mais en existait-il une ? Molly évita de regarder Sunset de crainte de fondre en larmes.

— Finalement, je vous aurai dérangé pour rien, dit-elle à Jake, la gorge nouée. Merci pour…

D'un geste de la main, il l'interrompit. Quand elle croisa son regard, elle crut y déceler une lueur d'amusement. Mais, cette fois, il semblait se moquer de lui-même.

— Est-ce que je peux être totalement franc avec vous ? J'aime les chevaux, et je vous ai tout de suite trouvée sympathique. Alors, j'ai peur de perdre le sommeil si je vous renvoie tous les deux. D'autre part, j'ai comme l'impression que vous n'avez pas de travail, pas de chance, et que vous êtes pratiquement fauchée. Je me trompe ?

Molly tenta vainement de sourire.

— Non.

— Est-ce que vous savez au moins où loger ?

Elle ressentit une telle honte qu'elle comprit ce que pouvait éprouver un SDF.

— Pas pour l'instant. Je vais descendre dans un motel jusqu'à ce que je trouve du travail.

— Avec un cheval dans un van ? Vous ne pouvez pas laisser cette bête enfermée pendant des jours.

Molly avait quitté Portland avec une seule idée en tête : faire soigner Sunset par Jake Coulter. Le reste, elle n'y avait pas pensé une seule seconde.

— Je pourrais peut-être le laisser dans un pâturage...

— Sans surveillance ? Il risque de tuer quelqu'un.

Il avait raison, bien sûr. Elle songea à la fortune que lui avait léguée son père et à laquelle elle ne pouvait toucher. Quelle injustice ! Elle sentait une affinité entre ce cheval et elle, peut-être parce qu'ils avaient tous les deux failli être détruits par le même homme et, si elle était incapable de sauver cet animal, comment réussirait-elle à se sauver elle-même ?

S'efforçant de dissimuler son désarroi, elle tendit la main à Jake Coulter avec un sourire tellement contraint qu'il en était douloureux.

— J'arriverai bien à me débrouiller, fit-elle. Merci, monsieur Coulter. Dès que vous aurez fait rentrer Sunset dans le van, je m'en irai. J'aurais dû téléphoner avant de venir. Excusez-moi d'avoir interrompu votre travail.

Jake prit sa main et la serra. Elle sentit ses doigts rugueux et chauds s'enrouler autour des siens. Il la considéra un moment sans rien dire, puis un lent sourire éclaira son visage.

— Vous êtes une femme d'intérieur ?

— Pardon ?

— Depuis un mois, je passe des annonces dans le journal sans succès. J'ai besoin de quelqu'un qui sache cuisiner et s'occuper d'une maison. Si c'est votre cas, nous pourrions nous arranger.

Coulter retenait la main de Molly aussi sûrement que s'il lui avait passé des menottes.

— Vous voudriez que je m'occupe de votre ranch ?

Elle aurait volontiers éclaté de rire si elle n'avait eu une migraine de tous les diables causée par le stress ou le manque de nourriture.

— Ce serait la solution idéale, non ? Vous êtes dans le pétrin, votre cheval a besoin d'être aidé, et moi je cherche désespérément une cuisinière.

La proposition de Coulter tenait plus du cauchemar que de la « solution idéale ». Molly pouvait se contenter des rudiments qui étaient les siens en matière de cuisine, mais peu d'hommes en feraient autant. De plus, elle prenait un risque. Après tout, elle ne connaissait Coulter ni d'Ève ni d'Adam, et son ranch était à l'écart de tout.

— Je suis une piètre cuisinière. Je ne mériterais pas mon salaire.

— Une femme qui franchit les Cascades en tractant un van avec cette paire de rollers qui se prend pour une voiture peut tout faire si elle le veut, rétorqua Coulter.

À l'écouter, cela semblait si raisonnable. Et si tentant. Pourquoi ne pas donner sa chance à Sunset ? Ce ne serait peut-être que l'affaire de quelques jours, après tout.

— Votre offre est très généreuse, reconnut Molly.

— Alors acceptez-la. Qu'avez-vous à perdre ? En plus, vous serez logée. Là-bas, dans l'annexe, près de la rivière, expliqua-t-il en désignant une petite maison en rondins. Le confort est sommaire, mais le toit ne prend pas l'eau et c'est à peu près propre. Je vous paie quatre cents dollars la semaine. En liquide, si vous préférez.

Pas de numéro de Sécurité sociale à donner, pas de prélèvements sociaux sur le salaire. C'était appréciable.

— Allez, acceptez. Vous n'avez pas d'autre moyen de me payer.

— Quatre cents dollars par semaine ne suffiront pas. Vous m'en demandiez cinq cents.

— Vous me donnerez un coup de main aux écuries.

— Je n'ai pas beaucoup d'expérience.

— Je vous apprendrai, fit Jake, le regard chaleureux.

Décidément, il avait réponse à tout. Molly regarda la petite maison de rondins. Tout semblait si paisible ici, un véritable sanctuaire à l'abri du monde. Invisible de la route. Si la police la recherchait, ils auraient du mal à la trouver.

— Faisons un essai d'un mois, proposa Jake. Si ça ne marche pas, nous laisserons tomber. Qu'en pensez-vous ?

C'était parfait, merveilleux, tel un vœu qui s'exauce, et Molly se tourna vers Sunset avec la sensation de rêver. Sa folle entreprise trouvait son couronnement. Qu'aurait-elle pu demander de plus ?

— Ne réfléchissez pas trop, lui conseilla-t-il. Parfois, rien ne vaut une décision prise dans l'instant.

— J'ai dû oublier de vous dire que j'ai un travail. Je suis simplement en congé.

— Tout ce que je vous demande, c'est de me donner un mois de préavis quand vous souhaiterez partir. Le temps pour moi de vous trouver une remplaçante.

Molly avait l'impression d'être au bord d'une falaise, prête à sauter. « Courage », se sermonna-t-elle. Elle avait toujours eu du mal à prendre des décisions. Son père lui avait souvent dit en riant : « La vie n'attend pas qu'on se décide. » Et Coulter lui offrait un travail, un toit, et le moyen de sauver Sunset.

— Je suis d'accord pour faire un essai, dit-elle dans un souffle.

— Marché conclu ?

— Marché conclu.

Il eut un large sourire.

— Bienvenue au *Lazy J Ranch*, Molly Stir-Houston.

Stir-Houston ? Molly eut un choc. Elle avait, en effet, failli décliner sa véritable identité, et cela n'avait visiblement pas échappé à Coulter. Il n'était pas dupe et savait qu'elle lui avait donné un faux nom.

Qu'avait-il deviné d'autre ?

3

Une fois leur marché conclu, Coulter ne laissa pas à Molly le loisir de changer d'avis. En un clin d'œil son 4 x 4 se retrouva devant la petite maison près de la rivière. Puis Jake entreprit de décharger les affaires entassées à l'arrière. Molly suivit le mouvement, tout en se demandant si elle n'avait pas perdu l'esprit.

Une femme douée d'un tant soit peu de jugeote ferait-elle confiance à un total étranger ? Certainement pas, et il suffisait de lire les journaux pour le comprendre. Coulter était peut-être un violeur, un tueur en série. Si elle disparaissait, qui songerait à la chercher dans un ranch, au fin fond de l'Oregon ?

Comme s'il percevait sa nervosité, Jake s'abstint, en lui faisant visiter la maison, d'entrer dans la chambre avec elle. Il resta sur le seuil, et elle ne put s'empêcher de songer qu'elle n'aurait aucun moyen de lui échapper s'il avait l'intention de lui faire passer un sale quart d'heure.

— Ça va ? lui demanda-t-il soudain.

Elle sursauta et s'efforça de se concentrer sur son visage plutôt que sur son impressionnante carrure.

— Oui, répondit-elle d'une voix mal assurée. J'ai juste un peu la migraine. Ce lit de cuivre est très joli. Vous l'avez trouvé chez un antiquaire ? Vous avez dû le payer cher.

Pendant des années, Molly avait fait les antiquaires et les brocantes avec Claudia, sa mère adoptive. Une poignante nostalgie la saisit. Non seulement elle avait perdu son père, un an plus tôt, mais également – bien que d'une autre manière – la seule mère dont elle gardait le souvenir.

— Trop, sans doute, fit Jake. D'autant qu'il est trop petit pour moi.

Cela semblait évident. Jake Coulter n'était pas précisément un gringalet. Molly se dit que lorsque Sam Banks, son psy, l'avait encouragée à se rapprocher des hommes, il n'avait certainement pas pensé à ce genre de situation.

— La longueur me convient, fit-elle. Je ne suis pas très grande.

— En effet. Un bon coup de vent, et vous vous envolez.

— Pas tout à fait. Je ne suis pas vraiment mince, observa Molly.

Coulter la détailla sans vergogne.

— Non. Disons que vous êtes joliment potelée, observa-t-il avec un sourire en coin qui la troubla.

Potelée ? Habituellement, on réservait cette épithète aux enfants, non ? Mais peu importait ce que Coulter avait en tête : elle savait qu'elle était loin d'être svelte et qu'aucun régime n'y changerait rien.

Il pivota sur ses talons, et disparut. Elle le retrouva dans la cuisine où il essayait d'allumer l'un des brûleurs de la cuisinière à gaz. Intriguée par cet appareil d'un autre âge, elle s'approcha. Elle se penchait sur le brûleur quand la flamme jaillit brusquement. Avec un cri, elle bondit en arrière en tapotant ses cheveux et son chemisier.

— Seigneur ! s'exclama Jake en l'attrapant par les épaules. Vous vous êtes brûlée ? Molly, répondez-moi.

Surprise par la chaleur qui l'envahissait – une chaleur trop intense pour provenir uniquement de la flamme –, elle porta la main à sa gorge.

— Non, ça va. Désolée. J'ai eu peur.

Elle s'empressa de s'écarter de cet homme dont le contact lui brûlait la peau. Dangereux, il pouvait l'être de bien des façons.

— C'est moi qui suis désolé. J'aurais dû vous avertir. Ces vieilles gazinières sont parfois imprévisibles.

Tandis qu'il vérifiait le fonctionnement des quatre brûleurs, elle se tint à l'écart, et de l'homme et de l'appareil. Satisfait, Jake éteignit le gaz et se tourna vers le robinet de l'évier, l'ouvrit, laissa couler l'eau, couleur de rouille du premier jet, puis la retint au creux de ses paumes dès qu'elle fut claire, et la goûta.

— Vous allez aimer cette eau, déclara-t-il, après s'être essuyé la bouche. Nous avons un puits artésien.

Mais pour obtenir de l'eau, il fallait actionner une vieille pompe, installée à côté de l'évier. Ce qu'il fit pendant que Molly buvait à son tour dans ses mains.

— Vous avez raison ! s'exclama-t-elle. Cette eau est absolument divine. J'ai l'impression de boire à un torrent.

— Et elle ne me coûte pas cher.

« Ce n'est pas comme à Portland », faillit observer Molly qui, décidément, regrettait d'être si peu douée pour le mensonge.

— Ce n'est pas le cas chez moi.

— D'où venez-vous exactement ?

Molly revit les panneaux indicateurs le long de la nationale.

— De Grants Pass.

— Mon compagnon de chambre, à l'université, était de Grants Pass. Je crois que c'est une ville agréable.

— Vous êtes allé à l'université ?

Jake eut un petit rire.

— Aujourd'hui, on ne peut plus s'occuper d'un ranch sans une certaine instruction.

Molly n'avait pas voulu se montrer désobligeante. Elle était simplement surprise que cet homme, qui semblait si proche de la nature, fût passé par l'université.

— Où avez-vous étudié ?

— Dans l'Oregon. Comme mes quatre frères.

— Quatre frères !

— Et une sœur, précisa Jake en se penchant sur le thermostat du vieux réfrigérateur. Et vous, où avez-vous fait vos études ?

Les souvenirs que sa question fit ressurgir provoquèrent chez Molly une triste impression de vide.

— Je n'ai fréquenté l'université que très peu de temps. Certains événements m'ont obligée à abandonner mes études.

Jake releva la tête pour la regarder.

— Je ne l'aurais pas deviné. Vous vous exprimez comme quelqu'un de très instruit.

— J'ai lu pas mal.

— Une autodidacte, c'est ça ? Dans quel secteur exercez-vous ?

Étant donné sa tendance à se couper quand elle mentait, Molly choisit prudemment de rester proche de la vérité.

— La finance. Je travaille pour une entreprise d'investissements. Si vous avez un placement à faire, vous pouvez vous adresser à moi.

Jake se replongea dans le réfrigérateur en riant.

— Pour l'heure, je n'ai pas un centime devant moi. Le rachat du ranch m'a mis sur la paille.

Le rachat ? Bien qu'intriguée, Molly choisit néanmoins de ne pas se montrer indiscrète. Le moteur du vieux réfrigérateur venait de se remettre en marche et en faisait vibrer le sol.

Jake referma la lourde porte arrondie.

— Ne vous fiez pas aux apparences, déclara-t-il. Il marche très bien. Votre lait sera tellement glacé que vous en aurez mal aux dents.

Il brancha ensuite le grille-pain afin de s'assurer également de son bon fonctionnement. Dès que la résistance commença à chauffer, une odeur de poussière et de miettes brûlées chatouilla les narines de Molly.

Tout fonctionnait, certes, mais elle contempla quelques instants cette cuisine en espérant que celle du ranch serait équipée d'appareils un peu plus modernes. Elle se sentait si loin de son appartement de Portland !

Dans le petit séjour, elle trouva Jake accroupi devant une malle. Il en sortit un oreiller qu'il approcha de ses narines.

— Tout avait été lavé avant d'être rangé, expliqua-t-il. Ça sent toujours bon.

— J'ai ce qu'il faut, monsieur Coulter. Ne vous inquiétez pas.

— Je m'appelle Jake, et je ne m'inquiète pas. Mais vous avez l'air exténuée. Je vous aide juste à vous installer, et ensuite je déguerpis.

Il sortit de la malle une paire de draps blancs, trois couvertures et deux oreillers brodés qui témoignaient du passage d'une femme dans sa vie. Était-il divorcé ? Probablement. Un homme aussi séduisant devait connaître trop de tentations pour rester fidèle.

Molly le suivit dans la chambre.

— Je peux faire mon lit, protesta-t-elle. Un tas d'autres choses vous attendent sûrement.

— Elles attendront bien jusqu'à demain.

Jake Coulter ne devait pas s'affoler souvent, et c'était peut-être un signe de sagesse.

— Bien. Après tout, c'est vous le patron. Faites comme bon vous semble.

Il eut un sourire à faire fondre un iceberg.

— C'est généralement ce qui arrive.

Molly l'aida à glisser les pans des draps sous le matelas, comme s'ils avaient fait cela ensemble toute leur vie, puis elle le regarda déplier les trois couvertures.

— Une seule suffira, je pense. Je vais mourir de chaud.

— Il vaut mieux en enlever une qu'avoir froid. Méfiez-vous, il peut encore geler la nuit.

Dès qu'il eut terminé, il retourna dans le séjour où il alla ouvrir une petite porte métallique encastrée dans les rondins, au bas du mur, près de la cheminée.

— Il n'y a plus assez de bûches. Prenez la précaution, ajouta-t-il en se redressant, de donner un ou deux coups de pied dans cette porte avant de l'ouvrir.

— Pourquoi ? Vous m'inquiétez.

— Simple précaution. À cause des serpents. N'ayez pas peur, ils se sauveront avant vous.

— Des serpents ?

— À sonnette.

— Rien que ça ! Et ils ne se promènent pas dans la maison ? demanda Molly qui retenait mal un frisson.

— Ils se méfient de l'espèce humaine. Ils risquent trop la mort en s'approchant de nous. Que croyez-vous ? Ils ne sont pas dépourvus de bon sens.

Molly s'imaginait déjà le tisonnier à la main, en train d'estourbir un reptile, si toutefois elle n'était pas morte avant d'une crise cardiaque. Jake l'observa, visiblement amusé.

— Vous n'avez pas l'air d'avoir beaucoup côtoyé de serpents à sonnettes, remarqua-t-il.

— Pas vraiment, en effet.

— Dites-vous que ce sont des solitaires qui aiment leur tranquillité. Si vous voulez, j'étendrai une corde le long du mur. Ils la prendront pour l'un de leurs congénères et s'en iront.

— Oh, mais c'est parfait !

Leurs regards s'accrochèrent pendant ce qui parut une éternité à Molly, puis Jake sourit.

— Sincèrement, je ne voulais pas vous effrayer. Ici, vous savez, les gens sont tellement habitués aux serpents qu'ils n'y pensent même plus.

— Ça devrait aller. Je ferai du bruit. De toute façon, j'ai toujours eu un pas lourd. Pour une fois, cela me sera utile.

De nouveau, Jake chercha son regard, et Molly eut le sentiment qu'il était sur le point de faire un commentaire. Mais, finalement, il préféra sortir sans un mot.

Molly le suivit du regard, regrettant qu'il n'y ait pas de porte-moustiquaire qui lui aurait permis de laisser la porte ouverte pour profiter de la brise. Avec tous ces serpents qui rôdaient et risquaient de se glisser dans la maison dès qu'elle aurait le dos tourné, il n'en était bien sûr pas question. Découragée, elle serait repartie sur-le-champ si elle n'avait eu à se soucier de Sunset qu'elle apercevait dans l'enclos, son beau pelage noir strié de marques sanglantes. Qui aurait pu abandonner un cheval dans cet état ?

Un bruit sourd la fit sursauter. Puis elle comprit que c'était Jake qui devait remplir de bûches la réserve ouverte sur l'extérieur. Quand sa puissante silhouette s'encadra dans la porte, Molly se contenta de le regarder, muette, à bout de forces.

— Dîner à 18 heures précises, annonça-t-il. Faites un somme en attendant. Inutile de frapper avant d'entrer, il n'y a aucun cérémonial ici.

— Je peux préparer quelque chose ici. J'ai des provisions.

— Je vous attends néanmoins pour dîner, fit Jake, un sourire flottant sur les lèvres.

Elle faillit demander si c'était un ordre, puis se rappela qu'elle avait accepté de travailler pour cet homme, et se mordit la langue. Les sarcasmes n'avaient pas leur place ici et, si elle abusait de la patience de Jake Coulter, elle prenait le risque qu'il l'envoie au diable.

— Ce soir, ce sera encore chili, crackers et pastilles contre l'acidité en guise de dessert, expliqua Jake. Mais venez au moins pour rencontrer mes hommes. Ils ne vont pas tarder à rentrer. Avec la gueule de bois et bourrus comme des ours après un samedi soir passé en ville. Apprendre qu'on a enfin une cuisinière leur remontera le moral.

— Vous êtes combien en tout ? s'inquiéta Molly.

— Onze, avec mon frère et moi.

— Et je dois faire la cuisine pour tout ce monde ?

— Bien sûr.

Elle n'avait jamais fait la cuisine pour plus de quatre personnes. Quand ils recevaient, Rodney préférait faire appel à un traiteur.

— Mais j'en suis incapable. Je n'ai jamais eu plus de…

— Nous sommes patients. Nous vous laisserons le temps de vous habituer. Mes employés dorment dans le dortoir que vous voyez là-bas, à côté du ranch, poursuivit Jake en lui montrant un bâtiment tout en longueur. Vous n'aurez pas à faire le ménage ou la lessive pour eux. Ils sont libres le week-end. Et vous le serez aussi. Vous pourrez rester ici ou pas, comme vous voulez, du moment que vous rentrez le dimanche pour préparer le dîner. En général, Hank et moi ne bougeons pas du ranch. Si l'un des deux veut aller faire un tour, l'autre s'arrange pour rester. Vous ne serez jamais seule.

— Ça me rassure, déclara Molly.

Mais elle était préoccupée par ses futures fonctions de cantinière. Onze personnes ! Douze avec elle. Seigneur, jamais elle n'aurait dû accepter cette proposition !

— On se voit à 18 heures, répéta Jake, en portant l'index à son Stetson. N'oubliez pas. Nous n'attendons pas les retardataires. Ah, au fait, on ne s'habille pas pour dîner !

Satisfait de sa plaisanterie, Jake s'éloigna en souriant.

4

Jake se dirigea vers le ranch, perdu dans ses réflexions. Si ses soupçons étaient exacts, la décision qu'il venait de prendre risquait de lui valoir un sacré retour de flamme.

À proximité de l'enclos, il regarda l'étalon. En trente-deux années d'existence, jamais il n'avait vu un animal martyrisé à ce point. N'ayant pu l'examiner de près, il avait été incapable de déterminer la profondeur de ses blessures mais, apparemment, certaines laisseraient des marques. Quel individu avait pu faire une chose pareille ?

Les coudes sur la clôture, Jake se frotta le nez en se disant que, pour une fois, il allait noyer son stress dans le whisky. N'est-il pas vrai que les réponses à certaines interrogations se trouvent parfois au fond d'un verre d'alcool ?

— Nom d'un chien ! Qu'est-ce qui est arrivé à ce cheval ?

Jake sursauta en entendant la voix de son cadet et pivota sur ses talons pour lui faire face, bien qu'il eût préféré rabattre son chapeau sur ses yeux en prétextant une migraine.

— Salut, Hank !

— C'est tout ce que tu trouves à me dire ?

Surpris par l'apparition de Hank, Sunset se cabra en hennissant. Hank, impressionné, resta cloué sur place.

— Seigneur ! D'où sort cet étalon ?

— Je n'en sais trop rien, fit Jake, une boule dans la gorge. Peut-être de Portland. Ou de quelque part, dans le Sud.

Hank, qui venait d'avoir vingt-neuf ans, était le portrait craché de leur père. Sa peau était tannée par le soleil, et ses cheveux châtains lui tombaient en mèches rebelles sur les yeux. Il avait tellement transpiré en administrant des piqûres à des veaux malades que son tee-shirt lui collait à la peau. Il repoussa son Stetson et son regard bleu scruta le visage de son frère.

— Si tu ignores d'où vient ce cheval, comment se fait-il qu'il soit ici ?

— Bonne question.

Hank tiqua.

— On a sérieusement fouetté cette pauvre bête, remarqua-t-il, les poings serrés. À qui appartient-il ? Ma botte me démange quand je vois ça !

D'un geste du pouce par-dessus son épaule, Jake désigna la maison près de la rivière.

— Tu peux aller jeter un coup d'œil là-bas. Mais regarde à deux fois avant de te servir de ta botte. Ou bien c'est moi qui te botterai le train.

— Il appartient à une femme ? Alors, ce n'est pas elle qui l'a fouetté. Ou il faudrait qu'elle soit bâtie comme une Amazone.

— Et elle en est loin, rétorqua Jake en se retenant de sourire. Sans ses talons, elle doit mesurer tout juste un mètre soixante.

Bien qu'intrigué, Hank se garda de tout commentaire. Il croisa les bras sur la clôture et observa l'étalon. Jake songea que son cadet, qui le comprenait mieux que personne, lui laissait le temps de rassembler ses idées.

— J'ai fait un truc dingue, Hank, déclara Jake au bout d'un moment. Ça ne va pas te plaire, et je ne pourrai pas t'en vouloir. Je crois que ce cheval a été volé.

— Quoi ? s'écria Hank.

— Écoute, j'ai l'impression que cette femme n'a pas eu le choix. Elle n'a vraiment rien d'une délinquante.

— On a toujours le choix de ne pas enfreindre la loi.

— Je pense qu'elle avait ses raisons. C'est une femme intelligente et qui a du cœur, j'en suis sûr. Elle prétend s'appeler Molly Houston.

— Elle prétend ?

— Pour le prénom, je la crois. Le nom de famille, j'ai l'impression qu'elle l'a choisi au hasard... Elle n'est pas facile à cerner, tu sais.

En revanche, Jake n'avait aucun mal à revoir par la pensée Molly et ses rondeurs, ses cheveux couleur d'ambre, ses grands yeux noisette et sa peau ivoire. Lui qui s'était jusque-là uniquement intéressé aux grandes femmes sveltes trouvait que Molly avait quelque chose de particulier, d'indéfinissable qui l'avait attiré au premier regard.

Peut-être à cause de ses grands yeux inquiets, méfiants presque, qui lui donnaient envie de la serrer dans ses bras et de la rassurer.

— On peut la trouver très mignonne, reprit-il, si on oublie le camouflage.

— C'est-à-dire ? demanda Hank en regardant son frère, les yeux plissés.

— Elle cherche à dissimuler ses formes, elle se fait une natte de petite fille, et elle n'a aucun maquillage. On dirait qu'elle fait tout pour ressembler à une brave ménagère. Pourquoi, à ton avis ?

Hank se gratta la joue.

— Qu'est-ce que j'en sais ? Peut-être pour passer inaperçue ? Ou bien elle a peur des hommes.

Jake se souvint combien Molly semblait nerveuse quand il s'approchait d'elle.

— C'est possible. Pourtant, je ne la crois pas timide. Il fallait du culot pour transporter un cheval jusqu'ici.

Hank jeta un coup d'œil au Toyota garé dans le chemin, puis s'attarda sur le van.

— Où veux-tu en venir, Jake ?

— Eh bien, c'est là que tu ne vas pas apprécier. J'ai accepté de m'occuper de l'étalon et, en échange, Molly fera le ménage et la cuisine.

Hank eut un éclat de rire incrédule.

— Tu as engagé une voleuse de chevaux ? Qui te dit qu'elle ne va pas nous jouer un sale tour ?

— Je te raconte ce qui s'est passé, c'est tout. Je sais que j'aurais dû d'abord te demander ton avis. Mais j'ai été incapable de la renvoyer. Elle paraissait tellement perdue, et puis j'ai eu le sentiment que... bon sang, oui ! que nous étions son seul espoir.

— Si elle a la police à ses trousses, nous risquons de passer pour ses complices. Cet étalon m'a tout l'air d'être un cheval de course, ajouta Hank en désignant Sunset. S'il vaut de l'or, nous sommes vraiment dans le pétrin. On risque de perdre le ranch. Tu y as pensé ?

— Oui, admit platement Jake. Mais je te dis que je n'ai pas pu la renvoyer.

— Bien. Après tout, c'est ton argent qui a été investi dans ce ranch, pas le mien.

— Ne dis pas n'importe quoi. Ce sont nos terres. Nous sommes associés. Mon argent, ton argent... Je n'ai jamais fait ce genre de distinctions.

— Jusqu'à maintenant.

— Qu'est-ce que ça veut dire ?

— Ça veut dire que je n'avais peut-être pas de capital, mais que j'ai sué sang et eau à tes côtés pour retaper ce ranch, réparer les clôtures, soigner les bêtes. Et qu'à la première lubie, tu mets tout en péril, sans même m'en parler.

— Je suis franchement désolé. Tu as raison.

Hank baissa la tête.

— Merde ! C'est pas avec des regrets que tu vas payer les traites. On avait pourtant eu de la chance de pouvoir récupérer ces terres.

Jake ferma les yeux et laissa échapper un soupir.

— Encore une fois, tu as raison, Hank. Je vais aller lui dire que j'ai changé d'avis.

Jake regarda son frère qui restait muet. La bouche amère, les yeux emplis de colère, Hank fixait l'étalon. Il revint à Jake quand il sentit son regard posé sur lui.

— Ne te gêne pas, fit-il. Colle-moi tout sur le dos.

— Je ne te colle rien sur le dos. Je reconnais que tu as raison, c'est tout. Le ranch doit passer avant tout. Si tu y tiens absolument, je lui demanderai de partir.

Hank eut un rire sarcastique.

— Non. Je suis aussi cinglé que toi. Au bout du compte, Jake, qu'y a-t-il à défendre ? Rien qu'un bout de terre.

— Mais ce n'est pas n'importe quelle terre. C'est celle des Coulter.

— Qu'aurait fait notre arrière-grand-père à notre place ? demanda Hank en contemplant pensivement la forêt qui encerclait les pâturages. Tu crois qu'il se serait désintéressé de ce cheval ? ajouta-t-il en se tournant vers son frère.

— Je l'ignore. Je ne l'ai pas connu.

— Nous avons connu grand-père, et papa. Tu te souviens de ce jour, à la foire, où il a arraché son fouet à ce cow-boy qui frappait son cheval ? Il lui a administré une de ces corrections ! Maman a dû payer une caution pour le faire sortir de prison.

— Oui, fit Jake en souriant. Il avait plus de caractère que de bon sens, notre père.

— Le bon sens n'avait pas sa place dans cette histoire. Papa a eu bien raison de donner une leçon à un salaud.

— Où veux-tu en venir, Hank ?

— Nous devons honorer le nom des Coulter. Au diable le ranch. Si nous le perdons, nous pouvons toujours acheter d'autres terres. En revanche, on ne rachète pas sa dignité perdue. Il y a des moments dans la vie où un homme ne peut pas fermer les yeux sous peine d'être dégoûté de lui-même. Si nous abandonnons cet animal, nous ne vaudrons pas la corde pour nous pendre !

Un cri déchira le silence. Réveillée en sursaut, Molly tendit l'oreille. Silence. Elle avait sans doute rêvé. Elle voulut se retourner, mais se sentit aussi raide qu'un morceau de bois. Il faisait nuit noire et elle était frigorifiée. Elle se demanda où elle était tout en se frottant les bras pour tenter de se réchauffer.

Le cri, aigu, impressionnant, résonna à nouveau. Molly se jeta hors du lit, se prit les pieds dans ses chaussures et atterrit sur un plancher poussiéreux, la tête la première. Elle vit trente-six chandelles et, durant quelques instants, demeura allongée, à demi sonnée.

Puis elle tâta le sol autour d'elle en essayant de se rappeler où elle se trouvait. L'horrible cri retentit de nouveau. Soudain, elle se souvint : la maison de rondins, Jake Coulter, Sunset.

C'était un hennissement déchirant qu'elle venait d'entendre.

Que se passait-il ? Il fallait absolument qu'elle aille voir, malgré les douleurs qu'elle ressentait dans les articulations. Combien de temps avait-elle dormi ? Sûrement des heures, étant donné l'obscurité profonde.

À tâtons, elle sortit de la chambre et pénétra en titubant dans le séjour où, grâce à la faible clarté lunaire, elle put gagner la porte. Sur le seuil, elle frotta ses yeux lourds de sommeil, et scruta la nuit pour tenter d'apercevoir Sunset. Comme s'il sentait sa présence, l'étalon poussa un nouveau hennissement de panique.

Elle allait s'éloigner du porche quand une énorme silhouette se dressa devant elle. Affolée, elle recula.

— Désolé, fit une voix grave. Je ne voulais pas vous faire peur.

— Monsieur Coulter ? C'est vous ?

— Jake, rectifia son interlocuteur.

— Mon Dieu ! Je vous avais pris pour un ours.

Jake eut un petit rire rauque mais chaleureux.

— Méfiez-vous. Il m'arrive d'être un ours, et mal léché en plus.

— Comment faites-vous pour y voir quelque chose ?

— Je trouve qu'il fait clair comme en plein jour.

— Tant mieux pour vous, observa Molly d'un ton cassant qu'elle regretta aussitôt. Vous avez entendu Sunset ? Il a dû lui arriver quelque chose.

— Non. Il va aussi bien que possible. Il a mangé un peu et il est plus calme. Il a simplement été surpris quand je suis passé près de l'enclos. Ne vous inquiétez pas. Un peu de temps, de patience et de douceur suffiront à le guérir.

Molly perçut un froissement de cellophane, un bruit métallique, puis Jake la prit par le coude.

— Venez. Nous allons allumer dans le séjour.

Tandis qu'il la guidait dans l'obscurité, elle sentit sa chaleur se communiquer à elle.

— Vous êtes gelée, remarqua-t-il.

— J'ai eu froid en dormant.

Quand ils furent à l'intérieur, Jake lâcha Molly pour actionner l'interrupteur. Un vieux lampadaire près de la fenêtre s'éclaira, diffusant une lumière jaunâtre. Molly cligna des yeux, le temps de s'accoutumer à la lumière, et s'aperçut que Jake portait un saladier recouvert de cellophane, un paquet de crackers et une Thermos.

— Votre dîner, annonça-t-il. Je ne peux vous laisser dormir sans manger si je veux que vous vous tuiez au travail.

— Non, bien sûr, répondit platement Molly.

Elle se serait giflée de paraître à ce point dépourvue d'humour. Malheureusement, elle n'avait jamais l'esprit vif au réveil, et le fait d'être littéralement tombée du lit n'arrangeait rien.

L'ombre projetée par le Stetson atténuait le bleu intense des yeux de Jake mais, en revanche, soulignait ses traits bien dessinés aux contours fermes, l'arête fine de son nez, marquée d'une petite bosse, souvenir d'une fracture ancienne.

Molly n'avait jamais rencontré d'hommes tels que Jake Coulter. Dans le milieu où elle évoluait, les hommes se faisaient un devoir de porter des complets taillés sur mesure. Et cependant, curieusement, en dépit de sa tenue sans apprêt, Jake en imposait. Il émanait de lui une autorité naturelle que sa carrure et sa façon de se tenir très droit ne faisaient que renforcer. C'était le genre d'homme que l'on respectait quelle que soit sa tenue.

Quand elle rencontra son regard, elle s'aperçut que lui aussi l'étudiait.

— Je ne m'étais pas rendu compte que vous étiez aussi grand, dit-elle bêtement.

— Et moi, je n'avais pas remarqué que vous étiez si petite, rétorqua Jake en esquissant un sourire. Les talons, sans doute.

— Je suis un peu en dessous de la moyenne, reconnut Molly.

Adolescente, elle avait subi les quolibets de ses camarades et développé un complexe d'infériorité à cause de sa taille.

— Si une certaine taille est exigée pour travailler ici, monsieur Coulter, dites-le et je m'en vais.

Le regard insistant, troublant, de Jake la rassura à sa manière.

— Je ne fais jamais passer quelqu'un sous la toise. Dans la mesure où vos jambes sont à la bonne place et vous permettent de marcher, je ne vois pas de différence entre vous et moi.

Cet homme avait un regard beaucoup trop pénétrant, songea Molly. Elle avait la sensation qu'il était capable de lire en elle comme dans un livre ouvert. Finalement, les yeux de Jake se posèrent sur sa bouche, et elle s'empressa de regarder ailleurs, mal à l'aise, en pleine confusion. Il la fixait comme si…

— Merci de m'avoir apporté mon dîner, fit-elle brusquement. C'est vraiment très aimable.

Elle tendit les mains pour prendre le saladier, mais Jake la contourna pour se diriger vers la cuisine. Il alluma la lumière et commença à disposer la nourriture sur la table en bois.

— Je vais vous tenir compagnie. Il faut que nous parlions.

Molly, qui l'avait suivi, sentit son estomac se nouer. Son ton ne souffrait aucune discussion, mais elle tenta tout de même sa chance.

— Je ne suis pas très bavarde quand je me réveille. Nous pourrions peut-être remettre cette conversation à plus tard.

— Prendre un repas seul, c'est mauvais pour la digestion.

Pendant ses années de mariage, Molly avait presque toujours mangé seule. Rodney consacrait trop de temps à ses petites amies pour se préoccuper de la digestion de sa femme.

— J'ai l'habitude.

— Vraiment ? C'est étonnant pour une jolie femme comme vous, observa Jake en lui jetant un regard par-dessus son épaule.

Jolie ? Détestant les compliments masculins, auxquels elle ne croyait pas et qui avaient le don de lui rappeler qu'elle n'aimait pas son physique, elle rougit, puis consulta sa montre. Il était près de 20 heures.

— Vous n'allez pas vous transformer en citrouille, plaisanta Jake. Asseyez-vous et mangez. Ensuite, je remporterai la vaisselle pour la mettre dans la machine.

Il se retourna à l'instant où Molly, frissonnante, se frottait les bras.

— Je vais aller faire du feu, annonça-t-il. Ici, les nuits sont froides. Il faut être habitué.

Molly, de plus en plus décontenancée, heurta Jake en s'approchant de la table. Elle en aurait perdu l'équilibre s'il ne l'avait retenue par les épaules.

— Ça va ?

— Oui, affirma-t-elle en essayant de s'écarter de lui.

— J'avais oublié à quel point cette maison est petite. Hank et moi, on se marchait tout le temps sur les pieds quand on vivait ici, expliqua Jake sans la lâcher.

Molly sentit ses jambes fléchir à son contact.

— Qu'est-ce que vous avez là ? demanda-t-il en lui soulevant le menton. Vous êtes tombée ?

— Je... oui, en quelque sorte. Mais ce n'est rien. Je ne m'en souvenais même plus.

— Je ne vois qu'une petite égratignure. Mais vous aurez peut-être un bleu. Et votre lèvre inférieure est un peu gonflée, ajouta-t-il en lui effleurant la lèvre du pouce.

Molly cessa de respirer. Elle ne pouvait ni bouger ni penser. Jake reposa la main sur son épaule, mais son regard s'attarda sur sa bouche. Mon Dieu ! elle était certaine de s'évanouir s'il l'embrassait.

5

Jake Coulter savait s'y prendre avec les femmes. Il suffisait à Molly de le regarder pour être convaincue qu'il ne devait ni hésiter ni tâtonner. Effarée, elle serra les poings et baissa les yeux. Cela lui ressemblait si peu de nourrir de telles pensées.

Elle frissonna de nouveau et sentit les mains de Jake resserrer leur étreinte sur ses épaules, comme s'il s'apprêtait à la soulever de terre. L'espace d'une seconde, elle se demanda quel effet cela lui ferait.

Le soir de leurs noces, Rodney l'avait portée dans ses bras pour lui faire franchir le seuil de la chambre. Mais dix ans avaient passé, elle avait pris pas mal de kilos, et il ne lui restait qu'un souvenir flou de ce qu'elle avait éprouvé. Elle se souvenait surtout qu'elle s'était cogné la tête au chambranle, puis que Rodney l'avait vite reposée par terre, plus pressé de boire du champagne que de lui faire l'amour. Au bout du compte, elle avait perdu sa virginité dans les bras d'un homme imbibé d'alcool qui s'était effondré sur elle en ronflant. Dès cette nuit-là, son mariage avait été voué à l'échec.

Comment pouvait-elle se sentir à l'aise avec un homme, Jake Coulter ou un autre, quand ses meilleures années lui avaient été volées par un mari qui ne l'avait jamais aimée, ni même désirée ? Elle était habitée par le sentiment d'une trahison profonde et la peur immense de ne jamais s'en défaire, de mourir sans avoir connu la passion.

— Je vais faire du feu, répéta soudain Jake.

Ignorait-il qu'il avait déjà allumé un brasier ? Seigneur ! comment travailler pour un homme quand on ne peut le regarder sans l'imaginer torse nu ? Molly se calma en pensant à sa peau blanche, à ses seins trop lourds, à sa taille épaisse, à sa cellulite.

Bon, assez ! De toute façon, les hommes et elle, c'était bien fini. Lorsque son compte en banque serait débloqué, elle s'offrirait elle-même des fleurs. Une pleine baignoire de bouquets, si elle en avait envie.

Elle se laissa tomber avec plaisir sur une vieille chaise pendant que Jake s'activait devant l'âtre. Il sortit une allumette de la boîte posée sur le manteau de la cheminée et l'alluma sur la couture de son jean. Jamais Molly n'avait vu une chose pareille. Elle se dit que, si elle-même essayait d'en faire autant, elle mettrait le feu à son pantalon, ou mourrait de froid.

Fascinée, elle observa Jake, admirant l'aisance avec laquelle il accomplissait sa tâche. Tout dans cet homme, jusque dans le moindre de ses mouvements, était délicieusement masculin. *Délicieusement ?* Elle devait être encore bien somnolente, décida-t-elle. À mi-chemin entre rêve et réalité.

Sentant probablement son regard fixé sur lui, Jake se retourna. Aussitôt, elle se mit en devoir d'enlever la cellophane qui maintenait le chili au chaud. De ce genre de plat, épicé, gras, indigeste, elle se serait volontiers contentée de respirer l'odeur.

— Quelque chose ne va pas avec le chili ? s'enquit Jake.

Molly lui lança un regard stupéfait. La lueur des flammes dansant sur son visage en accentuait les angles et allumait des reflets d'argent dans ses yeux. Il avait l'air d'un ange maléfique, et elle se promit de s'en souvenir.

— Non, ça va. Je suis juste encore un peu endormie.

— Il y a du lait de ce matin dans la Thermos. Ça devrait vous réveiller.

Du lait entier, sorti directement du pis de la vache, elle n'en avait jamais goûté, mais doutait de l'apprécier, tant elle était habituée au lait écrémé.

Elle en but une gorgée, la trouva grasse, se demanda si Jake Coulter avait jamais entendu parler de cholestérol.

— Alors ? fit-il. C'est bon ?

— Oh ! c'est... Je n'ai pas l'habitude, mais c'est délicieux.

Jake se releva souplement et s'avança d'un pas tranquille vers elle, la fixant de ce regard qui la mettait horriblement mal à l'aise.

— Vous ne faites pas de régime, j'espère. Tous ces conseils que vous donnent les magazines féminins s'adressent à la femme moyenne et, croyez-moi, vous n'avez rien de moyen.

Jouait-il avec elle ? Certains hommes aiment tellement faire des conquêtes qu'ils s'intéresseraient à n'importe qui, histoire de satisfaire leur ego. Si c'était le cas, Jake Coulter se trompait de victime. Elle ne serait pas complice de son jeu.

Il s'approcha d'elle, une lueur dans le regard. Molly songea soudain que son objectif n'était peut-être pas de la séduire mais de la déstabiliser dans le but de la faire parler. Elle avait senti, dans l'après-midi, qu'il ne croyait guère à ce qu'elle lui racontait.

— Les hommes vous rendent nerveuse, n'est-ce pas ? fit-il d'un ton moqueur. Ou est-ce uniquement moi qui vous fais cet effet ? Auriez-vous peur de moi ?

— Pour quelle raison aurais-je peur de vous ?

Jake s'assit en face de Molly et fit basculer sa chaise en arrière avec désinvolture.

— Nous sommes loin de tout ici. Et vous ne me connaissez ni d'Ève ni d'Adam. Si j'avais l'esprit tordu, vous risqueriez de gros ennuis.

— Merci de me fournir un sujet supplémentaire de préoccupation.

Jake eut un petit rire penaud et baissa la tête. Quand il la regarda de nouveau, Molly vit dans ses yeux un mélange d'amusement et de regret.

— En fait, j'ai abordé ce sujet pour vous rassurer. Si vous y tenez, ma mère se portera garante de ma moralité.

— Votre *mère* ?

— Oui. Une mère connaît son fils mieux que quiconque. La mienne vous assurera que je suis un vrai gentleman. Et si vous lui prouviez le contraire, elle me ferait manger mon Stetson.

Molly ne put s'empêcher de sourire.

— Mais n'écoutez pas tout ce qu'elle vous dira, enchaîna Jake. Elle tient la comptabilité de mes défauts depuis que j'ai cinq ans.

— La liste est longue ?

— Plutôt, oui. Je suis obstiné, je m'emporte facilement, je manque de tact, et j'aurais bien besoin de me civiliser. C'est peut-être vrai, mais au moins les gens savent à quoi s'en tenir avec moi.

— C'est bon à savoir.

— Je suis content de vous l'entendre dire. Parce qu'avec vous non plus je n'ai pas l'intention de tourner autour du pot.

Molly faillit s'étouffer avec sa première cuillerée de chili.

— Je crains de ne pas vous suivre.

— Je sais que vous avez volé le cheval, Molly.

Elle crut avoir une crise cardiaque.

— Qu'est-ce qui diable vous fait croire ça ?

— Je ne le crois pas, je le sais, rectifia Jake avec une pointe d'impatience. Épargnez-vous la peine d'essayer de me démontrer le contraire.

— Vous… vous m'avez déjà dénoncée ? balbutia Molly d'une voix à peine audible.

— Est-ce que j'ai l'air d'un type capable de dénoncer une femme ?

— Oui.

Il se gratta le front en riant.

— Je vous donne ma parole que je n'ai aucune intention de le faire.

— Comment avez-vous deviné ?

— Vous ne savez pas mentir.

— Vous voulez que je parte, j'imagine, avant que la police ne débarque ici. Je vous comprends. Heureusement, je n'ai pas encore vidé mes affaires, ça devrait aller vite.

Quand il la vit se lever, Jake se redressa si brusquement que les pieds de sa chaise heurtèrent le sol, faisant tressaillir Molly. Il tendit la main et l'attrapa par le poignet.

— Vous ne bougerez pas d'ici. C'est compris ?

Molly plongea son regard dans celui de Jake Coulter, convaincue qu'il était déterminé à la retenir contre son gré.

— Asseyez-vous, ordonna-t-il.

Elle obéit, le souffle court. Il desserra son étreinte sans la quitter des yeux. Un instant, elle songea à s'enfuir, puis elle se souvint de la rapidité avec laquelle il s'était déplacé, dans l'enclos, face à Sunset, et abandonna cette idée.

— À présent, je vous ai vraiment effrayée, n'est-ce pas ? dit-il. Pourtant, je ne cherche qu'à vous aider.

— Ah... fit Molly, peu convaincue.

Il ne serait pas le premier à lui mentir, et elle n'avait aucun moyen de savoir s'il était sincère.

— J'ignore ce qui vous a poussée à voler ce cheval. Enfin, j'ai ma petite idée... Mais quelles que soient vos raisons, pour la police, rien ne justifie un vol et, quand ils vous retrouveront, ils vous colleront aussitôt derrière les barreaux.

Molly aurait plutôt parié pour un retour en clinique, quoique, après son séjour à Haven Rest, elle ne voyait guère de différence entre la prison et ce genre d'établissement. Si Sam Banks, son psy, la voyait en ce moment, il ne serait pas fou de joie.

Elle fixa la table de bois, qui portait les cicatrices du temps. Des regrets ? Non, elle n'en aurait jamais. En enlevant Sunset, elle n'avait fait que son devoir.

— J'ai le sentiment que vous avez besoin d'un ami, Molly, murmura Jake. Vous ne voulez pas me faire confiance ? Racontez-moi ce qui s'est passé. Je vous aiderai à vous en sortir.

Molly se détendit. Mais expliquer ce qui était arrivé ne servirait à rien. Il ne la croirait jamais. Comme tout le monde, il la prendrait pour une folle. D'ailleurs, est-ce qu'un mari peut faire interner sa femme sans une bonne raison ?

Oui ! S'il cherche à dissimuler qu'il a commis un meurtre et, par la même occasion, à empocher un héritage conséquent. Mais qui se laisserait convaincre par une histoire qui semblait tout droit sortie d'un film de Hitchcock ? Certainement pas Jake Coulter. Surtout si elle ajoutait que sa propre mère avait pris le parti de son gendre.

Voyant qu'elle était perdue dans ses pensées, Jake soupira et lâcha son poignet.

— Bien, fit-il. Vous n'êtes pas encore prête à parler. Je patienterai. Mais n'attendez pas qu'on vous passe les menottes, parce qu'à ce moment-là, je ne pourrai plus rien pour vous.

— C'est déjà le cas.

— Je peux appeler la SPA. Ils prendront votre parti quand ils constateront l'état de ce cheval, j'en suis sûr. Mais appelez-les donc vous-même ! À moins que quelque chose ne vous effraie.

« Où étaient les gens de la SPA, ce matin ? » faillit crier Molly. Rodney avait déclaré qu'il allait chercher un revolver pour abattre Sonora Sunset et, quand l'entraîneur avait voulu téléphoner à la SPA, il était tombé sur un répondeur. Quant à la police, elle n'avait pas brillé par son efficacité. Ils avaient déclaré qu'ils ne pouvaient prendre en pension les animaux martyrisés et n'interviendraient que si le propriétaire du cheval revenait avec une arme.

Rodney était devenu fou parce que Sunset avait perdu une course. Prévenue par l'entraîneur, Molly était accourue et, devant les blessures infligées à l'étalon par son mari, elle n'avait pas douté une seule seconde qu'il mettrait sa menace à exécution. Comment aurait-elle pu ne pas réagir ?

Désormais, il était trop tard pour faire intervenir la SPA. Elle avait bel et bien volé un cheval de course de soixante-cinq mille dollars. Elle sortait d'une clinique psychiatrique, avait été jugée irresponsable, et elle savait exactement ce qui l'attendait.

— Qui a cravaché cet animal ? Votre ex ? C'est lui qui vous fait si peur ?

— Oui.

Jake soupira, se passa la main sur les yeux, puis posa les bras sur la table.

— Vous n'avez plus de raisons de le craindre maintenant.

— Vous ne le connaissez pas.

— Je l'imagine facilement. Et s'il essaie de vous toucher, il aura affaire à moi... et à une dizaine d'autres, s'il le faut.

Molly savait que Rodney ne l'agresserait jamais physiquement. Il avait d'autres arguments. Mais elle ne pouvait l'expliquer à Jake sans soulever des questions qu'elle préférait éviter.

Le ranch où elle avait espéré trouver refuge s'avérait finalement un endroit dangereux. Si Jake Coulter prenait les choses en main, il serait capable de prévenir la police à son insu, en croyant lui rendre service.

En tout cas, elle avait évité à Sunset de finir avec une balle dans la tête. Désormais, il était en sécurité. Elle ne pouvait rien de plus pour lui.

6

À l'instant où il allait poser le pied sur la première marche du perron, Jake hésita et jeta un coup d'œil derrière lui, en direction de la petite maison. Le regard apeuré de Molly le poursuivait. Elle lui avait fait l'effet d'un animal en cage qui cherche désespérément un moyen de se libérer.

Que lui arriverait-il si elle s'enfuyait ? Si son ex-mari, qui semblait être un individu en proie à des crises de folie, la retrouvait, elle serait en danger, et Jake ne supportait pas cette idée.

Il fit demi-tour, et, prenant soin de se tenir éloigné du paddock afin de ne pas effrayer l'étalon, il se dirigea vers le Toyota.

— Qu'est-ce que c'est que ce truc ? demanda Hank, lorsque Jake le rejoignit, un peu plus tard.

Jake regard l'objet qu'il tenait à la main.

— Ça ne te dit rien ?

Hank buvait une bière, à demi allongé sur le canapé. Il se redressa et fronça les sourcils.

— On dirait un rotor.

— C'en est un ! fit Jake en posant le rotor sur la table basse.

— D'où sort-il ?

— D'un delco.

— Lequel ?

— Devine.

Jake ôta son chapeau et se dirigea vers la cuisine. Après une journée pareille, une bonne bière glacée s'imposait.

Hank se leva d'un bond et rattrapa son frère.

— Tu n'as pas fait ça ? D'ailleurs, je ne comprends pas. Tu m'as expliqué qu'elle allait travailler pour nous.

— Les choses ont changé quand je lui ai dit que je savais qu'elle avait volé le cheval. Ne fais pas cette tête ! Je pensais qu'elle se sentirait mieux si la situation était claire. Mais c'est le contraire qui s'est produit.

Jake referma la porte du réfrigérateur d'un coup de hanche, puis décapsula la bouteille sur le bord d'une étagère.

— J'ai peur qu'elle n'essaie de s'esquiver. Alors, j'ai fait en sorte de l'en empêcher.

Hank esquissa un sourire. Jake but une gorgée de bière, et regarda son frère en s'essuyant la bouche du revers de la main.

— Vas-y. Crache le morceau. J'ai comme l'impression que tu as un truc à me dire.

Hank secoua la tête, prit une longue gorgée de bière puis alla s'asseoir sur la vieille chaise bancale dont un pied était plus haut que les autres et que personne n'avait encore trouvé le temps de réparer.

— Je sais que bricoler sa voiture n'est pas glorieux, admit Jake. Mais je ne voyais pas d'autre moyen de la retenir. Je serais trop inquiet si elle disparaissait. C'est mon côté saint-bernard.

— En l'occurrence, je te donne raison. Celui qui a fouetté ce cheval a forcément une case en moins, et il ne faudrait pas qu'il s'en prenne à une femme... Mais elle risque d'être sérieusement en pétard quand elle constatera qu'elle ne peut pas démarrer.

— Elle le sera si elle sait que c'est à cause de moi !

— Tu as pensé à remettre en place la tête de delco ?

Jake se contenta de sourire.

— J'espère pour toi que ce n'est pas un as de la mécanique.

— Aucune chance. Elle ne sait probablement même pas comment vérifier le niveau d'huile.

Jake venait d'achever sa phrase quand un énorme bruit retentit à l'avant de la maison, comme si l'on venait d'ouvrir la porte à la volée. Puis des talons résonnèrent dans l'entrée.

— Où êtes-vous, Jake Coulter ? cria une voix aiguë.

Un paquet de nerfs déboula dans la cuisine. Poings serrés, Molly lança à Jake un regard assassin.

— Où est mon rotor ?

— Votre quoi ?

— Mon *rotor* ! Comment avez-vous osé l'enlever ? Vous n'aviez pas le droit de toucher à ma voiture. Pas le droit, vous m'entendez ?

Molly tremblait de rage, comme si son 4 × 4 était définitivement hors d'usage. Jake lut dans ses yeux, au-delà de la fureur, le genre de panique que lui-même éprouvait quand quelqu'un essayait de le maintenir au sol.

— Molly, gardez votre calme, fit-il d'une voix apaisante.

— Mon calme ? Ça alors ! Vous me volez mon rotor, et vous me reprochez de ne pas garder mon calme ? Vous ne pouvez pas me retenir contre mon gré. Je veux faire démarrer ma voiture.

— Très bien. Mais calmez-vous.

— Je ne me calmerai pas avant d'avoir mon rotor. Donnez-le-moi, ajouta Molly en faisant un pas en avant.

Elle semblait prête à lui arracher les yeux. En d'autres circonstances, Jake aurait trouvé la situation amusante. Mais Molly n'était pas simplement agacée. Elle était déchaînée.

Il allait lui jurer de lui rendre ce qui lui appartenait quand elle fit volte-face et commença à ouvrir les tiroirs.

— Personne ne peut me retenir quand je veux partir. *Personne !*

Tout à coup, le tiroir qu'elle venait de tirer d'un geste brusque sortit des glissières et lui heurta les tibias. Elle laissa échapper un cri de douleur tandis que le contenu du tiroir s'éparpillait sur le plancher.

Ébahi, Jake fixa la boîte de préservatifs qui avait atterri à ses pieds, puis il lança un regard réprobateur à son frère qui haussa les épaules, l'air perplexe. Cela appartenait donc à l'un de leurs employés. Bravo! Molly allait en conclure qu'ils n'étaient qu'une bande d'obsédés sexuels se livrant à des orgies dans la cuisine.

Mais, obnubilée par son rotor, elle n'avait rien remarqué et continuait à chercher avec un acharnement qui inquiéta Jake.

Dans l'espoir de sauver les tibias de Molly, et sa cuisine par la même occasion, Jake s'avança vers elle et lui attrapa le bras. Aussitôt, elle se retourna vers lui et lui flanqua un coup de poing dans l'estomac.

— Ne me touchez pas!

Le souffle coupé, plié en deux, Jake ne put que la fixer, effaré.

— Donnez-moi ce rotor, autrement...

— D'accord, Molly, croassa-t-il. Laissez-moi juste une minute.

Adossé à sa chaise bancale, Hank ne cachait pas son amusement.

— Non, je le veux tout de suite!

Jake se racla la gorge, se redressa, puis sortit de la cuisine pour passer dans le séjour, tout en essayant de raisonner Molly.

— Franchement, vous auriez tout intérêt à rester, Molly. Au moins, ici, vous aurez onze hommes pour vous protéger.

— Je n'en peux plus de m'entendre dicter ma conduite! Et je n'ai pas besoin d'une brochette de mâles arrogants pour me protéger.

Bien que persuadé qu'il ferait mieux de se taire, Jake se sentit incapable de garder le silence. La sagesse n'était pas son fort.

— Pardonnez-moi d'insister, mais face à un homme vous ne faites pas le poids. Si votre ex vous retrouve, que comptez-vous faire, seule ?

— Ça me regarde. Contentez-vous de me donner ce fichu rotor.

Quand Jake s'approcha de la table basse, il constata que le rotor ne s'y trouvait plus.

— Il a disparu, annonça-t-il, sachant pertinemment que Molly ne le croirait pas. Je l'avais posé là.

— Ne vous moquez pas de moi !

— Molly, je vous jure que je l'avais laissé ici.

Elle le vit se pencher et regarder sous le canapé.

— Nom d'un chien ! Hank ? hurla-t-il. C'est toi qui as pris ce satané rotor ?

Hank apparut dans l'encadrement de la porte, s'appuya au chambranle et lui décocha un sourire serein.

— Pourquoi je l'aurais pris ? J'ai le mien.

— Ce n'est pas drôle.

— Tout dépend du point de vue où l'on se place, rétorqua son frère. Moi, je trouve ça hilarant.

Molly se tourna vers lui en sifflant comme un serpent. Hank inclina la tête poliment.

— Ravi de faire votre connaissance. Au fait, je m'appelle Hank. Je suis le petit frère de cet arrogant salaud. Et, soit dit en passant, sachez que l'arrogance n'est pas le seul défaut de Jake. Il est aussi mal élevé. Il aurait pu nous présenter.

— Mon rotor, c'est tout ce que je veux ! cria Molly.

Hank jeta un coup d'œil à la table basse.

— Je vous assure que Jake l'avait posé là. Il n'a pas pu se sauver, il n'a pas de jambes. Tu as regardé sous ton Stetson, Jake ?

Aussitôt, Molly se rua vers la table, attrapa le chapeau en écrasant le feutre sous ses doigts, au grand dam de Jake qui savait que le prix des Stetson lui interdirait de s'en racheter un.

Le rotor s'y trouvait bien. Molly s'en empara, puis quitta la pièce comme si elle avait le diable aux trousses.

Honteux et, en même temps, préoccupé, Jake se demanda où elle irait se réfugier avec le peu d'argent qu'elle avait sur elle.

Au même moment, l'étalon se mit à hennir désespérément. Molly devait longer l'enclos au pas de course. Dans cinq minutes, elle aurait démarré.

— Qu'est-ce que tu as l'intention de faire ? demanda Hank.

Jake prit son Stetson et l'enfonça sur son crâne, sans même s'accorder le temps de lui redonner forme.

— Je vais lui parler. Si j'arrive à la calmer, je réussirai peut-être à la convaincre de rester.

Jake trouva Molly assise sur le perron de la petite maison. Les bras noués autour de ses jambes repliées sous le menton, le front appuyé contre les genoux, elle tremblait comme une feuille. Le rotor était posé à côté d'elle. Elle ne semblait plus pressée de partir. Ou bien elle attendait de retrouver son calme pour prendre le volant.

Dès qu'il s'approcha pour prendre le rotor, elle sursauta, releva la tête et le regarda. À la clarté de la lune, sa peau avait des reflets laiteux, et dans ses yeux immenses, brillants comme de l'ambre poli, se lisait une telle émotion que Jake en fut bouleversé. Il avait vraiment gagné sa journée !

À court de mots, il se dirigea vers le Toyota, souleva le capot, et entreprit de réparer son erreur. Puis il s'essuya les mains sur son jean et retourna vers Molly, redoutant la conversation qui l'attendait. Il lui devait des excuses convaincantes, et il n'avait jamais eu la parole très facile dans ces cas-là.

Molly s'écarta de lui et se courba en avant dès qu'il s'assit près d'elle. Il en eut mal au cœur. Mais quelle femme un tant soit peu sensée se serait sentie à l'aise, la nuit, dans ce coin isolé ? Surtout vu le contexte.

Le regard perdu dans l'obscurité, il cherchait quoi dire. Quand il constata qu'aucune idée brillante ne lui venait à l'esprit, il choisit la simplicité.

— Je regrette ce que j'ai fait.

Pas de réponse. Molly restait là, recroquevillée sur elle-même, frissonnante. Elle avait l'air si fragile, si seule, que Jake eut envie de la prendre dans ses bras. Que lui arrivait-il donc ? Il avait toujours apprécié la compagnie des femmes, mais c'était bien la première fois qu'il éprouvait un sentiment protecteur envers l'une d'elles, en dehors de sa famille.

— J'ai la sale habitude d'agir sans réfléchir, avoua-t-il. Si vous voulez partir, vous êtes libre. Je vous aiderai même à charger vos affaires.

Le silence s'éternisant, il soupira et se frotta les yeux.

— Vous avez raison. J'ai fait preuve d'arrogance en croyant savoir ce qui était le mieux pour vous. Si je pouvais revenir en arrière, je ne recommencerais pas.

— Moi non plus, déclara soudain Molly, un trémolo dans la voix. Je n'arrive pas à croire que je vous ai frappé. Jamais je n'avais frappé quelqu'un. Jamais.

Jake retint un sourire, soulagé qu'elle accepte au moins de lui parler.

— Je n'en suis pas mort, fit-il.

Elle se redressa et étendit les bras devant elle, les poings serrés, les coudes sur les genoux.

— Je ne supporte pas de me sentir piégée. Ça me rend folle.

Prudent, Jake ravala les questions qui lui venaient à l'esprit. Ce n'était pas le moment de se montrer curieux. Il attendrait pour en savoir plus.

— Personne n'aime se sentir piégé.

— Je ne savais plus ce que je faisais, avoua-t-elle. J'étais hors de moi, totalement irrationnelle. Seuls les fous font des choses folles, ajouta-t-elle.

— Eh bien, alors, nous sommes deux ! Vous subtiliser votre rotor pour vous retenir n'était pas non plus très rationnel.

Molly lui lança un regard étonné, les yeux brillants de larmes contenues.

— Mais vous, au moins, vous n'êtes pas devenu violent.

— Je peux l'être à l'occasion. Je comprends qu'on ait parfois envie de réagir physiquement.

— Quand même. Vous avez dû penser que j'avais perdu la tête.

Elle se tut un instant avant de murmurer :

— C'était peut-être le cas, d'ailleurs...

Jake écouta le ululement d'un hibou, quelque part, dans un arbre. Un petit rongeur était sûrement en train de déguerpir à fond de train pour se mettre à l'abri.

— J'accepte vos excuses si vous acceptez les miennes, proposa-t-il. Je ne voulais pas vous mettre dans un tel état. J'avais simplement peur de ce qui pourrait vous arriver.

— Rien ne m'arrivera si je suis assez prudente pour que personne ne me retrouve.

— Un jour ou l'autre, Molly, on vous retrouvera. Vous ne pourrez éviter la police éternellement.

— Je sais. J'ai simplement besoin de rester libre pendant sept mois.

— Pourquoi sept mois ?

— Parce qu'alors un certain obstacle sera levé. Après, bien sûr, j'aurai des ennuis pour avoir volé ce cheval mais, si j'agis rapidement et judicieusement, les conséquences seront limitées. À moins qu'il n'obtienne du tribunal une prolongation d'un an.

Jake se rendit compte tout à coup que Molly se parlait surtout à elle-même, et lui faisait des révélations malgré elle.

— Une prolongation d'un an ? Je ne vous suis pas, Molly.

— Je m'en doute, désolée. Mais il faut me croire. Je dois attendre sept mois avant de régler le problème de Sunset. Sinon, il me coincera.

— Alors restez ici sept mois. C'est court par rapport à l'éternité.

Molly eut un regard accusateur.

— Vous n'auriez pas déjà appelé la SPA en pensant bien faire ?

— Non, et je vous donne ma parole que je ne le ferai pas sans votre accord.

— Je ne vous le donnerai jamais.

— Pourquoi ? Ce serait tout à votre honneur.

— Non. Pas dans mon cas, rétorqua Molly, tremblant de nouveau.

— De quoi avez-vous si peur ? Dites-le-moi. À deux il est plus facile de trouver une solution.

Le visage fermé, Molly secoua la tête. Jake demeurait perplexe. Aucun tribunal dans ce pays n'enverrait en prison une femme qui a volé un cheval uniquement pour le protéger.

— Faites-le pour moi, reprit-il d'une voix douce. Restez. Sinon vous n'aurez personne vers qui vous tourner... Écoutez, je vous jure de ne jamais appeler la SPA. Vous cherchiez un travail, vous en avez un maintenant. Je ne vous poserai aucune question, je n'exercerai aucune pression sur vous.

Molly le fixa de ses grands yeux où se mêlaient la peur et le doute.

— Qui me dit que vous tiendrez parole ?

Jake, qui se targuait d'être un homme d'honneur, se sentit blessé. Mais, après tout, Molly ne le connaissait pas, et elle avait beaucoup à perdre en lui faisant confiance. Alors que lui ne perdrait rien en la trahissant. Mis à part le ranch – un héritage familial –, il ne possédait qu'une seule et unique chose qu'il jugeait inestimable. Une chose qu'il sortit de la poche de son jean.

— Vous voyez cette montre ? Mon grand-père me l'a donnée avant de mourir. Je ne m'en suis jamais séparé depuis.

Il s'interrompit quelques instants, les yeux fixés sur la montre, puis sourit tristement.

— Il y a quelques mois, je l'ai cassée. Je pourrais la faire réparer, mais ça m'ennuie parce qu'on va l'envoyer je ne sais où, et j'ai peur qu'on l'égare.

Il souleva la main de Molly, posa la montre au creux de sa paume, puis replia ses doigts.

— Que faites-vous ? demanda-t-elle d'une petite voix.

— Je vous la confie. C'est un gage de ma sincérité. Vous me la rendrez le jour où vous quitterez le ranch. Mais si jamais je ne tenais pas parole, elle serait à vous.

— Reprenez-la. Je n'ai besoin d'aucun gage.

— Non. Gardez-la. Mis à part le ranch et les gens que j'aime, il n'y a rien auquel j'accorde plus de valeur et, pour vous, c'est une assurance.

Jake se leva, contempla le ciel étoilé pendant quelques instants. Le hibou ululait encore, prêt à fondre sur sa proie, et le petit rongeur risquait de se tromper de chemin dans son affolement et de se jeter dans la gueule du loup.

— Vous pouvez rester ou partir, Molly. J'espère que vous choisirez de rester. Dans le cas contraire, laissez la montre sur la table. Si vous l'emportiez, j'aurais le cœur brisé. Vous comprendrez pourquoi en lisant l'inscription gravée au dos.

Sur ces mots, Jake s'éloigna avec l'impression d'abandonner une partie de lui-même qu'il ne reverrait peut-être plus jamais.

Pensait-il à la montre ou à la femme qui la tenait dans sa main tremblante ? Il n'aurait su dire, et c'était bien le plus fou de l'histoire.

7

Molly tournait autour du vieux canapé de cuir sur lequel ses affaires attendaient, soit d'être rangées, soit d'être chargées dans le 4 x 4. Pouvait-elle faire confiance à Jake Coulter ? Toute la question était là.

Elle regarda la montre qu'elle tenait toujours dans le creux de sa main et lut l'inscription : *Pour toujours, Matthew, mon amour, 6 juin 1873. Hattie.* D'après la date, cette montre avait dû appartenir à l'arrière-grand-père de Jake, et un souvenir comme celui-ci était sans prix. Alors, pourquoi se méfiait-elle encore tellement d'un homme qui, de son côté, lui témoignait tant de confiance ?

Elle pensa à Sam Banks, son psy, regrettant de ne pouvoir lui téléphoner sans prendre de gros risques. Pendant son séjour à la clinique, puis au cours des cinq derniers mois, Sam lui avait prouvé son amitié. De nuit comme de jour, elle avait pu l'appeler quand elle avait besoin de parler. Loin d'être pontifiant, il respectait ses choix, sans renoncer pour autant à la guider. Que lui dirait-il, là, maintenant ?

Molly ferma les yeux, et la voix chaude de Sam résonna à ses oreilles : « Il ne faut pas enfermer les gens dans des cases. Laissons à chacun la chance de faire ses preuves avant de le juger. Accorder sa confiance n'est jamais une erreur, Molly, à condition d'avoir un peu de lucidité. Si quelqu'un vous trahit, n'en concluez pas pour autant que vous devez vous méfier de tout le monde une fois pour toutes. »

Rodney l'avait trahie ! Et son beau-père, Jared Wells, aussi, probablement. Jared qui avait été l'associé et le meilleur ami de son père… Quant à Claudia, la seule mère qu'elle ait connue, elle avait aussi quelque raison de la soupçonner de trahison.

Ce que Sam lui avait expliqué était particulièrement approprié à sa situation actuelle : allait-elle désormais faire systématiquement preuve de méfiance à cause de son expérience malheureuse avec Rodney ?

Cette idée suffit à la faire trembler de rage. Son ex-mari lui avait déjà volé sa jeunesse et sa liberté. Le laisserait-elle ruiner sa vie ? *Non, jamais !*

Malheureusement, en volant Sunset, elle lui avait fourni l'occasion de réclamer devant un tribunal la prolongation de sa mise sous tutelle en prétextant une instabilité émotionnelle et une irresponsabilité patentes. Sam Banks ne l'avait-il pas avertie plusieurs fois ? « Ne faites rien qui puisse se retourner contre vous, Molly. Que vous le vouliez ou non, vous êtes dans le collimateur de la justice pour le moment. »

Depuis qu'elle était sortie de clinique, elle avait vécu comme un poisson rouge dans un bocal au lieu d'entreprendre une nouvelle carrière, ou de reprendre des études, ou d'aller s'installer dans une autre ville, comme le faisaient généralement les femmes fraîchement divorcées. Si elles changeaient de couleur de cheveux, s'habillaient comme des adolescentes, se mettaient au régime, s'engageaient dans des liaisons sulfureuses, personne ne cherchait à savoir si elles avaient tout leur bon sens. Mais Molly n'avait pas eu cette liberté. Quoi qu'elle fasse, elle se demandait constamment ce qu'en penserait le juge des tutelles.

Dans un monde parfait, il lui aurait suffi de divorcer pour échapper à Rodney. Mais le monde était loin d'être parfait. Le simple fait que Sam l'ait aidée à obtenir le divorce alors qu'elle était encore en clinique pouvait jouer contre elle. Rodney prétendrait qu'elle n'était pas en mesure de prendre une sage décision. Il ajouterait qu'elle avait encore besoin de quelqu'un pour gérer son argent, et il obtiendrait certainement l'appui de Claudia, médecin psychiatre, qui risquait de témoigner contre elle. Claudia n'avait-elle pas, une fois déjà, signé les papiers qui avaient permis de l'interner ?

Il n'y avait eu que Sam pour l'écouter, lui faire confiance, lui apporter son aide. Jusqu'à ce matin, elle avait suivi ses conseils. Et puis, pour Sunset, elle avait totalement compromis sa situation et se retrouvait maintenant à la merci d'étrangers dont elle se méfiait.

Elle regarda de nouveau la montre que lui avait donnée Jake. À la lueur du feu, l'or semblait rayonner d'une chaleur intérieure qui n'était pas sans rappeler son propriétaire. Quel homme étrange ! songea Molly. Aussi fier et volontaire qu'attentionné et bon.

Elle était consciente qu'il lui tendait une bouée de sauvetage. Qui aurait l'idée de venir la chercher dans ce ranch du bout du monde ? Si elle se tenait tranquille, elle avait une chance de terminer l'année de probation sans problème, rassemblant ses forces pour la bataille qui l'attendrait quand elle retournerait à Portland, non seulement pour se défendre mais aussi pour venger la mort de son père.

Dans sept mois, sa tutelle serait levée et, si elle agissait sans tarder, elle pourrait se trouver un bon avocat, et reprendre les rênes de la société de son père avant que Rodney puisse quoi que ce soit contre elle. À condition que Jake Coulter tienne ses engagements, elle se sentait capable de se terrer ici durant cette période.

Sa décision prise, Molly se mit au travail. Elle lava les tiroirs de la cuisine avant d'y ranger ses ustensiles, puis elle s'attaqua aux placards tout en pensant au ménage qu'elle ferait, le lendemain, dans le ranch qu'elle avait eu le temps de trouver très beau malgré sa colère. En ce qui concernait les repas, si Jake pouvait lui fournir quelques livres de cuisine, elle se promettait de le satisfaire.

Dans la chambre, elle sortit ses vêtements et les suspendit dans la penderie, consciente que sa garde-robe n'était pas vraiment adaptée à la vie à la campagne. Tandis qu'elle attrapait un autre sac, elle sentit quelque chose de dur contre son mollet. Elle plongea la main dans son bagage et tomba sur deux photos réunies dans un double cadre. L'une était un portrait de sa meilleure amie, Sarah, l'autre, un portrait de son père. La gorge nouée par les regrets et un sentiment de honte toujours vivaces, elle contempla les visages de ses chers disparus. La mort de Sarah remontait à dix ans, celle de son père, à onze mois, mais la douleur était intacte.

Elle posa le cadre sur la table de nuit afin que ces photos soient sa dernière vision avant de s'endormir. Se souvenir de ses erreurs permettait de ne jamais recommencer. Et puis le sourire de ce père qu'elle aimait tant lui rappellerait la mission qu'elle s'était fixée. Ne soupçonnait-elle pas Rodney de l'avoir assassiné ? Elle ne vivrait pas en paix tant qu'elle n'aurait pas fait condamner son ex-mari pour ce crime.

Elle entendit Sunset pousser un hennissement plaintif, s'approcha de la fenêtre à guillotine et la fit coulisser. L'air vif de la nuit, chargé des senteurs de la forêt et des pâturages, pénétra dans la chambre. Le long de la rivière, le coassement des crapauds rythmé par le sifflement des tourniquets irriguant les prairies s'élevait vers la lune. Le hurlement d'un coyote résonna dans le lointain. L'aboiement d'un chien, du côté du ranch, lui répondit, et Sunset se mit de la partie en hennissant de nouveau.

Incapable de repérer l'étalon dans la nuit, Molly se pencha à la fenêtre dans l'espoir que lui pourrait la voir.

— Je suis là, mon garçon. Tu n'es pas seul. Je vais laisser la fenêtre entrouverte pour t'entendre, et je viendrai si tu as besoin de moi. Plus personne ne te martyrisera, désormais. Je te le promets.

L'étalon hennit doucement, comme réconforté par la voix de Molly.

« J'ai fait ce que je devais faire, songea-t-elle. Et peu importe ce qui peut m'arriver. »

— Molly ?

La voix s'insinua dans ses rêves.

— Molly, vous m'entendez ?

Elle s'efforça de se réveiller, de crainte qu'on lui fasse une nouvelle piqûre. Il fallait qu'elle s'explique, qu'ils la croient. Elle ne voulait plus d'injection, plus jamais. Elle n'était pas folle.

— Molly !

Dans un sursaut, elle se redressa, fixa le plafond lambrissé, se demanda où elle était. Puis les événements de la veille lui revinrent brusquement en mémoire. Elle se frotta les yeux et grogna. Quelqu'un frappait à la porte.

— J'arrive ! cria-t-elle en se levant.

Dans le séjour, il lui vint à l'esprit que ce n'était peut-être pas son employeur mais la police. À cette idée, elle s'arrêta net.

— Qui est-ce ?

— Jake.

Reconnaissant la voix chaude, Molly se battit avec le verrou de sûreté pour lui ouvrir. La haute silhouette dressée devant elle fit courir un frisson dans son corps, bien qu'elle fût à demi endormie.

— Quelle heure est-il? croassa-t-elle.

— 6 heures. Vous êtes en retard.

— En retard?

— Oui, en retard, répéta Jake avec un petit rire. Je vous apporte de quoi vous réveiller.

Elle prit la tasse de café qu'il lui tendait avec avidité, la porta à ses lèvres, en but une gorgée.

— Dieu vous bénisse!

— Je n'étais pas sûr que vous ayez de quoi préparer du café ici. Si vous êtes comme moi, je ne peux rien faire avant d'en avoir bu une tasse.

— C'est ce qui s'appelle un café fort, commenta-t-elle.

— Ça vaut mieux quand on n'a pas le temps de se prélasser, expliqua-t-il en entrant.

Tandis qu'il refermait la porte derrière lui, Molly recula d'un pas. Elle se serait giflée de réagir aussi stupidement. Elle n'aurait su dire exactement pourquoi cet homme la troublait, elle ne pouvait que le constater.

Elle remarqua tout de suite qu'il avait changé de chemise et de jean, qu'il était rasé de près et apportait avec lui une odeur d'eau de Cologne mêlée à des parfums de terre, de bois, d'air pur.

— Vous avez l'habitude de dormir tout habillée? interrogea-t-il en la regardant de la tête aux pieds.

Elle jeta un coup d'œil à ses vêtements froissés, puis releva les yeux, les joues brûlantes.

— Seulement quand je suis morte de fatigue.

Rejetant en arrière une mèche auburn échappée de sa natte à moitié défaite, Molly ajouta :

— Désolée. Je dois avoir une tête à faire peur. Je suis restée debout tard pour défaire mes bagages.

— Vous êtes très bien, lui assura Jake sans quitter son visage des yeux.

Il avait une façon de regarder une femme qui la faisait se sentir belle ; un don qui avait dû lui rendre de grands services, songea Molly.

— Désolé de vous avoir réveillée en fanfare, poursuivit-il, mais ici on se lève avec les poules. Et puis j'aimerais vous montrer le ranch et parler de votre travail avant de commencer ma journée.

Molly ne put se retenir de bâiller et de cligner des yeux.

— Ne vous excusez pas. J'aurais dû me coucher plus tôt. Vous m'accordez quelques minutes ? Je me douche rapidement et j'arrive.

— Une demi-heure, ça ira ?

— Disons, trente-cinq minutes.

— D'accord.

Au moment de ressortir, Jake se retourna, la main sur la corde attachée à sa ceinture.

— J'allais oublier ! Voici la corde anti-serpents que je vous avais promise.

Il déroula la corde, la disposa en demi-cercle devant la réserve à bûches, puis revint vers Molly.

— Voilà. Vous n'avez plus rien à craindre.

Le barrage semblait bien dérisoire, mais il devait savoir ce qu'il faisait.

— Merci. J'ai l'esprit plus tranquille maintenant.

— C'est le but. À tout à l'heure.

Dès qu'il fut sorti, Molly se laissa tomber dans le vieux fauteuil de cuir et finit son café. À la clinique, elle avait passé ses après-midi à faire la lecture aux malades ou à confectionner des figurines de paille, ce qui ne l'avait pas vraiment préparée à reprendre un vrai travail. Et si, en plus, il fallait se lever aux aurores, elle prévoyait des jours difficiles...

Une demi-heure plus tard, elle frappait à la porte du ranch, complètement réfrigérée. Il faisait si froid que son haleine se transformait en buée tandis que son chemisier de coton collait à sa peau encore humide, tant elle s'était dépêchée. Des voix lui parvenaient de l'intérieur de la maison. Puis des bottes martelèrent le plancher. Alors qu'elle s'attendait à voir Jake, ce fut un homme noueux, aux cheveux gris et aux yeux verts, qui lui ouvrit la porte.

— Vous devez être Molly, fit-il en lui tendant la main, le regard amical. Moi, je suis Levi.

— Ravie de vous rencontrer, Levi.

— Tout le plaisir est pour moi, répondit-il en lui secouant la main avec une telle vigueur qu'elle crut que son bras allait se décrocher.

Puis, au lieu de l'inviter à entrer, Levi la prit par l'épaule et l'entraîna vers une vieille fourgonnette dont les pare-chocs tenaient avec des cintres métalliques.

— J'ai entendu dire que vous vous y connaissiez en mécanique, expliqua-t-il. Ma guimbarde a des problèmes pour démarrer. Ça vous ennuierait de regarder d'où ça vient.

Ce n'était pas vraiment le moment, Jake l'attendait, mais l'expression tracassée du vieux cow-boy l'empêcha de se dérober.

— D'accord. Je jette un coup d'œil.

Levi alla tourner la clef de contact. Le moteur rugit, de la fumée noire sortit du pot d'échappement, puis il y eut une série de crachotements et de vibrations.

— Il y a du retard à l'allumage, je crois, annonça Molly.

— Sans blague ? Vous pouvez m'arranger ça ?

Molly le regarda, incrédule. La plupart des hommes ricanaient de ses talents de mécanicienne. Les femmes avaient une place, et ce n'était sûrement pas sous le capot d'un véhicule. Elle hésita, sachant qu'elle ferait mieux de remettre cette intervention à plus tard, mais Levi affichait un air si implorant qu'elle n'eut pas le cœur de refuser.

— Vous pouvez me trouver une bougie neuve ?

Le cow-boy descendit de sa fourgonnette avec l'agilité d'un jeune homme, bien qu'il eût probablement la soixantaine.

— Ma petite, fit-il, tout sourires. On a tout le matériel. C'était l'expert qui nous manquait.

Combien de temps fallait-il donc à une femme pour prendre une douche et s'habiller ?

Jake soupira et s'approcha du fourneau pour se verser – chose rarissime – une troisième tasse de café. Quand Molly finirait par arriver, il lui mettrait les points sur les *i*.

— Qu'est-ce qui te rend si nerveux ? s'enquit Hank en pénétrant dans la cuisine.

— Molly a quarante-cinq minutes de retard.

— Elle est retenue.

— Par qui ?

— Levi. Il la fait bosser sur sa fourgonnette.

— Tu plaisantes ?

— Va jeter un coup d'œil. Elle a la tête sous le capot, on ne voit plus que son joli derrière.

L'imagination agréablement sollicitée, Jake posa sa tasse sur le bar, sortit et constata que Hank n'avait pas menti.

Il caressait du regard les charmantes rondeurs de Molly, quand il surprit du coin de l'œil deux de ses hommes postés devant les écuries. Il se tourna vers eux, constata que Benny et le jeune Danno étaient eux aussi attirés par le même spectacle, et fronça les sourcils pour rappeler ses deux employés à l'ordre. Puis il se dirigea vers Molly en se disant que ses rondeurs à damner un saint ne lui donnaient absolument pas le droit de le faire attendre trois quarts d'heure.

— J'ai engagé cette personne pour faire le ménage et la cuisine, lança-t-il à Levi en s'immobilisant près de la fourgonnette. Et elle a quarante-cinq minutes de retard.

En entendant la voix impérieuse de Jake, Molly se redressa, se cogna la tête au capot et faillit tomber à la renverse.

— Monsieur Coulter ! J'ai vraiment autant de retard ?

Elle paraissait tellement effarée que Jake réprima difficilement un sourire. Néanmoins, il voulut se montrer ferme.

— Oui, et j'aimerais bien commencer ma journée, lança-t-il.

Molly s'essuya vivement les mains avec un vieux chiffon.

— Je ne pensais pas que cela m'avait pris autant de temps, s'empressa-t-elle d'expliquer. J'ai frappé à la porte à 6 h 30. Vraiment.

Jake décida de mettre la pédale douce. Après tout, c'était son premier jour de travail, et il connaissait Levi.

— Ça ira pour cette fois, dit-il en se radoucissant.

— Il y a des pièces à changer, fit-elle en se tournant vers Levi. Le radiateur, entre autres. Voyez avec un ferrailleur. Je vous aiderai avec plaisir quand j'aurai mon jour de congé.

— Vous êtes un ange, mam'zelle Molly. Je vais chercher ça.

Apparemment, le courant passait entre le vieux cow-boy et la jeune femme. Molly avait besoin d'un ami, et Levi, en dépit de sa rudesse, était tout indiqué dans ce rôle. Il était assez âgé pour qu'elle se sente à l'abri d'une tentative de séduction, et en même temps pas encore assez vieux pour avoir oublié les problèmes qu'on peut rencontrer à trente ans.

Jake consulta de nouveau sa montre, et Molly s'empourpra.

— J'arrive, dit-elle.

— Je l'espère bien. La matinée est presque terminée... Dis-moi, Levi, tu ne devais pas faire équipe avec Shorty ?

— J'y vais.

Levi prit le chiffon maculé de graisse des mains de Molly.

— Encore merci, ma petite. Je crois bien que Jake ne vous a pas donné le bon emploi, ajouta-t-il en lançant un clin d'œil à son patron.

— Peut-être bien, fit Jake en indiquant à Molly la maison d'un geste.

Alors qu'ils atteignaient le porche, il lui demanda :

— Expliquez-moi un peu comment une jolie fille comme vous est devenue un as de la mécanique.

Elle leva les yeux au ciel, mais Jake n'aurait su dire si c'était la question elle-même ou le compliment qui l'agaçait.

— Je peux remercier mon père. Il adorait retaper les vieilles voitures.

— Alors vous avez partagé son hobby, et il vous a appris comment fonctionne un moteur ?

— En fait, la mécanique ne me passionnait pas. Mais, très tôt, j'ai su que je risquais de vivre seule, et je me suis dit que j'aurais intérêt à savoir me débrouiller avec une voiture.

— D'où vous venait l'idée que vous vivriez peut-être seule ?

— Je n'ai rien de spécial, et ça ne date pas d'hier.

Jake plongea son regard dans les grands yeux de Molly et eut un coup au cœur. Elle ne plaisantait pas : elle se croyait vraiment quelconque. Comment pouvait-elle se regarder dans une glace et se tromper à ce point ?

Quelqu'un l'avait-il convaincue de son manque de séduction ? Les remarques cruelles ne forgent-elles pas l'image que l'on a de soi ? Si l'on avait dit à Molly qu'elle était quelconque, elle devait voir dans la glace une femme quelconque. C'était aussi simple et aussi triste que cela.

Jake renonça à renouveler son compliment. Molly venait à peine d'arriver, elle était la seule femme du ranch, et elle risquait de croire qu'il lui faisait des avances. Il devait tout faire pour éviter des malentendus de cette nature.

Quand il lui aurait fait découvrir le ranch et expliqué en quoi consistait son travail, il lui donnerait une liste de courses à faire, accompagnée d'un chèque, lui trouverait un véhicule, puis la laisserait se débrouiller seule.

8

Huit heures plus tard, Molly entra dans le garde-manger et demeura perplexe devant la collection de petites glacières alignées sur les étagères. Il y en avait de toutes les couleurs, mais aucune ne pouvait contenir plus de six bouteilles de soda, et elles étaient couvertes de poussière. À quoi pouvaient-elles bien servir, grands dieux ?

Peu importait pour le moment. Elle avait passé la matinée à faire les courses, l'après-midi, à nettoyer et à faire la lessive. 17 heures approchaient et elle ne tenait pas à servir le dîner en retard.

La première impression ayant une énorme importance, elle avait choisi de préparer un *teriyaki*, mélange de légumes variés, riz et poulet, le tout sauté à la poêle. Mais ce n'était pas une mince affaire que de nourrir onze hommes. *Molly, qu'est-ce qui t'a pris d'accepter ce travail ? Tu es tombée sur la tête ?*

Elle jeta un coup d'œil à l'horloge murale encastrée dans un support en forme de trèfle à quatre feuilles constitué de fers à cheval – une des créations rustiques de Jake, parfaitement adaptée à un ranch qu'il avait construit de ses mains, et qui donnait l'impression de vivre au temps de la Ruée vers l'or.

Dans trois quarts d'heure, Molly allait servir le dîner et elle se sentait dans ses petits souliers.

Jake mourait de faim et supposait que ses hommes devaient être aussi affamés que lui. À court de pain pour confectionner des sandwiches, ils avaient dû déjeuner de crackers tartinés de beurre de cacahuètes.

La maison sentait divinement bon. Il en eut l'eau à la bouche tandis qu'il s'essuyait les bottes sur le paillasson de l'entrée. Alors qu'il traversait le séjour, il eut l'impression qu'il y avait une tonne de poussière en moins sur les meubles et se sentit plus léger. Bon sang, c'était fantastique d'avoir une femme qui vous attendait à la maison après une dure journée de travail, de voir briller les meubles, de trouver la table mise. Non pas qu'il soit le genre d'homme à condamner une femme aux travaux domestiques. Mais le changement n'était pas pour lui déplaire. Il accrocha son chapeau à une patère avant de pénétrer dans la cuisine.

— Je me crois au paradis ! Qu'est-ce que ça sent bon !

Devant ses fourneaux, Molly sursauta et renversa de la sauce soja sur son chemisier. Jake se précipita sur le torchon à vaisselle et tamponna le tissu que Molly tenait loin de sa peau.

— Vous vous êtes brûlée ?

— Non. Ça pique un peu, c'est tout.

— Je suis navré. Je ne voulais pas vous effrayer mais, quand on travaille toute la journée dehors, on prend l'habitude de parler fort.

Molly saisit le poignet de Jake en rougissant. Leurs regards se croisèrent, et il jeta le torchon dans l'évier en reculant d'un pas, conscient d'être attiré par cette femme d'une façon incroyable.

— Ce n'est pas grave. Je savais que vous arriveriez à cette heure-ci. Je ne vois pas pourquoi j'ai réagi ainsi. Sans doute parce que je ne suis pas encore habituée à cet endroit.

Il en fallait peu pour la faire sursauter. Elle était sans cesse tendue et, dès qu'il la regardait, elle jouait nerveusement avec les boutons de son chemisier. Pourtant, elle l'avait frappé, la veille. Donc, elle ne craignait pas de se mesurer à un homme. Anxieuse, manquant d'assurance, et en même temps capable de manifester un courage exceptionnel, cette femme était une véritable énigme. Une énigme qui le bouleversait.

En guise de tablier, elle avait noué un torchon de cuisine autour de sa taille, faisant ainsi ressortir ses hanches et ses seins pour le plus grand plaisir de Jake. S'ils étaient mariés, songea-t-il, il repousserait l'heure du dîner…

Troublé par la direction que prenaient ses pensées, il se tourna vers la table où Molly avait disposé des verres à eau et à vin pour chacun. Sur les assiettes, elle avait mis de l'essuie-tout, plié en forme d'éventail.

— Je sais, dit-elle en suivant son regard. Ça a l'air un peu idiot, mais j'ai oublié d'acheter des serviettes.

— C'est très joli, et très agréable à voir après une journée passée à s'occuper de chevaux et de bétail. Il y a du vin ?

— Juste un vin blanc, pas cher.

Si elle avait compris qu'il fallait s'abstenir de dépenses somptuaires, elle devait aussi savoir qu'il n'y aurait pas de vin chaque soir.

— N'en faites pas une habitude, précisa tout de même Jake.

— Oh, non ! Mais je voulais que le premier dîner soit un peu exceptionnel.

Il aurait pu lui répondre que sa présence seule suffisait à le rendre exceptionnel.

— Un vrai repas est déjà inhabituel ici. Qu'est-ce qui mijote dans cette marmite ?

— C'est une surprise.

Jake s'avança vers l'évier pour se laver les mains.

— J'ai une faim de loup. Ne faites pas durer le suspense trop longtemps.

Tandis que Molly transvasait le riz, puis les légumes, et enfin le poulet dans différents plats, les employés de Jake entrèrent dans la cuisine à la queue leu leu. Quand elle se retourna, une seule place restait vacante à l'extrémité de la table. Tous se redressèrent en la regardant s'avancer vers eux, le plat de riz entre les mains.

— Voici Molly, fit Jake. En commençant par la gauche, enchaîna-t-il, nous avons Skeeter, Peach, Shorty, Benny, Danno, Tex, Bill et Nate. Vous avez déjà rencontré Levi et mon frère Hank.

Tous les âges étaient représentés. Seul la chemise rouge de Levi, les cheveux roux et le visage constellé de tâches de son du jeune Danno tranchaient sur une mer de jean.

— Je suis ravie de vous rencontrer, dit-elle avant d'aller chercher les autres plats. Je vous ai fait l'une de mes recettes préférées. J'espère qu'elle vous plaira. Il y a du lait pour ceux qui en veulent et du vin pour les autres.

— Où est le pain ? demanda Danno.

— Vous voulez du pain avec du riz ?

— On en mange toujours. Même avec les pommes de terre.

Molly se précipita vers le garde-manger et revint avec une miche.

— Où est le beurre ?

Molly alla prendre dans le réfrigérateur le beurre en spray qu'elle avait l'habitude d'acheter.

Danno fixa le spray pendant quelques instants, interloqué.

— Qu'est-ce que c'est ça ? finit-il par demander.

Toutes les têtes se tournèrent vers le jeune garçon dans un silence pesant.

— Eh bien… c'est… du beurre. Vous verrez, c'est très bon.

— Où est passé le vrai beurre ? s'étonna Danno.

— Je n'en ai pas acheté.

— Molly vient d'arriver, Danno, intervint Jake. Je n'ai pas eu le temps de lui montrer comment faire le beurre. Nous avons une baratte électrique, précisa-t-il en se tournant vers Molly qui le regardait avec stupéfaction. C'est très facile à utiliser.

Il voulait qu'elle apprenne à *faire* du beurre ? Mais ça ne l'intéressait pas particulièrement. Elle tenait à garder ses artères en bon état de marche. Autour de cette table, il y avait des hommes d'un certain âge qui auraient été bien avisés de surveiller leur taux de cholestérol s'ils tenaient à éviter la crise cardiaque.

Seulement, elle ne se battrait pas pour leur santé. Ils voulaient du beurre, ils en auraient, et pourraient s'en gaver jusqu'aux oreilles ! Elle tenait à conserver son boulot.

Tandis qu'elle faisait un tour de table avec la bouteille de vin, Danno arrosa son pain de beurre liquide, les sourcils froncés. Puis il en prit une bouchée et fit la grimace.

— Il y a de la gelée ?

— Oh, oui !

Molly courut de nouveau vers le réfrigérateur et rapporta à Danno un petit pot de gelée de groseille de premier choix. Ce dernier étudia l'étiquette avant d'enlever le couvercle et de vider les trois quarts du pot sur sa tartine pour en faire un sandwich qu'il enfourna goulûment. Molly se dit que, si Danno n'était pas une exception, elle avait affaire à une tablée qui préférait la quantité à la qualité. Autant en tenir compte la prochaine fois qu'elle irait au supermarché.

Quand elle s'assit à son tour, elle avait acquis la conviction que son repas ne serait guère apprécié. À part Danno, personne n'avait encore touché à son assiette.

— Ne m'attendez pas, lança-t-elle, de plus en plus nerveuse. Je vais me lever pendant tout le repas.

Jake prit une bouchée, regarda ses hommes avec insistance, et déclara :

— Humm... C'est délicieux, Molly.

Hank imita son aîné, puis goûta au vin et adressa à Molly un large sourire.

— C'est la première fois qu'on se sert de ces verres en cristal. Un cadeau de notre sœur Bethany et de son mari Ryan pour notre emménagement ici.

Il répondait à la question que Molly s'était posée en découvrant ces verres dans le placard, Jake n'ayant pas l'air de quelqu'un qui donne dans le luxe.

Elle lui jeta un coup d'œil. Le visage indéchiffrable, il mangeait avec plus d'application que de plaisir apparent. Molly sentit un nœud se former au creux de son estomac. S'il décidait de se séparer d'elle, elle ne donnait pas cher de son sort et de celui de Sunset.

L'angoisse commençait à grandir en elle quand l'homme blond répondant au nom de Shorty posa sur elle un regard interrogateur.

— Mon copain Bart attend dehors. Si vous avez des restes, pensez à lui. Il sera ravi.

— Vous avez laissé un copain à la porte? s'exclama-t-elle en repoussant sa chaise. Je vais le faire entrer. Il peut prendre ma place.

Jake releva brusquement la tête.

— Bart est un chien, Molly. J'ai demandé à Shorty de lui interdire la maison maintenant que le parquet est ciré.

Molly, qui tenait avant tout à ne pas bouleverser les habitudes du ranch, se leva et se dirigea vers la porte qui donnait à l'arrière du ranch. Sur le perron était allongé le chien le plus laid, le plus sale, le plus pitoyable de la terre. Il avait le flanc droit pelé et l'un de ses yeux, recouvert d'une taie, louchait horriblement.

— Salut, Bart!

Le chien, qui n'attendait que cela, se leva d'un bond et, avant que Molly ait pu l'en empêcher, entra dans la cuisine.

— Il a l'air d'avoir mal à la patte, observa-t-elle.

Shorty se pencha sur son chien.

— Encore une ronce!

— On devrait la lui enlever et le désinfecter, non?

— Je m'en occuperai dès que j'aurai fini de manger.

Soigner l'animal semblait à Molly une priorité mais, si elle voulait être acceptée, elle avait intérêt à garder ses opinions pour elle.

— Bart a l'habitude de manger la même chose que vous?

— Oui, m'dame. On lui donne ce qu'on a en trop.

— Il n'aimera certainement pas mon plat.

— Ça nous plaît pas non plus, fit Danno. Mais on mange quand même.

— Danno! s'écria Jake d'un ton réprobateur. Ne faites pas attention à ce freluquet, Molly. Tout le monde autour de cette table apprécie ce plat.

— Oui, m'dame, renchérit Levi. C'est vraiment bon.

Cheveux noirs et visage buriné, Peach leva son verre.

— Je suis d'accord.

Vu la vitesse avec laquelle le riz et les légumes étaient en train de disparaître, il ne resterait pas grand-chose pour le pauvre Bart, songea Molly. Elle se leva et mit de l'eau à bouillir en se disant qu'elle allait faire cuire un supplément de riz et y ajouter des œufs brouillés.

— Molly, vous n'avez encore rien mangé, observa Jake.

— Je m'occupe de Bart.

Elle entendit un bruit de chaise, puis de bottes dans son dos et se retourna. Jake était en train de lui servir le reste de riz. Touchée par ce geste, elle regagna la table. Mais quand elle entendit Bart gémir et le vit se lécher la patte, elle commença à s'agiter sur sa chaise. Et quand il poussa un nouveau gémissement, elle fut incapable de se retenir plus longtemps.

— Excusez-moi, dit-elle poliment.

Elle se leva et quitta la pièce.

Jake soupira en la suivant du regard. Elle n'avait pas touché à son assiette. Jamais il n'avait vu quelqu'un d'aussi tendu. Elle avait observé les hommes en train de dîner, comme si sa vie en dépendait, et la critique de Danno l'avait carrément fait blêmir. Cuisiner pour un si grand nombre n'était chose facile pour personne. Elle avait droit à l'erreur, et Jake était pressé de la rassurer.

Elle revint quelques minutes plus tard, et il en fut soulagé, quand, soudain, il vit le désinfectant, le coton et la pince à épiler qu'elle tenait à la main. À l'évidence, elle s'apprêtait à enlever l'épine plantée dans la patte de Bart.

Il jeta un coup d'œil anxieux à Shorty. Dans un ranch, la coutume voulait que chacun s'occupe de son chien et que personne d'autre n'y touche, comme si la loyauté de l'animal envers son maître dépendait de ce lien exclusif.

En toute innocence, Molly s'accroupit près de Bart et lui parla doucement. Le chien, peu habitué aux étrangers, et aux femmes, en particulier, se mit à grogner, menaçant. Mais Molly ne s'alarma nullement.

— Je te comprends, murmura-t-elle. Rien n'est plus désagréable que d'avoir mal à la patte. Du calme. Dans deux secondes, je t'aurai enlevé cette épine.

— Attention, Molly, l'avertit Jake. Bart n'est pas un petit toutou, il lui arrive de mordre de temps en temps.

Shorty se tourna vers Molly, l'air désapprobateur.

— Qu'est-ce que vous fabriquez, mam'zelle ? Ce chien est à moi. C'est moi qui m'occupe de lui. Vous l'entendez pas grogner ?

— Il ne grogne pas. Il me parle. N'est-ce pas, Bart ? Oh, mon pauvre ! Moi aussi je serais de mauvaise humeur avec une épine dans le pied. Elle est toute gonflée, ta petite patte.

Berger australien, et d'une taille peu ordinaire – ce qui avait amené Jake à se poser des questions sur son pedigree –, Bart n'avait ni de petites pattes ni de petits crocs, et Molly risquait d'être sérieusement blessée s'il la mordait.

— Molly, vous feriez mieux de laisser Shorty s'occuper de son chien, tenta de nouveau Jake.

— Si j'étais vous, mam'zelle, j'écouterais le patron, renchérit Shorty, qui était cependant étonné que l'animal ne lui ait pas déjà attrapé la main.

Molly étudia attentivement Bart, et un sourire tranquille s'épanouit sur ses lèvres. Jake avait connu plus d'une femme qui se prétendait douce et aimante et se révélait une vraie harpie, mais il suffisait de regarder Molly pour parier qu'elle ne trichait pas.

— Il ne me mordra pas, affirma-t-elle à Shorty. Il est simplement un peu perdu. Qui ne le serait à sa place ?

Elle posa la patte du chien sur son genou et commença à manipuler la pince. Bart laissa échapper un sourd grondement et Shorty retint son souffle. Jake, quant à lui, se leva pour se rapprocher de Molly. Mais, au lieu de planter ses crocs dans la chair tendre, l'animal gémit, jeta un regard résigné à son maître, et lécha le poignet de la jeune femme. Jake se détendit et fit un clin d'œil à Shorty qui donnait l'impression d'avoir avalé ses chaussettes.

— D'habitude, je laisse personne toucher à mon chien, avoua ce dernier en retrouvant son souffle. Mais vous, il vous aime bien, c'est sûr. Il paraît que les chiens sentent tout de suite si une personne est bonne ou mauvaise. D'après ce que je vois, vous devez faire partie de la première catégorie, parce que ce bon vieux Bart vous fait sacrément confiance, mam'zelle Molly.

Molly s'empourpra, puis regarda Bart, émerveillée.

— Moi aussi, je t'aime beaucoup, mon chien. Et si tu prenais un bain, tu serais très beau. Qu'est-ce qui lui est arrivé ? ajouta-t-elle à l'adresse de Shorty en montrant le flanc pelé du chien. Il a été blessé ?

— Un jour, pendant que je payais à la station d'essence, il s'est mis à aboyer après l'employé qui remplissait le réservoir. Le type l'a mal pris et l'a arrosé d'essence. Le temps que je comprenne pourquoi il tremblait et se mordait, il avait déjà la peau brûlée, et ses poils ont jamais repoussé.

— Mon Dieu ! Comment peut-on faire des choses pareilles ! s'exclama Molly qui s'acharnait sur l'épine. Bart est un amour. Ah ! ça y est. Je la tiens ! Regarde ça, Bart.

Le chien tendit le cou pour lécher le visage de Molly.

— Oh ! Que tu as mauvaise haleine ! La prochaine fois que j'irai en ville, je t'achèterai du dentifrice.

— Du dentifrice pour un chien ? fit Shorty, sidéré. J'ai jamais entendu parler de ce truc-là.

— Regardez, fit Molly en retroussant les babines de Bart. Ses dents sont couvertes de tartre. Il risque d'avoir des caries si on ne fait rien. J'ai vu de la publicité pour un dentifrice spécial chien.

— Vous croyez pas qu'un bon os suffirait ?

— Il aura aussi des os.

Elle lança un regard à Jake.

— Je prendrai ça à ma charge, ne vous inquiétez pas.

Mais, pour une fois, l'argent était le dernier des soucis de Jake, qui demeurait fasciné par la façon dont Molly s'y prenait avec Shorty. Dans leurs bons jours, il n'était pas aisé de dire qui était le plus difficile du maître ou du chien, et cependant Molly les avait mis dans sa poche l'un et l'autre sans même essayer.

— Je peux lui brosser les dents tous les jours, si vous n'avez pas le temps, Shorty, reprit-elle.

Celui-ci réfléchit un instant, puis hocha la tête.

— Je reconnais que ça peut pas lui faire de mal.

Jake se rassit et finit son repas, éberlué mais ravi que Molly soit si bien acceptée par ses employés. Il y avait quelque chose dans ses grands yeux noisette qui faisait un peu perdre la tête, décidément.

Il jeta un coup d'œil à Bart, et se dit que, apparemment, les yeux de Molly faisaient autant d'effet aux chiens qu'aux hommes.

9

Le repas achevé, Jake remonta ses manches pour aider Molly à ranger la cuisine. Surprise, elle rosit et tenta de lui prendre le plat des mains.

— Laissez-moi faire, monsieur Coulter. Vous avez travaillé dur toute la journée, et c'est mon travail de faire la vaisselle et de nettoyer la cuisine.

— Vous aussi vous avez beaucoup travaillé aujourd'hui, rétorqua-t-il sans lâcher prise. La maison est nickel. Est-ce que je vous l'ai fait remarquer ?

— Ce n'est qu'une impression, affirma Molly, les yeux brillants de plaisir. Demain, je nettoierai plus à fond.

— Vous avez quand même eu une dure journée. À deux, on ira plus vite, et ce sera mieux pour tout le monde.

— Quand je me serai adaptée, je serai plus rapide, assura-t-elle en lui abandonnant le plat.

Jake espérait qu'elle prendrait aussi le temps de manger. Non pas que ses hommes et lui aient laissé grand-chose, il y avait à peine de quoi nourrir la moitié de la tablée. Il se demandait comment lui expliquer qu'elle devait prévoir des repas plus copieux. Ils se dépensaient physiquement et brûlaient beaucoup de calories, moyennant quoi il leur fallait une grande quantité de protéines, de pain et de beurre. Se sachant trop direct, il craignait de la paralyser plutôt que d'arranger les choses. Tout en réfléchissant à la question, il passa la vaisselle sous l'eau avant de la mettre dans la machine pendant que Molly débarrassait la table, nettoyait le bar et la cuisinière.

Jake n'avait jamais vu quelqu'un s'agiter autant. Elle allait et venait, et semblait avoir du mal à se concentrer sur une activité à la fois tant elle était nerveuse.

Quand ils eurent terminé, il s'aperçut qu'il faisait nuit et proposa à Molly de la raccompagner. Ce serait peut-être l'occasion d'aborder le sujet des repas.

— Non, merci, fit-elle. Ce n'est pas la peine. Je connais le chemin.

— Vous qui voyez si mal la nuit, vous risquez de vous perdre.

— Je ne vois pas si mal que ça, répliqua-t-elle en riant.

La sentant toujours aussi mal à l'aise avec lui, Jake n'aurait pas insisté si elle avait eu l'habitude de vivre à la campagne. Mais comme ce n'était visiblement pas le cas, il préféra suivre son idée. Il la précéda dans l'entrée et prit son Stetson.

— Je dormirai mieux si je vous raccompagne.

Accroupi devant la cheminée, un journal froissé à la main, Hank leva la tête.

— Laissez-le faire, Molly. La semaine dernière j'ai repéré la trace d'un couguar, le long de la rivière.

— Mon Dieu !

— Ne l'écoutez pas, intervint Jake. Les couguars s'attaquent rarement à l'homme.

— Ne raconte pas d'histoires. Il y en a un qui s'est attaqué à un petit garçon, il n'y a pas longtemps, près d'une piscine municipale.

— Ce n'était pas en Oregon.

— Tu crois que ces félins savent dans quel État ils se trouvent ? Souviens-toi de celui qui a foncé sur la camionnette de la poste, à Lakeview.

— On n'en a jamais eu la preuve. Allez, venez, Molly. N'écoutez pas Hank.

— Je vous ai effrayée, Molly ? fit Hank, malicieux.

— Non. Pas vraiment. Enfin... Mon Dieu ! Là où je vis, les couguars ne sont pas un problème.

Jake n'en douta pas. Il était convaincu qu'elle venait de Portland où, s'il y avait le moindre couguar, il était empaillé.

— Ici non plus, ne vous inquiétez pas. Allons-y avant que Hank ne recommence.

— Bonne promenade, tous les deux, fit Hank, l'œil pétillant.

Dès qu'elle mit le pied dehors, Molly s'immobilisa et se rapprocha de Jake. Frissonnant dans l'air frais de la nuit, elle scruta l'obscurité. Au moins, songea-t-il, il avait cessé d'être la seule source de ses appréhensions.

— Est-ce vrai que les couguars font des bonds de deux mètres ? questionna-t-elle en se serrant contre Jake, qui glissa le bras autour de sa taille.

— Oubliez cette histoire. Hank adore faire peur aux jolies femmes. C'est son côté macho.

— Répondez-moi tout de même.

— Oui. Mais c'est une moyenne, et par ici nos félins ne sont que des petits chats.

Un hibou ulula. Molly sursauta, se colla contre Jake. Il resserra son étreinte, et elle se raidit un peu, sans toutefois s'écarter.

Elle avançait à ses côtés, le cou tendu, fouillant les ténèbres du regard, tandis que lui songeait à ce corps aux courbes si douces blotti contre le sien. Lorsque, du pouce, il effleura involontairement son sein, son imagination s'enflamma. Bon sang ! Il tuerait Hank dès qu'il rentrerait.

Depuis qu'il avait repris le ranch, il n'avait pas eu de temps à consacrer aux femmes, et il était en manque de contact charnel. Oui, c'était ça, pas autre chose. Il n'aimait que les grandes blondes sveltes, pas les petites femmes pulpeuses. Molly et ses grands yeux noisette, son regard inquiet, n'était pas son genre. Cela dit, elle ne devait jamais mettre de faux ongles – ces griffes redoutables. Mais griffes ou pas, il y avait autre chose.

Elle lui rappelait sa mère qu'il adorait et trouvait encore belle à près de soixante ans. Et quand un homme se sent attiré par une femme qui lui fait penser à sa mère, il y a un malaise.

Comme Mary Coulter, Molly avait un regard innocent, des sourires à illuminer la nuit, la même taille et les mêmes rondeurs. Toutes les deux étaient faites pour bercer des enfants, et les femmes de ce genre avaient généralement des maris qui ne pouvaient s'empêcher de les toucher et, par conséquent, une abondante progéniture.

Mais à quoi pensait-il donc !

Il était hors de question de s'amuser avec Molly. Au fond de ses yeux, il pouvait voir son cœur, et ce cœur saignait. Jamais il ne se le pardonnerait s'il lui faisait du mal. Or il était un homme inconstant. Il se plaisait à se dire que c'était parce qu'il n'avait pas rencontré la femme de sa vie. Mais peut-être se trompait-il ? Et qu'est-ce qui lui disait que Molly pourrait être cette femme ?

— Merci de me raccompagner, fit-elle en jetant un coup d'œil suspicieux à l'arbre sous lequel ils passaient.

— Ne vous faites pas de souci, Molly. Croyez-vous que, s'il y avait vraiment du danger, je vous le cacherais ? Hank est un idiot. Ou plutôt un opportuniste. Il a cru me rendre service en essayant de vous effrayer... Vous êtes une jolie femme, ajouta-t-il, oubliant qu'il s'était promis de ne plus la complimenter. Il suffit que je vous regarde pour me sentir fondre.

Molly se raidit aussitôt.

— Hank voulait que je vous tombe dans les bras ?

— Il n'y voyait pas mal, se contenta de répondre Jake. Il est taquin et ne prend pas les choses très au sérieux.

— Vous et moi, c'est impensable ! lança Molly en s'écartant brusquement.

Puis elle s'éloigna d'un pas décidé, sans voir le buisson bas qui se dressait devant elle. Jake la rattrapa et la retint par le bras.

— Attention au buisson! Vous êtes pire que les chauves-souris. Elles, au moins, ont un radar.

Quand il la reprit par la taille, elle sursauta comme s'il l'avait piquée avec une épingle. Décidément, elle n'acceptait d'être touchée que pour être rassurée! Peu importait! Jake tenait à lui éviter de se faire mal en tombant, ce qui ne manquerait pas d'arriver s'il ne la guidait pas.

Elle tenta de maintenir une certaine distance entre eux tandis qu'ils se dirigeaient vers la maison. Mais Jake la retint fermement, adapta son pas au sien et recommença à rêver de son corps pulpeux contre le sien.

— Regardez ce ciel! dit-il. Ce n'est pas incroyable? Je ne m'étais jamais rendu compte qu'il y avait autant d'étoiles.

La ficelle était un peu grosse mais, apparemment, ça marchait. Molly leva la tête, soupira et s'appuya légèrement contre lui.

— En ville, on ne les voit pas comme ici, ajouta-t-il.

Sunset hennit en les entendant approcher. Il n'était plus aussi terrorisé que la veille, bien qu'il demeurât sur le qui-vive.

— Vous lui avez rendu visite aujourd'hui? s'enquit Jake.

— Je lui ai dit bonjour avant de partir en ville et salué en revenant. On ne peut pas vraiment appeler cela une visite. Il se réfugie à l'autre bout de l'enclos dès qu'il me voit.

— Venez, fit Jake en l'entraînant vers le corral.

L'étalon hennit et se cabra, la crinière flottant au vent.

— Il a réagi comme ça ce matin en vous voyant ? reprit-il.

— Non. Il s'est simplement éloigné.

Elle ne s'en rendait sans doute pas compte mais, selon Jake, c'était extrêmement bon signe.

— Quand allez-vous travailler avec lui ? demanda-t-elle.

— J'ai déjà commencé. À plusieurs reprises dans la journée je suis entré dans l'enclos, je me suis assis dans un coin et j'ai attendu qu'il se calme.

— C'est ce que vous appelez travailler avec lui ?

— Pour l'instant, je l'habitue à ma présence. Il sait qu'il est à ma merci et que je n'en profite pas. Quand je pourrai l'approcher sans qu'il se cabre, je passerai à l'étape suivante.

— Quelle sera-t-elle ?

— Je me rapprocherai de lui jusqu'à ce qu'il me laisse le toucher. Puis je soignerai ses plaies. Même si elles ne sont plus ouvertes.

— Pourquoi ?

— Parce que, ouvertes ou non, elles seront toujours là.

Molly hocha la tête avec une tristesse si évidente que Jake en eut mal.

— Avec un être humain, les mots sont importants, expliqua-t-il. Tandis qu'un cheval ne réagit qu'à quelques ordres simples et au ton de la voix. Il faut communiquer avec lui d'une autre façon, et j'ai besoin de lui dire que je comprends sa souffrance et que je veux l'aider à guérir.

Les beaux yeux de Molly s'embuèrent.

— J'aimerais lui dire la même chose.

— Vous l'avez déjà fait en l'amenant ici, remarqua Jake en serrant plus fort la taille de Molly. Il sent confusément que vous l'avez sauvé. Bientôt, il vous manifestera une entière confiance.

— En êtes-vous sûr ?

— Il est resté prudent, mais calme ce matin, non ? Eh bien, ça signifie qu'il a moins peur de vous que de moi. Il commence à vous faire confiance.

— Vraiment ?

Son ton trahissait un tel mélange d'espoir et d'angoisse que Jake ne put s'empêcher de sourire.

— Considérez cette confiance comme un honneur, Molly, et profitez-en pour l'aider de toutes les manières possibles. Vous pourriez, par exemple, passez une demi-heure chaque jour près de l'enclos en lui parlant. Le ton de votre voix suffira à lui communiquer vos sentiments.

Molly redressa ses épaules et regarda la silhouette de l'étalon dans la nuit.

— D'accord. Mais il me fait un peu peur. Il est si impressionnant et si violent quand il est effrayé. Je ne sais pas si je suis vraiment capable de l'aider.

— Vous aussi vous allez changer. Dans quelque temps, vous vous sentirez plus à l'aise avec lui.

— Je n'en suis pas certaine. Je préférerais vous regarder travailler avec lui, je crois.

— Écoutez, Molly. Chaque coup de fouet a entamé sa fierté et sa dignité, et il a besoin de quelqu'un qui l'aime pour oublier ça, pas seulement d'un entraîneur.

Molly eut un soupir puis détourna les yeux.

— Je ressens plus de pitié que de véritable amour pour lui.

Jake n'en croyait rien. Elle n'avait pas volé ce cheval sans éprouver pour lui des sentiments profonds qui allaient bien au-delà de la pitié, même si elle ne s'en rendait pas compte.

— Nous verrons. Vous savez, les chevaux, comme les autres animaux, choisissent leur maître. On les achète, mais on n'achète pas leur cœur. Sunset choisira la personne qu'il aime et, si c'est vous, vous n'aurez rien à dire.

— En d'autres termes, il sera mon cheval, que je le veuille ou non ?

— J'en ai bien peur.

Tout en contemplant le profil de Molly, Jake songea que Sunset ne serait peut-être pas la seule conquête de la jeune femme. Quelque chose se passait en lui chaque fois qu'il posait les yeux sur elle ; à cet instant, tout lui semblait aller de soi, comme s'il avait passé sa vie à attendre cette femme.

— En tout cas, dit-elle, je suis heureuse de vous l'avoir amené.

— Et je suis heureux que vous soyez venue, répliqua Jake d'une voix rauque.

— Je ferai de mon mieux avec lui, promit-elle. J'essaierai de surmonter ma peur.

Jake n'en douta pas, convaincu que Molly était bien plus forte qu'elle ne l'imaginait.

— Si vous l'aviez connu avant, poursuivit-elle. Il était magnifique, fougueux, né pour la compétition. Lorsqu'il courait pour Rodney, il y mettait tout son cœur et toute son énergie.

Rodney? Finalement, ce salaud avait un nom.

— Il aimait tellement Rodney… Il a tout fait pour lui plaire, mais ce n'était jamais suffisant. Quand vous donnez le meilleur de vous-même à quelqu'un qui n'est jamais satisfait, cela vous marque pour toujours, murmura Molly, les poings serrés.

Tant de douleur transparaissait dans sa voix que Jake comprit qu'elle parlait autant d'elle-même que de Sunset. Il aurait voulu la prendre dans ses bras, la réconforter, effacer sa détresse. En tout cas, il n'était pas question qu'il lui fasse la moindre remarque au sujet de ses performances culinaires. Elle avait fait de son mieux, et il ne fallait pas compter sur lui pour lui annoncer que, une fois de plus, ce n'était pas assez.

Quelques minutes plus tard, Molly verrouillait sa porte tandis que Jake descendait les marches du perron. Quand le silence se fit, elle se retourna pour s'appuyer contre le battant, exténuée. Depuis 6 heures du matin, elle n'avait pas arrêté une seule seconde.

Elle se dirigea vers la salle de bains, le corps rompu. Dans le miroir, sous le faisceau de lumière crue, elle se trouva pâle, l'air hagard, et s'empressa de se brosser les cheveux en détournant les yeux. Peu importait l'état de sa chevelure, il y avait longtemps qu'elle avait renoncé à dompter ses boucles folles autrement qu'en les nattant.

Elle en était à son cinquième coup de brosse quand elle entendit frapper à la porte. Elle posa la brosse, les nerfs à fleur de peau. La peur de voir la police débarquer ne l'avait pas quittée de la journée.

— Qui est-ce ?

— Jake.

Pas d'erreur, c'était bien sa voix. Elle s'empressa d'aller ouvrir.

— Quelque chose est arrivé à Sunset ?

— Non. Il va bien. Je voulais simplement...

Il s'interrompit, les yeux fixés sur elle. Son expression la laissa perplexe.

— Oui ?

— Pardon. C'est... vos cheveux. J'ai failli ne pas vous reconnaître.

— Rien d'étonnant ! rétorqua-t-elle en repoussant la lourde masse en arrière. Avec toutes ces boucles qui me cachent le visage.

L'épaule appuyée contre le chambranle, Jake se pencha légèrement en avant, son regard errant sur la chevelure de Molly. Puis ses yeux se posèrent sur son visage.

— Dieu que vous êtes belle ! Vous le savez au moins ? fit-il en repoussant son Stetson en arrière.

Elle dut lutter pour ne pas se retourner afin de s'assurer qu'il ne s'adressait pas à quelqu'un d'autre.

— Étant donné que je suis votre patron, je m'étais promis de ne plus vous faire de compliments. Mais, franchement, je me demande comment on peut cacher une chevelure pareille.

Molly eut un rire nerveux.

— Sa couleur me rappelle celle du whisky, enchaîna-t-il. D'un whisky très cher.

Incrédule, Molly toucha ses cheveux d'une main timide. Toute sa vie, ils avaient été source de problèmes. Dans les premières années de son mariage, elle les avait fait couper, et Rodney l'avait menacée de divorcer si elle renouvelait l'expérience. « Tu ressembles à un clown ! » avait-il décrété avec mépris.

— J'avais déjà constaté que vous aviez des traits fins, mais je ne m'étais pas rendu compte à quel point vous étiez ravissante.

Molly se demandait si elle ne rêvait pas.

— Que… que désirez-vous, monsieur Coulter ?

— Du diable si je m'en souviens !

— Ce n'était pas important, j'espère.

— Si, probablement. Sinon je n'aurais pas rebroussé chemin. Ça va me revenir, ajouta Jake en souriant.

Il se redressa et entra dans le séjour en refermant la porte derrière lui.

— Pardonnez ma surprise. Mais la transformation est tellement incroyable.

Molly tira sur une mèche de cheveux.

— Je n'en doute pas. Et je n'ai pas besoin de vous dire que j'évite le rose. Vous imaginez de quoi j'aurais l'air ?

— Vous seriez magnifique. Vous détestez vraiment vos cheveux, n'est-ce pas ?

— Je les hais. Leur couleur ne me fait pas penser à du whisky mais à de la boue rouge.

— Vous êtes très injuste avec vous-même, observa Jake en riant. Même si vous étiez élue Miss Amérique, vous douteriez encore de votre beauté.

Soudain, Jake claqua des doigts.

— Ça y est ! Je me souviens de ce que je suis venu faire. Est-ce que vous avez un réveil ? Je peux vous en prêter un.

— J'en ai un.

— Parfait... Dans ce cas... il vaut mieux que je vous laisse dormir.

— Oui. Si vous voulez que je me lève aux aurores...

Quelques secondes plus tard, Jake avait disparu. Molly effleura ses cheveux, puis poussa le verrou et retourna dans la salle de bains achever son rituel du soir.

Magnifique ? Elle étudia son image dans le miroir, ce qu'elle faisait rarement depuis son divorce, mais elle ne vit aucun changement. Alors qu'elle fixait son reflet, avec l'impression curieuse de ne pas reconnaître la femme qui lui faisait face, ses traits devinrent de plus en plus flous, au rythme des battements de son cœur. Tels des serpents de feu, ses cheveux semblaient se tordre sur ses joues et son front.

Arrête, Molly !

Haletante, le corps inondé de sueur, elle plaqua la main sur le miroir tandis qu'une voix chantonnait dans sa tête : « Molly, Molly, où es-tu donc passée ? »

Elle n'en savait rien, et c'était cela le plus horrible. Jake Coulter lui avait affirmé qu'elle était belle, mais ce n'était que des mensonges. Molly Sterling Wells n'était pas belle. Elle le savait pertinemment. La preuve, son mari l'avait trompée dès les premiers jours de leur mariage !

Le visage enfoui entre ses mains, elle maudit Jake Coulter de la perturber ainsi. Voulait-il simplement être aimable ? Jouait-il avec elle ? Elle l'ignorait, mais elle savait une chose : il n'était pas question d'entrer dans son jeu.

Molly eut du mal à trouver le sommeil. Elle se battit avec son oreiller, se tourna et se retourna cent fois. Les draps enroulés autour de ses jambes la paralysèrent et, se sentant prisonnière, elle les rejeta, pour se mettre aussitôt à frissonner.

Quand elle parvint enfin à s'endormir, des visions l'assaillirent, pêle-mêle, images éparses et sans lien entre elles.

Il était déjà tard lorsque Rodney, assis au bord du lit, ouvrit le tiroir de la table de chevet et en sortit un magazine pornographique.

— Pourquoi fais-tu ça ? lui demanda Molly d'un ton sec. Je ne te suffis pas ?

— J'ai besoin de stimulation. Un homme doit recharger ses batteries d'une manière ou d'une autre.

Rodney commença à se caresser puis, quand il fut suffisamment excité, il éteignit la lampe et attira Molly dans ses bras.

— Déboutonne ta chemise de nuit, murmura-t-il, et prends tes seins dans tes mains. J'aime les petites poitrines bien fermes.

Tandis qu'il s'affairait, Molly fut saisie d'une brusque nausée. Elle ne savait que trop qu'il s'imaginait avec l'une des femmes du magazine. Soudain, il prit la pointe d'un sein entre ses dents, la mordit, puis s'écarta brusquement, comme dégoûté.

— J'ai l'impression de sucer le pis d'une vache, lâcha-t-il.

Molly s'agita dans son lit. Ce n'était qu'un rêve. Elle n'était plus sous la coupe de cet homme. C'était fini. Il fallait qu'elle se réveille, mais le sommeil la tenait et un autre rêve succéda à celui-ci.

Rodney entra dans la chambre pendant qu'elle s'habillait pour aller travailler.

— Si tu ne fais rien, tes seins vont te tomber sur les genoux. Je te paye l'opération. Tu ne m'aimes donc pas ? Tu n'as pas envie de me plaire ?

Elle se donnait un mal fou pour lui plaire. Elle marchait, riait, s'habillait, parlait, pensait comme il le désirait, tout cela pour sauver un mariage qui ne valait pas la peine de l'être. Elle ne savait plus qui elle était, mais la liste des reproches ne cessait d'augmenter. Et voilà que Rodney voulait s'attaquer à la seule chose qui lui restait : son intégrité physique.

— Je ne subirai pas d'opération, Rodney.

— Ah oui ? Et moi, je n'ai peut-être pas l'intention de passer le restant de mes jours avec une grosse vache ! Je t'aime, Molly, mais ne m'en demande tout de même pas trop.

Elle sortit délibérément de la penderie une robe qu'il détestait.

— Qu'est-ce qui te retient, Rodney? Tu peux partir. Ça n'a plus d'importance.

— Tu ne le penses pas vraiment. Aucun autre homme ne voudra de toi. Qu'est-ce que tu vas devenir?

— Je mourrai heureuse.

Le cauchemar fut remplacé par un autre.

Malade, horriblement malade, elle était alitée.

— Non. Ne me donne plus de comprimés, Rodney. Je n'en peux plus. J'ai mal au cœur. Je t'en prie.

Rodney lui souleva doucement la tête.

— Laisse-toi faire, ma chérie. J'essaie de t'aider. Avale ça. Sois gentille.

Entraînée dans une spirale vertigineuse de noirs et de gris, elle se sentit tomber.

À nouveau, Rodney était là, agenouillé près d'elle, l'expression soucieuse.

— Oh, ma chérie! Depuis combien de temps es-tu par terre? Molly? Tu m'entends?

Elle fut incapable d'articuler le moindre mot. À cause des médicaments.

Il la porta sur le lit. Puis il approcha d'autres comprimés de ses lèvres. Elle serra les dents. Non! Elle ne voulait plus de ces comprimés. Ils l'aidaient à dormir, certes, mais elle était malade au réveil, et incapable de penser clairement.

La scène changea soudain.

Rodney s'était assis sur le lit, à côté d'elle.

— Ma chérie, j'ai des papiers à te faire signer. Tiens, prends ce stylo.

Elle essaya vainement de voir de quels documents il s'agissait. Sa vision était complètement brouillée. Son père lui avait toujours recommandé de ne jamais rien signer les yeux fermés. Depuis la mort de celui-ci, elle jouissait de la moitié des parts de la société qu'il avait créée, et elle avait déjà fait observer à Rodney qu'elle ne pouvait rien signer tant qu'elle serait malade. Pourquoi insistait-il tant ?

— Signe, bon sang ! Je suis ton mari. J'en ai assez de ta méfiance !

Pour la première fois en dix ans, Molly crut qu'il allait la frapper. Il se leva, brandit le poing. Elle vit deux, trois Rodney, tant sa vision était floue. Elle ne savait lequel allait la frapper, mais elle était sûre d'une chose : son mari venait de révéler sa vraie nature. Et c'était celle d'une ordure.

— Si tu es incapable de faire confiance à ton mari, alors à qui d'autre !

Molly sentit son sang se glacer. Elle venait de comprendre qu'elle ne pouvait faire confiance à personne. Absolument personne.

Mais il était trop tard.

10

Il n'était pas facile d'éviter Jake Coulter, et Molly en fit l'expérience dès le lendemain matin.

Quand elle eut nettoyé la cuisine, après le petit déjeuner, elle voulut se familiariser avec la baratte. Elle eut à peine le temps d'enlever le couvercle que le plancher grinça derrière elle. Elle se retourna et vit Jake, vêtu de jean délavé – son uniforme de cow-boy –, et encore plus séduisant que la veille.

— Vous avez besoin d'un coup de main? demanda-t-il.

Sa voix chaude suffit à mettre Molly en émoi.

— Je devrais pouvoir me débrouiller seule, je crois.

Il s'approcha de sa nouvelle employée.

— Vous versez le lait dans le réservoir, puis vous appuyez sur ce bouton. La machine séparera le liquide de la crème.

Molly souleva le seau de lait de vingt litres, et laissa échapper une exclamation de surprise.

— Mon Dieu! Je plains la pauvre vache qui porte une telle charge.

Jake l'aida en riant.

— Il m'est arrivé de penser la même chose.

— Merci, fit Molly en posant le seau dans l'évier en pierre. Je sais que vous êtes très occupé.

— Pas de problème. Je vais vous montrer comment battre la crème.

— Vous êtes sûr ? Je peux peut-être m'en sortir seule.

— J'en aurai pour deux minutes.

Une heure plus tard Jake était toujours là. Pas un instant il n'avait cessé de parler ou, plus exactement, de monologuer. Il avait dû développer ce talent en passànt des journées entières avec ses animaux pour seule compagnie.

— Comment avez-vous appris à faire le beurre ? voulut savoir Molly.

— J'ai grandi ici. Dans l'ancien ranch qu'un incendie a entièrement détruit il y a cinq ans. J'ai dû tout reconstruire... Comme nous étions loin de la ville, imaginez les réserves qu'il aurait fallu mettre au frigo pour nourrir une famille de six enfants.

— J'avais cru comprendre que vous veniez juste de vous installer, s'étonna Molly en laissant son regard émerveillé errer sur la forêt qui bordait les pâturages.

— Vous ne vous êtes pas trompée. Mon père a fait faillite il y a neuf ans. Il a dû vendre le ranch, et celui qui l'a acheté n'était pas assuré contre l'incendie. Donc, il n'a pas eu les moyens de le reconstruire, sa famille a dû vivre dans la maison où vous demeurez et, quand le prix du bœuf a sérieusement baissé, il a renoncé à son exploitation et m'a fait une offre. J'ai sauté sur l'occasion.

Son regard se fit grave. Une gravité qui en disait long sur l'attachement qu'il éprouvait pour cette terre. C'était son héritage, et chaque brin d'herbe devait le lui rappeler.

— Vous avez grandi ici, mais vous êtes né en ville, j'imagine.

— Non. Ici. Mon père était avec le bétail et n'a pas été prévenu à temps pour conduire ma mère à l'hôpital. C'est lui qui m'a mis au monde.

— Seigneur !

Molly ne se voyait pas accoucher chez elle. Avec Rodney, elle n'avait même pas eu à se poser la question, de toute façon. Il lui avait promis des enfants et, comme pour le reste, il n'avait pas tenu parole. Enfant unique, elle avait toujours rêvé d'une grande famille. C'était un regret qui lui brisait le cœur autant que la mort de son père.

— Qu'est-ce qu'il y a ? demanda Jake doucement.

Elle réalisa que son visage avait dû s'assombrir.

— Rien, assura-t-elle en s'efforçant de sourire.

Jake la fixa un long moment puis détourna les yeux.

— Vous êtes encore jeune, murmura-t-il. Rien n'est perdu.

Devant l'étonnement que sa réflexion venait de provoquer, il expliqua, en coulant vers Molly un regard amusé :

— Je sais reconnaître quelqu'un qui me ressemble. Moi aussi je veux des enfants. Beaucoup d'enfants. Cinq frères et une sœur n'ont pas réussi à me dégoûter des familles nombreuses. La semaine dernière, ma sœur a eu un petit garçon. J'aimerais tellement en avoir un à moi que j'en ai presque eu les larmes aux yeux.

— Vous ? s'étonna Molly.

Jake éclata de rire.

— Oui, moi ! Ça vous surprend ?

— La plupart des hommes n'en veulent pas. Je suis persuadée qu'ils prétendent le contraire uniquement pour plaire aux femmes.

— Je dois être une exception, fit Jake en riant de nouveau. Mais je vous assure que c'est vrai.

Molly avait déjà entendu ce refrain. Soudain crispée, elle s'affaira pour remonter la baratte qu'ils venaient de stériliser pièce par pièce. Mais une foule d'émotions l'assaillirent tandis que Jake lui venait en aide.

— Vous voyez ? fit-il. Il y a quelques minutes, vous aviez l'impression que ce serait impossible à assembler de nouveau, et voilà que tout a retrouvé sa place et est prêt à fonctionner. Vous savez, Molly, après un divorce, la plupart des gens se sentent perdus, croient que tout est fini. Et quand vous vous y attendez le moins, vous croisez quelqu'un, il pose les yeux sur vous et il est fichu, conclut-il en lui touchant le bout du nez.

Troublée, elle baissa la tête et lâcha d'une voix faussement enjouée :

— Bien. Je dois aller faire le ménage maintenant.

— Avant, il faut que je vous parle des déjeuners.

Jake précéda Molly dans le garde-manger et lui montra les petites glacières alignées sur les étagères.

— Quand on travaille dans un ranch, on ne peut pas revenir pour déjeuner à heure fixe, expliqua-t-il. Nous emmenons donc nos repas. Dans le bac à glace, vous trouverez assez de glaçons pour nous tous. Je sais que ce n'est pas facile de préparer à la fois le petit déjeuner et le déjeuner, mais ensuite vous aurez le temps de vous consacrer aux tâches ménagères sans être interrompue.

— Qu'est-ce que vous emportez habituellement ?

— Des sandwiches, des chips, des biscuits. Rien de compliqué. Mais n'oubliez pas que nous avons un gros appétit.

Molly nota mentalement de prévoir deux sandwiches pour chacun. Puis, croyant que Jake en avait terminé, elle s'apprêtait à s'éloigner quand il lui barra le passage.

— Vous avez autre chose à me dire ? demanda-t-elle, avec l'impression d'étouffer.

Le regard bleu de Jake s'attarda sur sa coiffure.

— Vous avez refait votre natte.

— Oui. Cela pose problème ?

— Non. C'est joli, et plus pratique pour cuisiner. Mais en dehors de ça, je trouverais dommage que vous continuiez à cacher de si beaux cheveux.

Il se pencha pour attraper la natte de Molly, la ramena par-dessus son épaule, et joua avec l'élastique, un sourire aux lèvres.

— Je n'arrête pas de vous voir avec vos cheveux dénoués.

Effleurait-il volontairement son buste ? Elle se posa la question, mais ne lui laissa pas longtemps le bénéfice du doute. En un clin d'œil, elle repoussa sa main et ferma la sienne sur sa natte.

— N'oubliez pas : vous êtes magnifique sans cette coiffure sévère, reprit-il en lui caressant la joue du bout du doigt. C'est un bonheur de vous regarder.

Sur ces mots, il tourna les talons et sortit du garde-manger. Elle porta la main à sa joue, un peu étourdie, comme une enfant qui descend d'un manège. D'un côté, elle avait envie de rire, de l'autre, elle ne demandait qu'à le croire. Oh, oui ! comme elle aurait aimé croire Jake Coulter !

Les jours suivants, elle eut l'impression qu'il était constamment autour d'elle. Le matin, il l'attendait dans la cuisine et l'invitait à boire un café avec lui avant qu'ils n'entament l'un et l'autre leur journée de travail.

Il en profitait pour lui poser des questions amicales dans le but, évident, de mieux la connaître. Constatant qu'il s'abstenait de fouiller dans son passé, Molly lui répondait volontiers. Après tout, il était naturel qu'il veuille glaner quelques renseignements sur son employée.

— Vous êtes sportive, Molly ? lui demanda-t-il un matin.

— J'ai pas mal joué au golf avec mon père. Je n'étais pas très douée, mais on s'amusait beaucoup.

— Peu importe qu'on joue médiocrement. Ce qui compte, c'est le plaisir.

Rodney ne partageait certes pas cet avis. À ses yeux, le golf était réservé aux hommes fortunés, et il estimait que le talent d'un joueur reflétait son éducation. Les piètres performances de Molly sur le green l'avaient beaucoup embarrassé.

— Oh ! je n'étais pas vraiment une passionnée, je crois. En vieillissant j'ai perdu tout intérêt pour le golf, et j'ai abandonné.

— En vieillissant ? Vous voulez dire, après votre mariage ?

— Oui, murmura Molly, saisie par une impression de froid et de vide.

Un autre matin, elle trouva Jake en train de lire.

— Intéressant ? s'enquit-elle.

— Pas spécialement. L'intrigue est trop mince.

— Ah ? C'est un polar ?

— Oui. Vous aimez lire ?

— À une époque j'avais tout le temps le nez dans un livre.

— Quel genre de livres ?

Molly rougit, se débarrassa de sa parka et se dirigea vers la cuisine.

— J'adorais les romans à la fois historiques et sentimentaux.

— L'amour est ce qui mène le monde, observa Jake, l'œil malicieux. Pourquoi avez-vous cessé de lire ?

— Rodney trouvait que ces romans me tournaient la tête.

— J'ai l'impression que ce bon vieux Rodney craignait de ne pas être à la hauteur.

C'était peu de le dire... Gênée par le tour que prenait leur conversation, Molly préféra s'attaquer aux préparatifs du petit déjeuner plutôt que de prendre un café. Elle commençait à peler les pommes pour la salade de fruits qu'elle servait chaque matin lorsque Jake vint s'appuyer contre le bar.

— Je peux vous poser une question ?

— Bien sûr. Ce ne sera pas la première.

— Pourquoi parlez-vous toujours de vous au passé ?

Molly leva les yeux vers Jake, soudain oppressée. L'éclairage de la cuisine lui semblait brusquement trop violent, agressif, et la voix de Jake lui parut lointaine lorsqu'il ajouta :

— Ne vous méprenez pas, j'aime vous entendre parler de ce que vous aimiez autrefois. Mais j'aimerais aussi savoir qui vous êtes aujourd'hui.

— Qui je suis ? Mais je suis toujours la même !

— Depuis combien de temps n'avez-vous pas lu un roman sentimental ?

Elle n'osa avouer qu'elle n'en avait pas lu depuis neuf ans.

— Ça fait un moment.

— Et il y a longtemps que vous ne jouez plus au golf ?

Elle se contenta de hausser les épaules.

— Vous avez été mariée combien de temps, Molly ? questionna Jake, l'air intrigué.

Un froid intense l'envahit soudain. *Où es-tu, Molly ? Où es-tu partie ?* La petite voix angoissante qui l'avait tant de fois hantée quand elle se regardait dans la glace tournait sans fin dans sa tête tandis qu'elle apercevait dans les profondeurs bleues des yeux de Jake Coulter le reflet de ses rêves enfuis. Elle se serait sauvée si le ranch n'était devenu, désormais, son seul refuge.

— Pourquoi toutes ces questions ?

— Je veux apprendre à vous connaître, Molly. Telle que vous êtes aujourd'hui.

— Je suis toujours la même, répéta-t-elle, mais sans aucune conviction.

— Molly ? fit doucement Jake. Pardonnez-moi si je vous ai contrariée. Je vais vous laisser, ajouta-t-il en jetant un coup d'œil à l'horloge. Les vaches ne vont pas se traire toutes seules.

Avant de sortir, il alluma la radio dans le séjour et chercha une station qui jouait des mélodies des années 1980. La première était justement une des chansons qui avaient ravi Molly, adolescente. Quand elle entendit Jake refermer la porte derrière lui, elle regarda sans le voir le fruit qu'elle pelait, les yeux emplis de larmes. Huit ans s'étaient écoulés depuis qu'elle avait écouté cette chanson pour la dernière fois.

Dans l'après-midi, lorsqu'elle sortit pour passer son heure quotidienne auprès de Sunset, Jake travaillait dans l'enclos voisin avec un poulain. Elle avait déjà remarqué qu'il consacrait beaucoup plus de temps à l'entraînement des chevaux qu'au bétail.

Le sourire aux lèvres, elle le regarda frotter le dos du jeune cheval avec une couverture qu'il approchait de temps en temps de ses oreilles, le faisant tressaillir. Un quart d'heure plus tard, il sauta par-dessus la barrière pour venir la rejoindre, la couverture jetée en travers de l'épaule.

— Qu'est-ce que vous faisiez exactement ? lui cria-t-elle.

Il sourit ; ses yeux étincelaient, même à cette distance.

— C'était la cent unième épreuve de la couverture.

— Je vois, répliqua Molly en riant.

— Si un homme vous poursuivait avec une couverture, vous auriez de quoi avoir peur, vous savez.

Surtout si cet homme se déplaçait aussi vite que Jake Coulter, songea Molly.

— Ainsi vous apprenez à ce poulain à ne pas avoir peur ?

— Exactement.

Jake enleva son Stetson, se passa les doigts dans les cheveux, puis remit son chapeau.

— Les animaux, comme l'homme, ont des peurs instinctives, expliqua-t-il en posant un regard pensif sur Molly. Ils ne peuvent s'en débarrasser qu'en les affrontant.

Elle détourna les yeux, convaincue que Jake lisait trop aisément en elle.

— C'est une réflexion intéressante, commenta-t-elle.

— C'est la réalité.

— Il me semble qu'il y a tout de même des choses dont il vaut mieux se méfier toute sa vie.

Aussitôt Molly regretta ses paroles. Jake l'étudiait, le front plissé.

— Parfois aussi, dit-il avec douceur, certaines craintes sont imaginaires. Comment le savoir si on ne leur fait pas face au moins une fois ?

— Bonne question.

Les bras croisés serrés, Molly fixa Sunset.

— Il est plus à l'aise avec nous, observa-t-elle pour changer de sujet. Vous l'avez remarqué ?

— Il est toujours nerveux quand j'entre dans l'enclos. Il a encore besoin que je lui fasse la cour.

— Que vous lui fassiez la cour ?

— M'approcher, reculer, l'habituer progressivement à moi, lui donner envie de me faire confiance. Il n'est pas vraiment intéressé, mais il n'a pas le choix, et il finira par comprendre que je suis plus têtu que lui.

Molly éprouvait souvent l'impression que Jake usait de la même tactique avec elle. Mais dans quel but ? Séduisant comme il l'était, pourquoi dépenser de l'énergie avec une femme comme elle ? Elle faillit lui expliquer que sa situation était bien différente de celle de Sunset. N'était-elle pas libre de partir quand elle le voulait ? Non, bien sûr, songea-t-elle aussitôt. Elle n'avait nulle part où aller, aucun autre endroit où elle se sentirait autant en sécurité.

Elle consulta sa montre.

— Mon Dieu ! Il est temps que je prépare le dîner.

— Et moi, je dois encore m'occuper de deux chevaux avant de finir ma journée.

— Alors retournons travailler.

Sentant le regard de Jake sur elle tandis qu'elle s'éloignait, elle en eut des picotements dans le dos et elle accéléra le pas mais, lorsqu'elle jeta un coup d'œil en arrière avant de pénétrer dans le ranch, Jake avait disparu.

Elle se demanda si elle n'était pas victime de son imagination. Elle prêtait peut-être une signification à ce qui n'en avait aucune. Oui, sans aucun doute. Cet homme était définitivement hors de sa portée, et elle était stupide de croire qu'il pouvait perdre son temps à la regarder, sans parler de la séduire...

Quand Molly avait terminé sa journée, Jake la raccompagnait chez elle. Ce soir-là, elle ne put s'empêcher de marcher d'un pas rapide. Cet homme semblait lire trop facilement en elle et, peu décidée à révéler ses secrets, elle se devait d'être prudente et de garder ses distances.

Brusquement il la prit par le coude et l'entraîna vers la rivière au lieu de se diriger directement vers la maison.

— Où allons-nous ? s'étonna-t-elle.

— Une petite promenade vous détendra, décréta Jake en souriant.

Dès qu'elle fut au bord de l'eau, charmée par la ténébreuse beauté du lieu, Molly oublia ses réticences et se décrispa. Un vent léger murmurait dans les pins. À la lueur de la lune, la rivière étincelait tel un ruban argenté. Les crapauds, effrayés par les intrus, se turent soudain, mais, plus loin, la cacophonie rauque se poursuivait.

— À votre avis, pour quelle raison les crapauds coassent-ils sans cesse ? demanda soudain Jake.

Visiblement, il avait deviné qu'elle n'avait pas envie de parler et tentait de forcer ses défenses.

— Je n'en sais rien. C'est peut-être une forme de conversation.

— Croyez-vous que les sons plus aigus viennent des femelles ?

Molly refréna son envie d'éclater de rire et tendit l'oreille.

— C'est possible.

— Les mâles murmurent peut-être des petites choses tendres à l'oreille de ces dames.

Cette fois, Molly laissa libre cours à son hilarité.

— Leurs coassements n'ont vraiment rien de romantique.

— Pour vous. Mais pas pour les dames crapauds, je suppose.

Molly soupira et serra les pans de son parka.

— Vous avez froid ?

— Un peu.

— J'ai beaucoup de chaleur à partager, souffla Jake en la prenant par la taille pour l'attirer à lui.

La douce chaleur qui émanait de son corps enveloppa aussitôt Molly, son pouls s'accéléra. Elle avait beau essayer, elle n'arrivait pas à se laisser aller contre lui. Jake était trop… *tout* – trop fort, trop charmant, trop séduisant. Dès le premier regard, il avait éveillé en elle des désirs qu'elle s'interdisait.

— À quoi pensez-vous ? demanda-t-il.

— À rien.

— À rien du tout, Molly ? Ou à rien que vous ne vouliez partager avec moi ?

Elle s'écarta de lui et feignit d'étouffer un bâillement.

— Excusez-moi. Je dois être fatiguée. Vous pouvez me raccompagner maintenant ?

Tout sauf dupe, Jake eut un sourire indulgent et la prit par le coude.

— Allons-y. Mais faites attention aux pierres.

Elle allait lui rétorquer qu'elle voyait suffisamment quand elle trébucha sur un gros caillou. Le bras puissant de Jake s'enroula aussitôt autour de sa taille pour la retenir. Molly, le souffle coupé, leva brusquement les yeux vers lui. Lentement, il la relâcha, sans qu'elle puisse voir l'expression de son visage caché dans l'ombre du Stetson.

— Il y a le feu ? demanda-t-il quand il la vit partir en avant.

Mais déjà elle atteignait les marches du perron, et elle se retourna, prête à le remercier et à disparaître.

— Oh! s'exclama-t-elle en le trouvant juste derrière elle. Vous m'avez fait peur.

— Il vous en faut peu, observa-t-il avec un petit rire. Dites-moi si je me trompe, mais vous êtes constamment mal à l'aise avec moi.

— Quelle idée, monsieur Coulter!

— Je m'appelle Jake.

— Je sais.

Jake sourit, un large sourire amusé. Une odeur de cuir, de foin, d'homme enveloppa Molly. Frissonnante, elle se frotta les bras.

— Mes autres employés m'appellent Jake, remarqua-t-il.

— Ça les regarde. Je préfère les usages plus stricts.

— Ils vous rassurent?

Prise de court, Molly ne sut que répondre, ce qui amena un autre sourire sur le visage de Jake.

— Pas de doute, je vous mets vraiment mal à l'aise, déclara-t-il.

Puis il étudia son visage comme s'il cherchait dans son expression la réponse à ses interrogations.

— Pourquoi, Molly?

— Je... je n'en sais rien, balbutia-t-elle en s'humectant les lèvres. Peut-être est-ce une retombée de mon divorce.

Jake tapa du bout du pied contre une marche, puis mit les mains sur ses hanches.

— Est-ce que Rodney vous maltraitait? Dans l'intimité, je veux dire. Il était imprévisible, n'est-ce pas?

— Il ne m'a jamais maltraitée, physiquement. Si vous me rendez nerveuse, ça n'a rien à voir avec lui. Je ne cherche même pas à imaginer la façon dont, vous, vous vous comportez dans l'intimité.

— Vraiment ?

— Bien sûr.

— Vous devriez, fit Jake d'une voix rauque.

Ébahie, Molly le regarda s'éloigner et disparaître dans la nuit. Puis elle ferma les yeux et, envahie par un grand froid intérieur, se frotta machinalement les bras. Le vent qui s'engouffrait sous le porche se mit à murmurer : « Molly... Molly... Où es-tu ? » Elle frissonna, serra les dents, s'accrocha à l'un des pilastres du perron. Rodney avait peut-être raison de dire qu'elle était folle. Les gens normaux n'entendent pas le vent parler.

Elle se sentait si fragile qu'elle serra plus fort le montant de bois. Il lui rappelait la force, la solidité de Jake Coulter, ce qu'elle ressentait quand il l'attirait contre lui. Les bras noués autour du pilastre, elle regretta du fond du cœur qu'il ne puisse l'enlacer, lui aussi.

11

— Est-ce qu'il reste de ce riz aux œufs que Molly a fait pour le chien ?

La bouche pleine de crackers, Jake pivota sur ses talons en entendant la voix de son frère, surpris qu'il y eût quelqu'un d'autre debout à 4 heures du matin, un lundi. Généralement, la semaine démarrait lentement. Les employés n'étaient pas encore remis de leur virée du samedi soir, tandis que les frères Coulter, qui avaient travaillé seuls tout le week-end, se sentaient épuisés.

— Tu es déjà levé ? s'étonna Jake.

Son frère apparut sur le seuil de la cuisine, pieds et torse nus, les cheveux en bataille.

— Qui a dormi après un dîner pareil ? On a eu trois haricots à se partager. Heureusement qu'on n'était que quatre.

— Tu exagères, fit Jake en riant. Ce n'était pas si maigre que ça.

— Oh, que si ! Et cette soupe, qu'est-ce que c'était ?

— Un minestrone.

— Elle était tellement liquide que j'aurais pu la boire avec une paille. Je crève de faim. Je n'en ai pas dormi.

Jake poussa le beurre de cacahuètes vers son frère.

— Elle débute. Tu as vu Bart, hier soir ? Elle lui avait donné un bain et l'avait aspergé d'after-shave. Il sentait si bon que j'ai failli l'embrasser.

— D'accord, elle est pleine de bonne volonté, mais la bonne volonté ne nourrit pas son homme, Jake. Parle-lui. Je ne t'ai jamais connu timide.

— Ce n'est pas facile de cuisiner pour tant de personnes à la fois. Il faut lui donner un peu de temps.

Hank enfourna un cracker couvert d'une épaisse couche de beurre de cacahuètes.

— Tu l'aimes vraiment beaucoup, il me semble.

— Oui, beaucoup, avoua Jake après quelques secondes de réflexion.

— Tu es sérieux ?

— Plus que jamais. S'il y a des femmes qui se révèlent vite décevantes, ce n'est pas le cas de Molly. Elle est adorable. Elle fait un tas de petites choses gentilles. Elle recoud des boutons, elle reprise un jean, elle nous met des petites surprises avec nos sandwiches…

— OK, mais j'ai faim.

Hank reprit un cracker.

— Dis-moi, tu n'as pas allumé dans la cuisine pour qu'elle ne te voie pas piller le frigo ?

— Je ne veux pas la vexer. Dans quelques jours, ça ira mieux. Et, en attendant, on ne va pas en mourir.

La porte de la cuisine s'ouvrit. Les deux hommes se retournèrent d'un air coupable comme s'ils redoutaient d'être pris en faute. Mais, au lieu de Molly, ce fut Levi qui apparut.

— Salut ! Qu'est-ce qui se passe ici ? On tient une conférence ?

Jake poussa en soupirant le pot de beurre de cacahuètes vers Levi.

— On ne fait que remplir nos estomacs vides, Levi. Si c'est la faim qui t'a fait sortir du lit, vas-y, mange.

Dans la matinée, Jake réunit ses hommes dans les écuries pour mettre au point, avec eux, leurs emplois du temps de la semaine. Ordinairement, la réunion avait lieu autour de la table de la cuisine, après le petit déjeuner. Mais il y avait de la mutinerie dans l'air, et Jake préférait éviter le feu d'artifice à Molly.

— Qu'est-ce qu'elle nous a donné ce matin ? attaqua Danno.

— Des crêpes, expliqua Hank.

— C'est bon pour une dent creuse !

— Messieurs, intervint Jake, je vous demande encore un peu de patience. Molly fait de son mieux. Vous avez remarqué comment elle avait coupé les fraises ? On aurait dit des fleurs.

Peach, le plus calme de tous, remarqua :

— Ces crêpes étaient tellement fines qu'on aurait pu lire le journal à travers. Et on n'en a pas eu plus de quatre chacun. Je suis tellement affamé que je mangerais des crapauds vivants. Ce qui est joli ne remplit pas un estomac.

Nate, un jeune homme séduisant de vingt-cinq ans, le sourire ravageur et un penchant pour la plaisanterie, ajouta en riant :

— Ça, c'est vrai ! Autrement, on mettrait Molly sur la table et on oublierait de regarder dans nos assiettes.

Jake lui décocha un regard noir.

— Le premier qui touche à Molly aura affaire à moi. Surveillez vos manières en sa présence. Compris ?

Dans un bel ensemble, les hommes hochèrent la tête. Puis Jake parcourut ses notes et assigna à chacun son travail pour la semaine.

Quand l'équipe se fut dispersée, Hank se tourna vers son frère, les yeux plissés.

— Excuse-moi, mais je te rappelle que tu as engagé Molly pour faire un travail précis. Si elle n'est pas à la hauteur, tu dois la remettre dans le droit chemin ou la remercier. Nos hommes ont besoin de manger à leur faim.

Jake serra les mâchoires.

— J'y veillerai, dit-il finalement.

— Quand ? On ne peut plus attendre. Après les crêpes transparentes, elle va encore nous faire des sandwiches sans matière grasse.

— Je viens de te dire que j'allais m'en occuper.

À peine avait-il achevé sa phrase qu'il entendit la porte du ranch se refermer. Molly descendit le perron, ramassa un bâton qu'elle avait laissé au pied des marches, puis se dirigea vers la rivière.

— Regarde, murmura Hank. Maintenant elle va se promener. Je crois que je n'ai plus qu'à démissionner.

— Impossible. Tu es mon associé.

— Je n'ai investi que de la sueur, pas de l'argent.

Jake soupira tandis qu'il continuait à suivre Molly des yeux. Adorable en jean ample et chemisier de coton blanc, elle traversa le gué et poursuivit son chemin vers les bois en tapant sur les buissons avec son bâton, comme si elle cherchait à les aplatir.

— Qu'est-ce qu'elle fabrique ? fit Hank.

— Je n'en ai pas la moindre idée.

— On dirait qu'elle veut tuer des serpents.

Des serpents ? Jake se souvint aussitôt de la conversation qu'il avait eue avec Molly le premier soir.

— Oh, non !

— Qu'est-ce qu'il y a ?

— Elle doit effectivement chercher à faire fuir d'éventuels serpents.

— Qui lui a donné cette idée ?

— Moi.

— Tu plaisantes ! fit Hank en riant.

— Non. Mais je ne lui ai pas dit de s'y prendre de cette manière. Bon sang ! je croyais lui faire oublier les reptiles avec ma corde devant sa réserve de bois.

— Une corde pour éloigner les serpents ? Tu sais bien que ce n'est qu'une légende.

— Nous le savons tous les deux, mais pas elle. Il s'agissait simplement de la rassurer.

Hank recommença à observer Molly, et un sourire sarcastique éclaira son visage.

— Tu crois qu'il restera des buissons après son passage ?

Jake flanqua ses notes dans les mains de son frère et s'éloigna à grands pas.

— Hé, où vas-tu ?

— Je vais lui montrer comment se servir de son bâton, et lui toucher deux mots des repas, répondit Jake sans se retourner.

— Dis-lui qu'on aimerait manger des kilos de patates !

Les rayons de soleil filtraient à travers les branches des pins, la senteur vanillée de l'écorce des arbres, le musc de la sauge et l'odeur de l'humus emplissaient l'air. Molly respira à pleins poumons, émerveillée par la beauté du petit matin, et heureuse de la chance qui lui était donnée d'en profiter.

Tandis qu'elle s'enfonçait dans les bois, elle éprouvait la sensation d'être en plein conte de fées, ou à la grande époque des westerns. Elle se souvint de ces innombrables romans qu'elle avait lus durant son unique année à l'université. Les héroïnes se retrouvaient invariablement face à de farouches guerriers à demi sauvages, en pleine nature, dans un cadre qui devait, imaginait-elle, ressembler à celui qui l'entourait.

Un sourire aux lèvres, elle allait taper sur le buisson qui se dressait sur son chemin quand une branche craqua derrière elle. Elle se retourna, effrayée, en brandissant son bâton.

— Vous avez l'intention de me frapper avec ça ? fit une voix amusée, au timbre profond.

Dès qu'elle reconnut Jake, qui s'avançait vers elle entre les arbres, Molly poussa un soupir de soulagement et baissa son arme de fortune.

— Monsieur Coulter, vous avez failli me faire mourir de peur. Je vous ai pris pour un couguar.

— Je vous ai pourtant dit que vous n'aviez rien à craindre pendant la journée. Et puis, avec ce bâton, vous feriez reculer n'importe quel fauve. Vous êtes vraiment impressionnante.

S'il y avait quelqu'un d'impressionnant, c'était bien lui. Avec sa haute taille, ses épaules carrées, sa peau hâlée, il ne lui manquait plus qu'une tunique de daim et des mocassins... À cette pensée, son cœur se mit à battre.

— Qu'est-ce qu'il y a ? demanda-t-il.

Elle tressaillit, consciente soudain de la façon dont elle devait le dévisager.

— Rien. Je suis simplement surprise de vous voir ici. Je pensais que vous aviez du travail.

— Je ne suis pas occupé au point de ne pouvoir me promener avec une jolie femme.

Toujours aussi troublée par ses compliments, Molly se demanda néanmoins ce qui avait poussé Jake à la suivre.

— Si vous estimez que je ne devrais pas être ici, je tiens à vous dire que je n'avais pas l'intention de m'absenter longtemps. Je me suis mise au travail avant 5 heures, il est maintenant

8 h 30 et je pensais pouvoir m'accorder une petite pause. J'aurais peut-être dû vous demander l'autorisation.

Jake plongea son regard dans le sien pendant ce qui lui parut un interminable moment. Puis elle vit naître un sourire au coin de ses lèvres.

— Je ne suis pas venu vous faire des reproches, Molly.

— Ah? fit-elle en priant pour qu'il cesse de la regarder ainsi. Alors, pourquoi êtes-vous ici? Les crêpes étaient un peu dures, je le sais. Je ferai mieux la prochaine fois.

Du bout de l'index, Jake repoussa son chapeau, comme pour mieux la contempler.

— Et si j'étais venu vous dire que vos crêpes étaient excellentes? Tout le monde a vidé son assiette.

— Par politesse, j'imagine, rétorqua Molly, de plus en plus nerveuse. Alors, si vous n'avez pas de reproches à me faire, pourquoi m'avez-vous suivie?

— Je vous l'ai dit : pour me promener avec une jolie femme. Vous préféreriez être seule?

— Non, je ne crois pas que…

Molly s'interrompit en voyant Jake faire un pas en avant. Il lui prit le bâton des mains, pour le jeter dans les buissons.

— C'est pour les serpents!

— Vous pensez qu'ils sont de la taille des pythons? Vous vous fatiguiez inutilement. Tenez, ça suffira, ajouta-t-il après avoir ramassé une petite branche.

— Pas pour tuer un serpent.

— Il ne s'agit pas de les tuer mais de les faire fuir.

Sur ces mots, il prit Molly par la main et l'entraîna à sa suite d'un pas rapide, tout en tapant légèrement sur les buissons, comme l'aurait fait un aveugle avec sa canne.

— Voilà comment il faut procéder. C'est suffisant pour que les serpents sentent les vibrations à cinq cents mètres à la ronde et s'enfuient. Si vous traversez un taillis, vous pouvez donner de grands coups ici ou là. Mais si vous tendez l'oreille et regardez bien où vous mettez les pieds, il est probable que vous ne verrez jamais de serpent.

— Humm, fit Molly d'un air dubitatif. Vous savez, je n'ai peur ni des araignées ni des souris, mais j'ai horreur de tout ce qui rampe.

— Dans ce cas, si vous tombez sur un ours, vous n'aurez pas peur.

— Il y a des ours ?

— Il arrive qu'on en rencontre. Il faut savoir qu'ils ont une mauvaise vue, et qu'ils peuvent vous prendre pour un congénère. Alors vous devez lever les bras pour avoir l'air imposant, vous ne bougez pas, mais vous parlez. Vous dites : « Hé, l'ours ! Comment ça va aujourd'hui ? »

— Et il partira ?

— Il y a de grandes chances. Il n'y aurait qu'un grizzli pour ne pas être dupe, mais il n'y en a pas par ici.

— Au cas où, que faut-il faire ?

— Soyez extrêmement polie.

C'en était trop. Molly eut un tel éclat de rire qu'elle s'en étrangla.

— Excusez-moi, fit-elle en rougissant, je n'ai pas ri de cette façon depuis des années.

— Ne vous excusez pas. C'est la première fois que je vous vois rire aussi franchement. Pourquoi y a-t-il si longtemps que vous n'avez pas ri ainsi ?

Elle crut entendre la voix de Rodney : « Ne recommence jamais à rire de cette manière devant mes amis. On dirait une truie. C'est humiliant pour moi. »

— Cela contrariait mon mari.

Jake fronça les sourcils un instant, puis haussa les épaules.

— Chacun ses goûts. Moi, il n'y a que les rires qui sonnent creux qui me dérangent, affirma Jake.

Avec l'aisance de quelqu'un qui est parfaitement en accord avec l'élément dans lequel il se trouve, il guida Molly entre des arbres puis lui fit contourner un buisson de sauge derrière lequel elle découvrit des fleurs roses.

— Quelles merveilles ! s'exclama-t-elle.

— Ce sont les premiers œillets sauvages de l'année.

Il en cueillit un et l'approcha de la joue de Molly.

— C'est bien ce que je pensais. Le rose ne jure pas avec la couleur de vos cheveux. Vous devriez en porter. Cela vous irait à ravir.

— Je trouve que les teintes neutres conviennent mieux à mon teint.

— Vous avez un teint de lys qui vous permet de porter n'importe quelle couleur, la contra-t-il. Je n'ai jamais vu une aussi belle peau, ajouta-t-il en l'incitant à poursuivre leur promenade.

Molly décida de mettre un terme à tous ces compliments avant de commettre la stupidité d'y croire.

— Jake, je crois vraiment…

— Attendez, je rêve… Vous venez de m'appeler Jake ?

Elle laissa échapper un soupir.

— Écoutez, je voulais vous dire que tous vos compliments me mettent mal à l'aise.

— Je ne vous en fais pas tant que cela.

— Mais je préférerais que vous n'en fassiez aucun.

— Pourquoi ? Parce que je suis votre patron ? C'est injuste. Comment voulez-vous que je ne remarque pas ce que j'ai sous les yeux ? Et puis ce n'est pas comme si cela avait une incidence sur notre relation de travail.

Molly chercha comment lui expliquer les choses clairement.

— Le fait que je travaille pour vous n'est pas le problème. D'une façon générale, je refuse les compliments injustifiés. C'est une forme de gentillesse qui me gêne beaucoup.

Il y eut un silence. Ils firent quelques pas avant que Jake ne se décide à parler.

— Vous pensez que je ne cherche qu'à être gentil ? Qui a réussi à vous persuader que vous n'étiez pas belle, Molly ?

— Mon miroir.

— Vous devez mal regarder. Vous êtes belle, et je ne suis pas le seul de cet avis dans ce ranch.

— Je vous en prie… Arrêtez. Je suis quelconque et je le sais.

Jake s'immobilisa brusquement, obligeant Molly, dont il n'avait pas lâché la main, à l'imiter. Surprise, celle-ci se retourna, sa badine brandie.

— Vous avez l'intention de me frapper avec votre baguette ? demanda-t-il doucement.

— Pourquoi le ferais-je ?

— À cause de cela.

Il tira Molly par la main d'un mouvement sec qui la fit trébucher et atterrir contre lui. Penché sur elle, il captura ses lèvres et les força à s'entrouvrir. Elle sentit ses jambes se dérober sous elle, les pointes de ses seins durcir, et un gémissement monter du plus profond d'elle-même.

— Seigneur ! haleta Jake en abandonnant ses lèvres pour reprendre son souffle. Où est votre baguette ? Vous devriez me frapper avant que je ne vous entraîne plus loin.

Molly avait perdu sa baguette, mais estima qu'elle n'en avait pas besoin pour que les choses en restent là, et elle allait le dire haut et fort quand Jake reprit ses lèvres, chercha sa natte, la défit et empoigna le flot de boucles auburn.

— Vous êtes belle, murmura-t-il contre sa bouche.

Elle gémit. Il fléchit les jambes, la plaqua contre lui, et un éclair de pur plaisir la traversa. De sa vie elle n'avait éprouvé un pareil désir pour un homme. Elle résista difficilement à l'envie de lui arracher sa chemise pour sentir sa peau nue sous ses doigts. Aucun homme n'avait pris sa bouche avec tant de fougue, aucun homme n'avait laissé courir ses mains sur son corps et caressé ses seins comme Jake le faisait en cet instant. Tendu vers elle, il enflammait ses sens et provoquait des spasmes de désir au cœur même de sa féminité.

Soudain, resserrant son étreinte, il la souleva de terre. Molly laissa échapper un cri et s'accrocha à son cou tandis qu'il s'approchait d'un arbre. Il l'appuya contre le tronc sans cesser de l'embrasser.

— Molly, nouez vos jambes autour de moi, souffla-t-il d'une voix pressante.

Elle ne sut refuser. Il la fit glisser un peu plus haut contre l'arbre, de manière à ce que sa bouche soit à la hauteur de ses seins. Quand ses lèvres se posèrent sur le fin tissu de coton, un long frisson la parcourut, lui arrachant un gémissement. Tremblante d'ivresse, elle fit tomber le Stetson et plongea les doigts dans les cheveux de Jake.

— Jake ?

Il releva la tête pour couvrir son visage de baisers.

— Dieu que vous êtes belle, Molly ! murmura-t-il d'une voix rauque. Si vous me demandez d'arrêter, je vous obéirai. Mais je vous en supplie, ne le faites pas...

Le soleil jouait sur le visage et la gorge de Molly. Quand Jake commença à déboutonner son chemisier, elle se raidit, brusquement embarrassée à l'idée qu'il allait exposer ses seins à la lumière crue du jour. Ces seins que Rodney appelait des « pis de vache ».

À ce souvenir, elle tressaillit et regarda Jake, ses cheveux blonds, ses traits virils inondés de soleil. Comme il était beau ! Tellement plus beau que Rodney ! Ô Dieu, à quoi pensait-elle ? Comment pourrait-elle plaire à Jake Coulter alors qu'elle n'avait jamais été capable de répondre aux attentes de Rodney ? Sa poitrine trop lourde, ses cuisses si pâles, Jake verrait tout cela, la déception se lirait sur son visage, et elle ne pourrait le supporter.

C'était au-dessus de ses forces.

À l'instant où il allait dénuder sa poitrine, elle attrapa les pans de son chemisier et le referma. Dérouté, Jake lui lança un regard lourd de désir, les traits tendus.

— Qu'est-ce qu'il y a ?

— Je... je ne peux pas, balbutia-t-elle, la tête renversée en arrière. Je ne sais pas ce qui m'a pris. Je ne veux pas.

Elle n'avait pas besoin de regarder Jake pour savoir qu'il attendait une explication. Mais qu'était-elle censée lui dire ? Qu'elle ne voulait pas le voir se détourner d'elle, dégoûté, comme Rodney l'avait fait un nombre incalculable de fois ?

— Je suis désolée, Jake, reprit-elle, les larmes aux yeux. Je suis vraiment désolée. Ne me prenez pas pour une allumeuse, ne me détestez pas. Je n'y peux rien. C'est... je ne peux tout simplement pas.

Elle sentit la tension refluer chez Jake, et elle ne se serait pas offusquée qu'il la laisse tomber sur le sol. Elle l'aurait mérité. Une femme de son âge ne laisse pas un homme aller si loin pour lui demander d'arrêter brusquement, sans raison apparente. C'était d'une inexcusable cruauté.

Tandis qu'il continuait à la maintenir entre l'arbre et ses hanches, elle l'entendit prendre une inspiration profonde, saccadée, puis expirer lentement l'air de ses poumons.

— Je suis désolée, répéta-t-elle d'une voix tremblante.

Jake l'obligea à le regarder. Il le fit d'une main douce, et elle comprit que la colère qui obscurcissait son regard n'était pas dirigée contre elle.

— Pour quelle raison vous excusez-vous ? demanda-t-il d'une voix sourde.

— Je n'aurais pas dû laisser les choses aller si loin.

Il eut un petit rire et appuya son front contre le sien.

— Vous n'êtes pas entièrement responsable, il me semble.

Il la fit lentement glisser sur le sol.

— Si je me souviens bien, poursuivit-il, c'est moi qui ai commencé, et non le contraire.

Puis il se pencha sur elle, mordilla sa lèvre inférieure, lui caressa la joue. De nouveau frémissante, elle cessa de serrer son chemisier contre elle pour poser ses poings contre le torse de Jake.

— Bon sang ! Je n'ai jamais été dans cet état, remarqua-t-il. Qu'est-ce qui m'arrive ?

Molly ne connaissait pas la réponse. En revanche, elle était certaine d'avoir perdu la tête. Quand il s'écarta d'elle, elle vit brûler dans ses yeux l'indubitable flamme du désir, et crut rêver. Qu'est-ce qu'un homme si séduisant pouvait lui trouver ?

— Il vaut mieux que nous fassions demi-tour, dit-il en ramassant son chapeau. Sinon, je risque de trahir ma règle de conduite fondamentale.

— C'est-à-dire ?

— Je ne suis pas un surhomme...

Il baissa les yeux sur le chemisier encore ouvert de Molly, et fit un geste pour le reboutonner, mais elle le repoussa.

— Je peux le faire moi-même.

Mais ses mains tremblaient si fort qu'elle laissa finalement Jake l'aider. À chaque effleurement de ses doigts, cependant, elle crut s'évanouir.

— Molly ? fit-il d'une voix douce, la main sur le dernier bouton.

Elle leva la tête et vit dans ses yeux une telle tendresse qu'elle fut au bord des larmes.

— Vous êtes belle. Splendide de la tête aux pieds. Et si quelqu'un vous a dit un jour le contraire, ce n'était qu'un sale menteur.

12

Jake retrouva son frère dans les écuries. Hank s'était proposé pour surveiller une jument sur le point de mettre bas.

— Comment va notre White Star ? lui demanda Jake.

— Très bien. Ça progresse. Mais je crois qu'elle en a encore pour un jour ou deux.

— Elle est nerveuse ?

— Pas mal, oui.

— C'est toujours un signe. Si on ne veut pas être surpris, je crois qu'il vaut mieux garder un œil sur elle.

— Tu as parlé à Molly ?

Jake fit un signe de tête négatif, posa les bras sur la barrière d'un box et regarda la jument.

— Je n'ai pas pu, Hank.

— Pourquoi ?

— Dès qu'elle m'a vu, elle m'a demandé ce que je venais lui reprocher. À mon avis, son mari a dû tellement la mépriser qu'elle n'a plus aucune confiance en elle. Je me suis senti incapable d'en rajouter... Et puis, elle s'applique tellement...

— Plutôt que de lui faire un discours, peut-être vaudrait-il mieux essayer une autre tactique.

— Du genre ?

— Lui faire une démonstration. Elle cuisine bien, mais il faut surtout qu'elle comprenne qu'il y a un problème de quantité. Tu peux par exemple débarquer dans la cuisine avant qu'elle prépare le déjeuner, tu lui dis que tu as un peu de temps libre et tu lui proposes de l'aider.

— Du temps libre, à 5 heures du matin ?

— Elle sera peut-être un peu surprise, mais c'est mieux que de la critiquer ouvertement. Quand elle te verra préparer quatre sandwichs par personne au lieu de deux, elle comprendra vite.

Jake réfléchit un instant.

— Oui, c'est peut-être la solution, admit-il finalement. Mais le temps que je passerai dans la cuisine, je ne le passerai pas ailleurs...

— On t'aidera. Que ne ferait-on pas pour manger à sa faim ?

Jake eut soudain l'impression d'être déchargé d'un poids très lourd. Au moins, l'un de ses problèmes avec Molly était en passe d'être résolu. Son frère se tourna vers lui et chercha son regard.

— Quelque chose d'autre te tracasse. Tu veux en parler ?

— Qu'est-ce qui te fait croire ça ?

— Allez, Jake, je suis ton frère. Tu ne peux pas me raconter de bobards.

— C'est personnel, fit Jake en détournant les yeux.

— Tu n'es franchement pas bien et, si tu ne peux pas me parler à moi, à qui le feras-tu ?

— À personne.

— Ah ! Alors il s'agit d'un truc d'intime entre Molly et toi. C'est ça ?

Jake jeta un regard réprobateur à son cadet puis, sans un mot, sortit de l'écurie. Le fait que Molly se croie laide était un secret du cœur, et les secrets de ce genre sont trop personnels pour être partagés, même avec son frère.

Jake décida de laisser Molly se remettre de leurs ébats avant d'entreprendre quoi que ce soit. Mais, à l'instant où, en fin d'après-midi, il entra dans la cuisine, elle devint écarlate. Inquiet, il s'attabla néanmoins comme si de rien n'était. Molly s'assit à sa place habituelle, à l'autre bout de la table, et fit mine de l'ignorer.

— Alors, patron, comment s'est passée la journée ? demanda l'un de ses hommes afin de dissiper la tension.

— Très bien. Et pour toi ?

N'obtenant pas de réponse, Jake leva les yeux et constata que toute la tablée observait Molly qui était en train de se servir une montagne de riz.

Brusquement, elle se figea, regardant la cuillère qu'elle tenait à la main, comme si elle venait de lui tomber du ciel et, point de mire de toute l'équipe, elle devint cramoisie.

— Excusez-moi. Je suis distraite, expliqua-t-elle d'un ton précipité en remettant du riz dans le plat. Je me demande à quoi je pensais.

Jake n'avait pas besoin de se poser la question. Quant à ses hommes, ils devinèrent aisément que quelque chose s'était passé entre Molly et lui. Neuf paires d'yeux chargés de reproche se braquèrent sur lui car, si la nourriture était un sujet de mécontentement, la gentillesse de Molly faisait l'unanimité, et tous se sentaient aussi protecteurs que Jake à son égard.

Il les comprenait parfaitement. Molly avait pour chacun des attentions de mère poule, recousait, reprisait, mettait un sparadrap sur les écorchures, massait les épaules douloureuses, coupait les cheveux de celui qui n'avait pas les moyens d'aller chez le coiffeur parce qu'il entretenait une famille nombreuse. Plus personne ne menait une vie de chien, même pas Bart.

La bouche pleine de riz, Jake eut du mal à avaler. Au bout d'un moment, il regarda furtivement en direction de Molly et la vit s'attaquer à un morceau de poulet. Étant donné son peu d'appétit pour la viande, il prit la mesure de sa contrariété.

À l'évidence, il devait lui parler.

Elle évita son regard pendant tout le temps où elle débarrassa la table, rinça la vaisselle et la mit dans la machine. Quand il s'adressait à elle, elle murmurait une réponse rapide sans relever la tête.

— Je peux rentrer seule ce soir, déclara-t-elle quand la cuisine fut en ordre.

Puis elle attrapa une torche électrique sur une étagère, sortit de la cuisine et ne s'arrêta dans l'entrée que pour prendre sa parka.

— Ce n'est vraiment pas loin et je n'ai plus peur des couguars, lança-t-elle à Jake qui l'avait suivie.

Il songea qu'il représentait désormais un danger plus grand pour elle que les félins. Il décrocha tout de même sa veste, mais laissa son Stetson, certaines manœuvres étant facilitées par l'absence de chapeau.

Molly lui lança un regard étonné.

— Je viens de vous dire que je peux rentrer seule.

— J'ai entendu.

Il s'approcha d'elle pour l'aider à enfiler sa parka et la sentit se raidir quand il glissa les doigts sous son col pour soulever sa natte.

— Mais on ne sait jamais ce qui peut se passer.

Elle ne lui laissa pas le temps d'en dire plus. Elle sortit comme une flèche. Mais il lui avait emboîté le pas, et elle se retrouva avec lui sur le perron, la porte refermée derrière eux.

— Molly, je sais que vous m'en voulez. Est-ce qu'on pourrait parler ?

— C'est à moi que j'en veux, pas à vous. Cela fait une énorme différence.

— Mais pourquoi ?

— Je préfère ne pas revenir sur ce qui s'est passé ce matin, répliqua-t-elle en allumant sa torche. J'aimerais autant l'oublier.

Jake crut apercevoir des larmes dans les grands yeux de Molly. Mais déjà elle descendait le perron. Il la suivit du regard, remarqua que le faisceau lumineux de la torche tressautait beaucoup trop et se dit que ce n'était qu'un début. Les mains enfoncées dans les poches, il s'élança derrière la jeune femme.

Lorsqu'elle l'entendit approcher, elle fit volte-face et cria :

— Est-ce que vous allez me laisser tranquille ?

— Il faut que nous parlions.

— Pourquoi ? Pour que vous tentiez de me convaincre que je suis belle et que je me sente moins ridicule ?

— Ridicule ? Mais c'est moi qui ai commencé ! C'est moi qui devrais me sentir ridicule.

— Je ne veux pas parler de ça maintenant. Et je ne vous veux pas près de moi. Vous ne le voyez donc pas ?

Oh que si, il le voyait ! Mais il lui restait à en comprendre la raison.

— Pourquoi cette attitude, Molly ? Expliquez-moi au moins ça.

— C'est évident, non ?

— Au nom du ciel, Molly… que vous a-t-il fait subir ?

Elle redressa le menton, les lèvres tremblantes, et dans ses grands yeux noisette Jake lut une douleur telle que même les larmes n'auraient pu l'exprimer.

Emporté par un élan de tendresse, il s'avança vers elle.

— Non ! Ne faites pas ça.

— Quoi ?

— Restez où vous êtes, c'est tout. Je sais ce que vous ressentez. Mais au lieu de me réconforter, vous aggraveriez les choses. Quel que soit le but de votre jeu, Jake, je n'ai pas envie de jouer.

— Je ne joue pas, Molly. Pourquoi pensez-vous une chose pareille ?

Elle lui lança un regard accusateur.

— Mais parce que tout cela n'a aucun sens. Nous sommes deux adultes, ne pouvons-nous simplement oublier ce qui est arrivé ?

— Ça ne changera rien au fait que c'est arrivé.

Dans un soupir, Molly leva les yeux au ciel.

— Vous savez ce qui cloche ? Vous êtes trop gentil pour votre propre bien, et pour le mien.

— Merci quand même de mentionner ma gentillesse.

Molly eut un petit rire amer.

— Ce qui ne vous empêche pas de commettre des erreurs, remarqua-t-elle. Vous ne devriez pas embrasser les femmes par gentillesse. C'est dangereux. La situation peut vous échapper. Grâce à Dieu, j'ai repris mes esprits à temps. Oh, je ne vous blâme pas ! Je reconnais que j'aurais dû repousser tout de suite un homme qui travaille trop et néglige pendant des mois de satisfaire ses besoins physiques. C'était une erreur malheureuse, et j'aimerais tourner la page.

— Ça vous est si facile ?

— Ça le serait encore plus si vous n'étiez pas ici, devant moi, avoua Molly en évitant le regard de Jake.

— Ah ? Pourquoi ?

— Vous êtes trop… Oh ! arrêtons cette conversation.

— Je suis trop quoi ? insista-t-il.

— Trop séduisant, répondit-elle dans un souffle.

— Pardon ? Vous me trouvez séduisant, Molly ?

— Mais non ! Vous êtes laid comme un pou, répliqua-t-elle, les yeux plissés. Franchement, que croyez-vous ? Que n'importe quel homme m'aurait fait autant d'effet que vous ce matin ?

Jake croisa les bras sur son torse afin de s'empêcher d'enlacer la jeune femme sans attendre.

— J'espère bien que non, rétorqua-t-il. Je suis du genre possessif.

Elle roula des yeux.

— Cette conversation est terminée, annonça-t-elle en pivotant sur ses talons. Je rentre.

— Je vous ai laissée parler, fit-il en la suivant. Maintenant, c'est mon tour de vous dire comment je vois les choses.

— Eh bien, dépêchez-vous avant que je ne vous ferme la porte au nez !

Jake l'attrapa par le bras pour la faire ralentir.

— Écoutez. Premièrement, je n'embrasse pas les femmes par gentillesse. Ce n'est pas dans mes habitudes. Je vous ai embrassée parce que j'en ai eu envie dès que je vous ai vue.

— Oh, sûrement !

— Ne m'interrompez pas avec vos sarcasmes. Je ne vous ai pas interrompue, moi. Deuxièmement, poursuivit Jake en obligeant Molly à s'arrêter et à lui faire face, je n'apprécie pas du tout que vous me preniez pour un type en manque, capable de sauter sur la première femme venue.

— Ce n'est pas ce que j'ai dit.

— Ça vaut mieux parce que je ne couche pas avec n'importe qui. Contrairement à ce que certaines prétendent, les hommes ne pensent pas tous avec leur sexe. Je ne sais pas ce qui s'est passé ce matin. Je voulais seulement vous embrasser. Et puis je me suis enflammé.

— Je ne tiens pas à m'en souvenir.

— Que croyez-vous que je ressente maintenant ? J'essaie habituellement de traiter les femmes avec respect. Et voilà que je me jette sur vous alors que je vous connais depuis à peine une semaine ! Et à un jet de pierre de la maison, en plus !

— C'est ma faute. Je suis vraiment désolée.

— Ce n'est la faute de personne, affirma Jake en prenant Molly par les épaules. C'est arrivé, c'est tout. Vous êtes une belle femme, et très agréable. Jamais un baiser ne m'avait fait autant d'effet.

— Ne recommencez pas à me faire des compliments !

— Auriez-vous peur de me croire ? Vous avez bien cru Rodney.

— Laissez-le en dehors de ça.

— Comment serait-ce possible ? Ce sont ses mensonges qui continuent à vous perturber.

Elle ouvrit la bouche pour répliquer, mais il l'en empêcha en posant l'index sur ses lèvres.

— Molly, ayez confiance en moi. Jusqu'à ce matin, vous aviez confiance, non ?

— Sans doute, puisque je suis ici.

— Alors, accordez-moi un quart d'heure.

Elle battit des paupières et le dévisagea d'un air incrédule.

— Pour faire quoi ?

— Je veux vous présenter quelqu'un. C'est une surprise. Vous me l'accordez ce quart d'heure ?

— Soit ! Mais à condition que vous vous teniez tranquille.

Jake entraîna Molly vers la maison au bord de la rivière. Tandis que le faisceau de la lampe tressautait devant elle, elle lança à Jake un regard étonné.

— Je croyais que vous vouliez me présenter quelqu'un.

— C'est ce que je vais faire.

Quand ils atteignirent le perron, il lui fit monter les marches précipitamment, ouvrit la porte d'un coup d'épaule, alluma, et poussa Molly dans le séjour. La porte refermée, il lui mit sa montre sous les yeux.

— Un quart d'heure de confiance absolue, dit-il. Vous ne le regretterez pas, je vous le promets.

Tandis qu'il la prenait par le coude pour la conduire dans la salle de bains, elle marmonna :

— Je le regrette déjà. Il n'y a personne ici.

Il alluma le plafonnier. Aveuglée, les paupières à demi fermées, Molly se retrouva tout à coup face au miroir. Jake entreprit de défaire sa natte.

— Faites-moi confiance. Vous me l'avez promis.

— Vous me rendez nerveuse.

Quand la natte fut défaite, Jake ouvrit le placard où se trouvaient les serviettes de toilette, en tira une rose de la pile. Puis il prit sur une étagère la brosse à cheveux de Molly, revint vers elle et sourit à son image dans la glace.

— Restez calme, Molly. D'accord ?

Il lui prit la torche qu'elle tenait toujours à la main, lui enleva sa parka et se mit à lui brosser les cheveux. Des cheveux soyeux, dont les boucles s'accrochaient à ses doigts avec plus de douceur que leur propriétaire lui en avait jamais manifesté. Il surprit l'expression perplexe de Molly.

— Ma folie est méthodique, déclara-t-il.

Le regard de la jeune femme s'obscurcit dès qu'elle croisa son reflet dans la glace.

— Je ne peux pas, dit-elle faiblement. Je ne peux pas.

Le visage blême, le front couvert d'une fine pellicule de sueur, les mains crispées sur le rebord du lavabo, elle était visiblement en proie à un accès de panique. Ses yeux reflétaient un tel égarement que Jake interrompit son brossage.

— Molly ? murmura-t-il. Qu'y a-t-il ?

— Je ne peux pas faire ça. Je sais que c'est idiot, mais... c'est impossible, insista-t-elle en fermant les yeux.

Jake posa la brosse et prit Molly par les épaules.

— Qu'est-ce qui est idiot ? Expliquez-moi, je vous en prie.

— Vous allez me croire folle.

— Non. Je vous le jure. Expliquez-moi.

— Quand... quand je me regarde dans une glace, je ne me reconnais pas. Je vois... une inconnue.

Le menton posé sur la tête de Molly, le cœur serré, Jake émit un petit rire.

— C'est tout ? Mais ça arrive à tout le monde de temps en temps. C'est normal.

— Non. Ce n'est pas la même chose. Je me sens vide. Il n'y a plus personne en moi.

Jake soupira, glissa les bras autour de la taille de Molly, et constata qu'elle était trop bouleversée pour songer à le repousser.

— Vous vous trompez, croyez-moi. Vous êtes bien là. Vous êtes simplement en pleine confusion.

Il observa le visage si pâle et ne put s'empêcher d'esquisser un sourire en se rendant compte que les traits de ce visage étaient déjà gravés dans son cœur.

— Vous êtes sans cesse présente. Je sais que vous avez plus de bonté que tous les gens que je connais. Les autres aussi le savent. Même Bart l'a compris. Et si vous demandez à Sunset son opinion, vous verrez qu'il a déjà deux ou trois choses à dire. Il sent que vous avez infiniment plus de courage que la plupart des gens.

Molly fixa sur lui un regard interrogateur.

— Où avez-vous pêché cette idée ? Je n'ai aucun courage.

— Vous avez sauvé cet étalon au mépris de la loi. Croyez-moi, Molly, c'est une preuve de courage.

— Je n'avais pas le choix. Je ne pouvais pas le laisser mourir.

— Un tas de gens n'auraient jamais pris de tels risques. Il fallait du cran.

Molly retrouva un peu de couleur. Jake lui sourit et approcha son visage du sien.

— Mis à part les qualités que je perçois en vous, je peux aussi vous parler de la femme telle que je la vois chaque jour. J'ai l'impression que vous la connaissez très mal. Oubliez ce qu'on a pu vous dire, et regardez-vous attentivement. Vous avez les plus beaux cheveux que je connaisse, déclara Jake en soulevant la lourde masse bouclée. Avez-vous déjà tenu un verre de whisky devant une flamme ? Votre chevelure a la couleur du whisky traversé par l'éclat du feu. Regardez, Molly, elle est magnifique ! Vous n'êtes pas d'accord ?

— C'est le mouvement que vous lui donnez dans la lumière qui crée cette impression.

— Mais ce n'est rien comparé à la façon dont elle capte la lumière quand vous la laissez retomber sur vos épaules. On dirait des coulées de feu.

Il lâcha la lourde mèche et s'intéressa au visage de Molly.

— Maintenant, regardez vos yeux. Ils sont de la couleur de vos cheveux et étincellent littéralement. Ils m'ont fasciné dès le premier instant.

— Vous avez remarqué mes *yeux* ?

— Et comment ! Ils n'ont besoin d'aucun maquillage pour attirer le regard.

— C'est ridicule, fit Molly, les joues rosies.

Jake jeta un coup d'œil à sa montre.

— J'ai encore le droit d'être ridicule pendant dix minutes, observa-t-il. Passons à votre nez. Il est petit, très droit, puis légèrement retroussé. Qui pourrait lui trouver un défaut ? Le mien est deux fois plus large et en pied de marmite.

— Pas du tout !

— Nous en discuterons plus tard. Pour le moment, intéressons-nous à vos pommettes. Pour avoir des pommettes aussi bien sculptées que les vôtres des stars de cinéma se font enlever des molaires.

— Vous plaisantez.

— Sûrement pas. Et puis, regardez cette bouche, ajouta-t-il en suivant le contour de ses lèvres du doigt. Elle est d'un joli rose, tout ce qu'il y a de plus naturel. J'ai eu très vite envie de vous voler un baiser.

Molly baissa la tête, ses longs cils ombrant ses joues telle une dentelle sombre.

— Il n'y a pas que mon visage, Jake. Il y a tout le reste.

— J'y arrive.

— Ah, non ! s'écria-t-elle, affolée.

— Ne vous inquiétez pas. Je ne vais pas vous déshabiller. Je veux juste vous montrer quelque chose.

— Quoi ?

Quand Jake fit mine de déboutonner son chemisier, Molly lui agrippa les poignets.

— Vous venez de me dire que vous ne me déshabilleriez pas.

— Je tiendrai parole, fit-il tout en déboutonnant le chemisier. Je veux seulement rentrer le col et vous décolleter un peu. Ce qui n'est pas vous déshabiller, mais simplement vous mettre au goût du jour.

— Les autres femmes peuvent faire ce qu'elles veulent. Moi, ce n'est pas mon style.

Jake contempla sans vergogne le décolleté avantageux de Molly.

— Eh bien, c'est une erreur. Vous avez des seins magnifiques.

— Ils sont trop lourds, observa-t-elle d'une toute petite voix.

— Pas pour tout le monde, croyez-moi.

Il prit la serviette rose et la drapa sur la poitrine de Molly de façon à lui faire un décolleté rond. Puis, du doigt, il suivit le bord de la serviette, conscient des frissons que ses effleurements provoquaient en elle.

— La perfection ! souffla-t-il. Admirez comme le rose met en valeur votre peau laiteuse.

Retirant la serviette, il la laissa tomber dans le lavabo, mit les mains autour de la taille de la jeune femme et lui sourit dans la glace.

— Molly, je vous présente l'une des plus jolies femmes que j'ai jamais rencontrées. Je ne connais pas un seul célibataire qui n'aurait eu envie de vous embrasser ce matin. Je devrais sans doute regretter d'être allé trop loin, mais je n'y arrive pas. Si l'occasion m'est donnée de recommencer, je le ferai. Considérez cela comme un avertissement.

Molly baissa les yeux, rouge de confusion. Jake consulta de nouveau sa montre.

— Il me reste sept minutes. Je vous ai demandé de me faire confiance et, par conséquent, je ne chercherai pas à vous embrasser ce soir. En revanche, je suis libre de parler comme je veux. J'ai certaines choses à vous dire qui vont vous gêner. Vous me détesterez un peu mais, ces choses, vous avez besoin de les entendre.

Penché sur les cheveux d'ambre, Jake en respira le parfum, et en éprouva une légère ivresse.

— Vous avez des seins somptueux, poursuivit-il. Absolument parfaits.

— Vous ne les avez pas vus, rétorqua Molly en tentant de s'écarter de lui.

Il posa les mains sur le bord du lavabo, de chaque côté de son corps, la retenant captive.

— Non, ne vous sauvez pas, Molly ! Écoutez-moi jusqu'au bout.

Les lèvres pincées, elle croisa son regard dans le miroir.

— Ne faites pas ça ! murmura-t-elle.

— Qu'est-ce que je fais, sinon vous dire la vérité ? D'accord, cette conversation n'est pas vraiment convenable, mais il me semble que, ce matin, nous avons dépassé le stade des convenances. J'ai tenu vos seins dans mes mains, et je tiens à rectifier vos propos. Croyez-moi, je sais reconnaître des seins somptueux. Est-ce que votre manie de vous déprécier ne serait pas l'œuvre de ce bon vieux Rodney ?

Pour toute réponse, elle détourna vivement le regard.

— Je ne connais pas cet homme, reprit-il, mais ce qu'il a fait à son cheval et à sa femme suffit à me convaincre que c'est un nul.

La surprise de Molly le fit sourire.

— Un nul et un menteur, précisa-t-il. Probablement un amant et un mari minables. Il vous interdisait les romans sentimentaux de crainte qu'ils ne vous ouvrent les yeux. Ce genre de comportement pue le complexe d'infériorité à plein nez... Il vous rabaissait pour vous dominer. Il craignait sans doute que vous ne découvriez qu'il n'était qu'un pauvre type et que vous ne le laissiez tomber pour quelqu'un de mieux. À sa place, je me serais inspiré de vos romans pour m'améliorer et vous plaire. À propos, ajouta-t-il en se dirigeant vers la porte, je vous en ai acheté deux.

— Deux quoi ? demanda Molly en se retournant.

Jake la regarda droit dans les yeux.

— Deux romans historiques et sentimentaux. J'en ai presque terminé un. Tout ce que je peux dire, c'est que j'aime la façon dont votre esprit fonctionne.

Il s'éclipsa sans autre commentaire, un sourire aux lèvres.

13

Dès qu'elle fut seule, Molly s'observa dans la glace, toucha ses cheveux, examina cette crinière bouclée qu'elle n'avait jamais aimée, et qu'elle était venue à détester après son mariage. Ayant écouté les compliments poétiques de Jake, elle se demanda si elle ne devrait pas finalement la laisser flotter sur ses épaules. Au fond, il avait peut-être raison quand il prétendait que c'était l'un de ses atouts.

Elle attrapa la serviette éponge dans le lavabo, la drapa devant elle comme Jake l'avait fait, et s'étudia d'un œil critique. Elle avait toujours aimé le rose, Rodney était parvenu à l'en dégoûter, et maintenant Jake Coulter lui conseillait cette couleur. Il souhaitait qu'elle abandonne les teintes neutres, et les tenues trop sages. Elle s'imagina en jean collant et top fuchsia, et cette vision suffit à la faire rougir d'embarras.

Ah, ces rougeurs qui déplaisaient tant à Rodney ! L'effort, la chaleur, la gêne la faisaient rougir facilement. Penchée vers la glace, elle approcha la serviette de ses joues sans se trouver un teint trop fleuri. Rodney avait dû exagérer à plaisir.

Rodney… Jake… Jake… Rodney… Lequel des deux croire ? Tandis qu'elle se posait la question, une sourde douleur commença à lui marteler les tempes. Elle continua à s'interroger et sa migraine augmenta. En tout cas, une chose était certaine : elle suivait encore les diktats de Rodney. Elle n'avait que des vêtements achetés en pensant à lui. *Contente-toi de vêtements amples et de couleurs neutres. Tu n'as ni le teint ni la silhouette pour te permettre autre chose.* À cause de lui, elle ne se maquillait pas, portait des semelles compensées, qu'elle détestait, dans l'espoir de paraître plus grande. Elle n'avait même plus un rire naturel.

Comment aurait-elle pu se reconnaître dans une glace ? Puis, brusquement, elle s'aperçut qu'elle n'était prête à oublier les conseils de Rodney que pour se conformer à ceux de Jake Coulter.

Accablée, elle se laissa tomber sur le siège des toilettes. Pendant dix ans, elle s'était ingéniée à plaire à Rodney, et voilà qu'à peine sortie d'un mariage catastrophique elle recommençait à écouter un homme.

Elle serra les poings et les plaqua sur ses genoux, crispée par la lassitude. Elle n'en pouvait plus de s'entendre donner des directives. Si l'envie la prenait de se raser les cheveux et de porter un body écarlate, c'était son affaire. Rodney pouvait penser ce qu'il voulait, et Jake Coulter garder ses conseils pour lui. Célibataire, approchant la trentaine, citoyenne d'un pays libre, elle ferait ce qu'elle voudrait. Et sans délai !

Elle se leva d'un bond, ouvrit un tiroir, attrapa une paire de ciseaux, retourna devant le lavabo, empoigna ses cheveux et se mit à les couper frénétiquement, presque à ras, sans chercher à imaginer le résultat. Au diable Jake Coulter et ses compliments ! S'il lui prêtait la docilité d'un mouton, il se trompait lourdement, et il n'aurait plus qu'à tomber à la renverse en la voyant avec – pourquoi pas ? – des lèvres rubis et des pendants d'oreilles jusqu'aux épaules.

Quand elle n'eut plus rien à couper, elle ressentit une immense fatigue, laissa les ciseaux rejoindre la serviette et ses boucles perdues dans le lavabo. Puis elle rassembla son courage pour se regarder dans la glace.

Les larmes aux yeux, elle constata que Rodney n'avait pas menti : elle ressemblait à un clown.

— Molly est en retard, maugréa Hank.

Jake se servit une deuxième tasse de café en souriant.

— En effet.

— Ce n'est pas dans ses habitudes. Tu ne crois pas qu'il lui est arrivé quelque chose ?

— Mais non ! fit Jake. Elle va arriver d'une minute à l'autre.

— Je voulais l'aider à faire les sandwichs...

Jake porta sa tasse fumante à ses lèvres et jeta un coup d'œil à son frère.

— Ménageons-la. Pourquoi n'irais-tu pas traire les vaches et ramasser les œufs ?

— Tu te charges de préparer le petit déjeuner avec elle ? Qu'as-tu prévu ?

— Quelque chose de consistant, ne t'inquiète pas.

— Des pommes de terre sautées ? Des œufs, du bacon et des saucisses ?

— Peut-être même que j'ajouterai du jambon.

Hank se leva, se léchant presque les babines.

Quand Molly ouvrit sa porte, elle découvrit sur le perron un livre de poche et un bouquet d'œillets sauvages. Elle s'agenouilla, regarda de plus près et constata que les fleurs étaient attachées par un petit lien de cuir.

Jake.

À l'exception de son père, aucun homme ne lui avait jamais offert de fleurs, pas même son mari. Les larmes aux yeux, elle ramassa le bouquet d'une main tremblante et en respira le délicat parfum. Ce petit bouquet n'avait pas de prix : Jake s'était réveillé plus tôt que d'habitude pour aller le cueillir, il avait cherché comment attacher les fleurs, puis était venu les déposer sur son seuil.

Cette délicate attention rappela à Molly les petits présents inattendus que lui faisait son père, autrefois. Souvent, elle avait trouvé à son réveil une rose dans un verre, sur sa table de nuit, ou des pensées sur son oreiller. Se sentir aimée était la meilleure façon de commencer la journée, et elle ne l'avait jamais oublié.

Une fois mariée, au lieu de douces surprises sur son oreiller, elle n'avait plus trouvé en ouvrant les yeux que des traces de larmes. Les larmes qu'elle avait versées, tard dans la nuit, en attendant que Rodney s'arrache aux bras d'une autre femme.

En fait, c'était à cause de ces rivales sans visage qu'elle était arrivée à se persuader de changer d'apparence et de comportement pour s'attacher son mari. Malheureusement, elle avait fini par se perdre de vue.

Elle sourit tristement à travers ses larmes en respirant à nouveau le parfum des œillets, puis elle prit le livre, une histoire d'amour au siècle dernier, comme elle les aimait. Que lui demandait Jake, sinon d'être tout simplement elle-même ?

Avec un soupir, elle serra le livre contre son cœur. Maintenant, elle ne doutait plus de l'honnêteté de Jake Coulter qui n'avait qu'un unique point commun avec Rodney : le fait d'être un homme.

Elle effleura ses cheveux et regretta de ne pas avoir réfléchi à deux fois avant de les massacrer. Jake comprendrait le message tout de suite. Un message dont elle n'était plus fière du tout.

Jake se demandait si Molly porterait encore son horrible natte. S'il était convaincu qu'elle avait été trop soumise aux désirs de son mari pour supporter encore l'influence d'un autre homme, il avait en même temps une envie folle de l'inciter à se libérer. Il l'imaginait avec bonheur les cheveux au vent, le menton relevé, l'air de lancer un défi à la face du monde.

Tournant le dos à la porte, il entendit soudain sa voix.

— Bonjour.

Cette voix timide, tremblante, le réjouit. Il connaissait suffisamment les femmes pour savoir que Molly était impatiente de connaître sa réaction. Il avala une dernière gorgée de café, puis se retourna.

Il crut qu'il allait s'étouffer. Les yeux de Molly s'agrandirent. Elle toucha ses cheveux, l'air catastrophé.

— Grands dieux ! s'écria Jake. Mais qu'est-ce qui vous est arrivé ?

Il la vit blêmir. Elle tira sur une mèche, muette. Inutile qu'elle lui dise quoi que ce soit, l'explication était toute trouvée. Ne lui avait-elle pas suffisamment répété de garder ses compliments pour lui ? Mais il fallait reconnaître que, cette fois, elle n'y était pas allée de main morte.

La colère le saisit, puis il se sentit blessé, et finalement céda à l'éblouissement. Elle était... magnifique avec ce casque de boucles ambrées qui mettaient en valeur la finesse de ses traits et, si la coupe était irrégulière, elle lui donnait un style décontracté, absolument adorable.

Jake posa sa tasse sur le bar et s'avança vers elle, les yeux fixés sur ses cheveux. Comme si elle avait honte, elle baissa la tête.

— Je suis désolée. J'ai fait une chose idiote et je suis horrible.

Lentement, Jake tourna autour d'elle. Il détestait se tromper et, surtout, l'avouer.

— Ne dites pas de bêtises. C'est très mignon.

« Mignon » : l'adjectif était trop tiède. D'un autre côté, « superbe » aurait sans doute paru suspect.

— Je… hum… Les cheveux courts vous vont à la perfection. C'est vrai. Je vous trouve encore mieux qu'avec vos cheveux longs.

— Ne prenez pas la peine de mentir pour épargner mon amour-propre. Je sais que je suis affreuse. Il faudra au moins que je fasse égaliser tout ça.

— N'y pensez pas. Aucune coiffeuse ne fera mieux.

Elle lui lança un regard misérable.

— Je me console en me disant que mes cheveux poussent vite.

En riant, Jake prit le visage de Molly entre ses mains.

— Je n'ai pas voulu dire qu'il n'y avait aucun moyen de réparer les dégâts, Molly. Il n'y a *pas* de dégâts.

Il vit l'incrédulité envahir les beaux yeux de Molly.

— Ça… ça vous plaît ?

— Oui. J'aimais vos cheveux longs, mais cette coiffure vous va encore mieux. Je suis sérieux. Elle met en valeur vos yeux et la finesse de vos traits.

— Ah ? Vraiment ?

Tenant toujours le visage de Molly entre ses mains, Jake songea qu'il n'avait jamais vu de femme aussi ravissante. Qu'avait-il donc trouvé jusque-là aux grandes blondes et aux rousses outrageusement maquillées ? Molly était le genre de femme qu'il avait attendu depuis toujours, ce que, bêtement, il n'avait jamais compris.

— Vraiment, répéta-t-il d'une voix caressante.

Tout au long de la journée, Jake souriait dès qu'il pensait à la nouvelle coiffure de Molly. En définitive, c'était la femme la plus imprévisible qu'il ait jamais connue. Qu'allait-elle inventer ensuite ? La verrait-il arriver un matin en talons aiguilles et bas résille noirs ? Ce serait dommage. Elle était du genre madone, et il détesterait qu'elle change.

En ce qui concernait ses cheveux, il devait tout de même reconnaître qu'il s'était lourdement trompé. Au fond, il vaudrait sans doute mieux qu'il cesse de lui donner des conseils. C'était même évident, à la réflexion. Molly avait été suffisamment sous pression. Si elle ne se reconnaissait plus, comme elle le lui avait dit la veille, c'était le résultat de longues années passées à contrarier sa nature dans le but de plaire à son mari. Il n'était pas question qu'elle recommence pour lui.

Il la laisserait respirer parce qu'il était amoureux d'elle. Comment était-ce arrivé, il l'ignorait, mais il était fou d'elle, et il n'avait pas l'intention de revenir en arrière. L'amour, le mariage étaient pourtant des choses sérieuses qui demandaient de la réflexion. Mais avec Molly qui risquait d'être rattrapée par la police du jour au lendemain, il n'avait pas le temps de tergiverser et de laisser filer sa chance. À près de trente-trois ans, il avait assez d'expérience pour savoir qu'avec Molly ce n'était pas uniquement une question de désir. La femme qu'il avait attendue, c'était elle, pas une autre, et, s'il ne saisissait pas sa chance, elle ne se représenterait sans doute jamais.

Ce soir-là, après que Molly eut préparé, sous la direction de Jake, un dîner qui aurait été assez copieux pour nourrir la moitié des habitants de Crystal Falls, et assez gras pour leur boucher les artères, elle entreprit de nettoyer la cuisine. Comme il en avait pris l'habitude, Jake retroussa ses manches pour l'aider.

— J'ai l'impression que vous n'êtes pas habituée à ce qu'un homme vous donne un coup de main à la maison, observa-t-il.

— Mon père mettait toujours la main à la pâte quand la cuisinière était de sortie, expliqua Molly en rangeant une casserole.

— Ah ? Vous aviez une cuisinière ? Votre père devait être fortuné.

— Il n'était pas multimilliardaire.

— Mais milliardaire, oui ?

Molly se sentit embarrassée. Elle ne pouvait répondre à cette question sans que Jake risque de deviner sa véritable identité, dans la mesure où il n'y avait pas, en Oregon, trente-six milliardaires. Déjà, elle avait commis l'imprudence de lui révéler qu'elle avait travaillé dans une compagnie financière. Même si elle ne doutait pas de pouvoir lui faire confiance, elle hésiterait à lui avouer qu'elle sortait d'une clinique psychiatrique, qu'elle aurait dû être encore sous la surveillance d'un médecin, et qu'un juge l'avait placée sous tutelle, laissant Rodney gérer l'empire financier qu'elle avait hérité de son père.

Déclarée irresponsable, elle restait à la merci de cet homme qui pouvait s'offrir les services de n'importe quel avocat. Ce qui était déjà arrivé pouvait se reproduire. Sa liberté était menacée, le sort de Sunset également. Si elle l'oubliait, elle se retrouverait dans une clinique où, cette fois-ci, elle n'aurait même pas un médecin tel que Sam Banks pour la soutenir.

Jake n'avait pas la moindre idée du pétrin dans lequel elle se trouvait.

— D'accord, reprit-il en constatant qu'elle demeurait muette. La question était sans doute trop indiscrète. Donc, votre père se transformait une fois par semaine en aide-cuisinier. Et Rodney ? Il vous aidait ?

— Non. Jamais. La cuisine est réservée aux femmes, d'après lui.

Jake lui fit un clin d'œil.

— Un vrai nul ! Comme je le disais.

Quelques minutes plus tard, Jake raccompagnait Molly. Comme à son habitude, il se dirigea vers la rivière, mais Molly refusa de le suivre.

— Je renonce à cette promenade, annonça-t-elle.

— Lâche ! riposta-t-il.

— Sans doute. Hier soir, je vous ai avoué que vous m'attiriez beaucoup. Et je n'ai pas oublié votre mise en garde…

— Vous craignez que je vous embrasse de nouveau ?

— Que vous alliez plus loin, aussi.

Les mains sur les hanches, les yeux brillants dans la clarté lunaire, Jake regarda Molly comme s'il s'agissait d'un puzzle très compliqué.

— Molly, je ne ferai rien sans votre accord. Vous l'avez compris, j'espère.

— Oui, mais, le problème, c'est que ce qu'on veut n'est pas toujours ce qui est bon pour soi. J'ai beaucoup réfléchi aujourd'hui. Je ne suis pas certaine d'être capable de vous repousser une seconde fois.

— C'est plutôt agréable à entendre.

Molly ne put réprimer un éclat de rire.

— Je m'en doute, fit-elle. Mais les aventures d'un soir ne me tentent pas. Je ne suis peut-être pas très moderne, mais je me connais suffisamment pour savoir que je n'en sortirais pas indemne.

— Sachez que j'éprouve pour vous des sentiments, Molly. Pas seulement du désir.

— Aujourd'hui, un tas de gens s'embarquent dans des relations qu'ils jugent profondes, sans vouloir s'engager pour autant. Je suis un peu perdue en ce moment, mais il y a une chose dont je ne doute pas : avec moi, c'est tout ou rien. Je suppose que c'est ridicule, mais on ne se refait pas.

— Est-ce que je ris ? Il me semble au contraire que c'est une charmante façon d'être.

Molly soupira.

— J'aimerais prendre les choses un peu moins au sérieux, je profiterais sans doute plus de la vie. Si j'étais certaine d'être capable d'avoir une relation avec vous, puis de vous voir partir sans que cela me brise le cœur, je n'hésiterais pas une seconde. Mais je sais déjà que ce ne sera pas le cas, parce que je tomberai amoureuse de vous. Je vais donc rentrer en vous souhaitant une bonne nuit.

Elle n'avait pas fait deux pas que Jake l'appela doucement. Elle s'immobilisa et lui jeta un regard par-dessus son épaule.

— Restez, dit-il. Si vous attendez une bague et des promesses, je serai heureux de vous les offrir.

— Oh, Jake ! murmura-t-elle, émue aux larmes.

— Je vous aime. Je vous épouse demain. Si vous ne me croyez pas, mettez-moi à l'épreuve.

— Jake, comment pourrais-je me marier ? J'ai tellement de problèmes. Vous ne me connaissez pas suffisamment pour vous engager de la sorte.

— Je sais déjà que vous êtes une personne merveilleuse, Molly. J'en ai été convaincu à la seconde où j'ai posé les yeux sur vous.

Elle le fixa comme s'il venait de proférer la plus grande des absurdités.

— Croyez-moi. Quand je vous ai vue arriver dans votre Toyota avec ce van qui tanguait derrière vous, je me suis dit : « Voilà une femme avec un cœur grand comme ça. » Et vous savez quoi ? Vous ne m'avez pas déçu un seul instant. Tout le monde est plus ou moins amoureux de vous ici, y compris Bart. Moi, je suis simplement un peu plus amoureux que les autres.

Le regard fixé sur la cime des pins, de l'autre côté de la rivière, Molly crut voir une série de danseuses figées dans des poses gracieuses sur le velours du ciel nocturne, la tête couronnée de petits diamants stellaires.

— Je rêve d'une vie sans contraintes, Jake. Pour la première fois depuis dix ans, je suis libre. Et il y a un tas de choses que j'ai envie de faire. Vous comprenez ?

Elle pensait à sa carrière interrompue, à ses rêves perdus. Certains l'étaient à jamais, d'autres pouvaient renaître. Mais, avant tout, elle devait venger son père afin qu'il repose en paix.

— J'aimerais être plus explicite, poursuivit-elle, mais cela m'est impossible pour le moment. Sachez seulement que je ne peux m'engager à vivre avec quelqu'un tant que je n'aurai pas réglé certains problèmes.

— Laissez-moi vous aider. Le mariage est une association, Molly, pas une prison.

— J'ai été prisonnière du mien trop longtemps.

— Ce sera différent cette fois-ci.

— Peut-être. Mais les séquelles de mon premier mariage pèsent encore lourdement sur ma vie. J'ai vécu un cauchemar parce qu'en fervente catholique je refusais de divorcer. J'ai eu l'impression de vivre sous une tonne de glace.

— Jamais je n'empiéterais sur votre liberté, Molly.

— Je ne vous le permettrais pas, riposta-t-elle légèrement.

Ils se dirigèrent vers la maison d'un pas lent. Les mains au fond des poches, Jake demanda au bout d'un moment :

— Alors, où tout cela va-t-il nous mener ?

— Vers une amitié. Si un jour vous l'oubliez, le lendemain je serai partie. Je laisserai votre montre sur la table de chevet et, dès que j'aurai trouvé un autre travail, je vous enverrai de l'argent pour la pension de Sunset. Mais vous ne me reverrez jamais.

— Vous ne laissez aucune place à la négociation, n'est-ce pas ? observa-t-il avec un rire bref.

— Aucune négociation n'est possible.

— Je ne veux pas que vous partiez, Molly.

— Vous avez entendu mes conditions.

Jake s'immobilisa, mit les mains sur ses hanches et regarda Molly avec une expression qui lui fit palpiter le cœur.

— Voici les miennes, annonça-t-il doucement. Je me conformerai à votre souhait – pendant un certain temps. Rien ne s'oppose à ce que nous soyons amis avant de devenir amants. Mais n'oubliez pas que ce ne sera pour moi qu'une étape, et que je ne manquerai pas un jour de vous demander d'aller plus loin.

— Alors je partirai.

— On verra bien, fit-il, le sourire plus charmeur que jamais.

— Jamais je ne tolérerai qu'un homme prenne de nouveau les rênes de ma vie.

Jake ne s'émut aucunement de cette déclaration.

— Ça me convient. Je ne prends que les rênes de mes chevaux. Ma femme sera mon associée, pas ma propriété.

— C'est ce que tous les hommes prétendent. Puis ils font le contraire à peine ont-ils apposé leur signature sur le certificat de mariage.

— C'est ce que j'appelle un préjugé d'un autre temps ! Vous avez regardé le calendrier récemment ?

Les mains enfoncées dans les poches, Molly serra les poings.

— Chat échaudé craint l'eau froide…

— Je vois qu'on me coupe l'herbe sous le pied.

— Vous avez entendu ce que je vous ai dit ? soupira Molly. Il n'y a que l'amitié qui m'intéresse.

Un grand sourire éclaira le visage de Jake.

— Et tant que vous le souhaiterez, c'est ce que vous aurez. Ce qui ne m'empêchera pas de tenter de vous faire changer d'avis. Oh ! sans vous toucher, ajouta-t-il vivement en voyant son expression.

Molly se détendit un peu. Ainsi elle pourrait l'approcher en toute confiance, peut-être pas en toute sérénité, mais cela resterait son secret.

— Bien. Nous sommes donc arrivés à un accord.

— Des plus clairs, remarqua Jake, l'œil malicieux.

Elle eut le sentiment que cette situation l'amusait beaucoup. Il lui tendit la main.

— Scellons notre accord par une poignée de main.

De quel accord s'agissait-il finalement ? Molly ne le savait plus très bien. Elle répondit néanmoins à la demande de Jake, sentit ses doigts se refermer sur sa main. Son pouce caressa son poignet, provoquant des sensations qui coururent tout le long de son bras.

— Maintenant que nous sommes tombés d'accord, vous venez vous promener avec moi ? Allez, la cajola-t-il. Venez. Vous me faites confiance, n'est-ce pas ?

À l'exception de son père, jamais elle n'avait eu autant confiance en un homme. Mais, en même temps...

— J'ai accepté de m'en tenir à une relation amicale, non ? insista Jake. Que pourrait-il vous arriver ?

— Rien, j'imagine. Bon, allons-y. Pourquoi pas ?

Il glissa la main de Molly sous son bras et, tandis qu'il l'entraînait de nouveau vers la rivière, le début d'une comptine lui revint en mémoire : « Bienvenue dans mon boudoir, fit l'araignée à la mouche. »

14

Les jours suivants, Molly éprouva l'impression que Jake l'attirait dans une toile d'araignée magique. Comme si, devinant le vide qu'elle ressentait, il se proposait de le remplir d'une dose quotidienne de beauté.

Pratiquement chaque matin, elle trouvait un petit cadeau devant sa porte. Un jour, c'était une jolie pierre ou une plume d'oiseau. Un autre, des fleurs sauvages. Une fois, il apporta un bouquet de trèfles fleuris qu'elle apprécia particulièrement parce qu'il correspondait tout à fait à l'image qu'elle se faisait de lui. Celle d'un homme parfaitement ancré dans cette terre où il avait grandi.

Avec ces petits présents, il lui rappelait décidément son père, et elle se mit à établir des comparaisons dans tous les domaines. En apparence, Jake ne ressemblait en rien à Marshal Sterling. Mais il existait des similitudes fondamentales qui fascinaient d'autant plus Molly que, jusque-là, elle avait toujours considéré son père comme un homme incomparable.

Quand White Star mit bas, Jake insista pour que Molly assiste à l'événement. Jamais elle n'avait vu une chose semblable. Quant au rituel qui suivit la naissance, elle fut certaine d'en garder un souvenir éternel.

Pendant une heure, elle aida Jake à proposer au poulain d'expérimenter toute une série de sensations, ce qui devait lui éviter de les craindre plus tard. Ensemble, ils mimèrent un ferrage, touchèrent le nouveau-né sur tout le corps. Puis, quand Jake le laissa se lever, Molly eut l'honneur de lui présenter sa première longe.

— Il va vraiment se souvenir de tout ça ? questionna-t-elle, à la fois émerveillée et incrédule.

— La première heure est déterminante pour les liens à la mère et à l'environnement. C'est à ce moment-là qu'apparaît l'instinct du troupeau, qui est vital pour vivre dans la nature. À un certain niveau, il se souviendra de ses premières expériences, et il sera plus enclin à faire confiance à l'homme.

Tout en passant le dos d'une tondeuse électrique sur la hanche du poulain, Jake poursuivit :

— Au cours des prochaines semaines, nous répéterons ces gestes de manière à ce qu'ils s'impriment dans sa mémoire. À trois mois, ce petit monsieur se laissera ferrer calmement. Il n'aura pas peur des longes, des cordes, d'un poids léger sur son dos, et il viendra nous réclamer des caresses. Quand on le sellera pour la première fois, ce ne sera qu'une nouvelle étape qu'il acceptera le plus naturellement du monde.

— Employer la manière forte, le moment venu, serait une méthode plus rapide, non ?

Le front plissé, Jake prit le temps de réfléchir.

— Mater des chevaux, répondit-il finalement, c'est prendre le risque de leur enlever le meilleur d'eux-mêmes. Ils seront dociles, certes, mais ils auront perdu leur fougue. Je sais de quoi je parle. J'ai aussi utilisé cette méthode. Regardez cet appareil, là-bas, Molly.

Jake désigna une sorte d'énorme casse-noisettes, suspendu à une poutre dans l'allée centrale.

— On coince les naseaux du cheval dans la partie ronde. Il en résulte une douleur sur laquelle l'animal se focalise. Et pendant ce temps, on peut lui faire ce qu'on veut.

— C'est horrible.

— N'exagérons rien, fit Jake avec un petit rire. Quand on travaille sur un animal puissant, capable de vous réduire en charpie, on ne peut pas faire autrement.

Il alla décrocher l'appareil et l'approcha du visage de Molly.

— Parfois, pour le bien de l'animal, nous sommes obligés d'utiliser cet instrument. C'est la plupart du temps moins dangereux qu'un sédatif. La pression s'exerce sur la chair tendre entre la lèvre supérieure et les naseaux.

— Ce qui signifie ?

— Si vous étiez une jument, aimeriez-vous que j'utilise cet appareil sur vous ?

— Sûrement pas !

En riant, Jake remit l'appareil en place.

— Généralement, expliqua-t-il, je n'ai pas à regretter le temps et les efforts que je consacre à mes poulains.

— Vous aimez vraiment vos animaux, n'est-ce pas ?

— Sans l'ombre d'un doute. Je n'ai aucune envie de les dompter, de les dominer, de les mater.

Jamais Molly n'avait rencontré quelqu'un qui ressemblât à Jake Coulter. C'était un homme extraordinaire, tellement attentionné qu'il la surprenait chaque fois qu'elle discutait avec lui.

Il lui proposait de se promener avec lui au moins une fois par jour. Rien de plus simple, apparemment. Il suffisait de mettre un pas devant l'autre et d'échanger des paroles amicales. Mais Molly constata bientôt qu'avec Jake rien n'était simple. Les sujets de conversation les plus banals pouvaient se révéler brusquement très compliqués.

— Nous avons parlé des couleurs dans lesquelles vous vous sentiez à l'aise, fit Jake, un soir. Mais vous ne m'avez jamais parlé de celle que vous préfériez.

Adolescente, Molly avait voulu toutes les nuances de mauve pour la décoration de sa chambre, et du papier rose sur les murs. Du rose, il y en avait eu beaucoup aussi dans sa garde-robe. Pour ses dix-huit ans, son père lui avait offert une voiture rose, avec des clés attachées à un porte-clés orné d'une petite rose.

— Je n'ai plus de couleur préférée, répondit-elle. Autrefois, je ne voulais que du rose.

— Cessez de parler au passé. Est-ce que vous aimez encore le rose ?

— Quand j'aime quelque chose, c'est souvent avec excès. Employé à tort et à travers, le rose devient vite une couleur trop voyante.

— Et alors ? La vie n'est pas une suite de contraintes. Si vous aimez, vous aimez, un point c'est tout.

Molly hésita quelques instants avant d'avouer en rougissant :

— Rodney me détestait en rose. Et voilà que je vous fais rire parce que je prône la modération. Ah, les hommes ! Pourquoi ne pas me laisser tranquille ?

— Je ne ris pas. Simplement, je serais heureux de vous voir à l'aise dans une couleur et un style que vous aimez. Libérez-vous donc de votre passé, Molly. Soyez vous-même. J'aime votre coupe, ajouta-t-il en lui ébouriffant les cheveux. Et je me dis que vous devriez suivre votre instinct. Je ne cherche pas à vous influencer mais, au contraire, à vous pousser à faire vos propres choix.

— Dans ce cas, je vais peindre la maison en rose.

Il éclata de rire.

— Très bien. Amusez-vous. Quoique des rondins roses me feraient peut-être grincer des dents. Attaquez-vous plutôt à l'intérieur.

— Le rose manque de dignité, déclara Molly.

— C'est la vision de Rodney, j'imagine.

Une fois de plus, il insistait sur un sujet qui la perturbait. Il avait le don d'enfoncer le clou jusqu'à ce qu'elle s'oublie et parle trop.

Soudain, il s'arrêta et la prit par les épaules.

— Regardez ça, ordonna-t-il d'un ton impérieux.

— Quoi ?

Elle scruta les ténèbres, s'attendant à découvrir un ours ou un couguar à l'affût.

— Le ciel, précisa Jake. Regardez ce crépuscule, Molly. Avez-vous jamais vu de tels roses dans votre vie ?

Il avait raison : le ciel était magnifique.

— À votre avis, est-ce que Dieu a mauvais goût ?

Prise de court, elle laissa échapper un rire.

— Non, bien sûr que non !

— Diriez-vous qu'Il croit utile de se modérer ?

— *Non.*

— J'en conclus donc que Rodney le nul avait complètement tort. Le rose est une très belle couleur, qui n'a rien de vulgaire. Ce crétin pourrait avoir le nez dans la vraie vulgarité sans même s'en rendre compte.

Le menton appuyé sur la tête de Molly, Jake lui massa doucement les épaules afin d'évacuer la tension de ses muscles.

— Oubliez la modération. Oubliez de vous restreindre. Oubliez de nier ce que vous êtes. Fêtez la vie et noyez-vous dans le rose si le cœur vous en dit.

Un autre soir, Molly avoua à Jake qu'elle ne savait pas s'habiller et qu'elle s'était toujours fiée au bon goût de Rodney.

— C'est lui qui vous a persuadée que vous n'aviez aucun goût ?

— Oui.

— Ah ! fit Jake. Et qui l'avait élu gourou de la mode ?

— Il s'était élu lui-même.

— Je vois.

Il n'eut pas besoin d'en dire plus pour exprimer son dégoût.

Le surlendemain, Molly alla en ville faire des provisions et acheter des tubes de néon pour Jake. Elle se dirigeait vers le magasin de l'électricien quand elle remarqua, dans la vitrine d'une boutique de vêtements, un superbe tee-shirt rose.

Elle s'arrêta net et contempla longuement le tee-shirt, en proie à une incroyable envie de l'acheter. Elle le voyait comme le symbole même de la liberté. Le porter signifierait qu'elle retrouvait enfin ses rêves d'adolescente.

Mais l'adolescente avait six kilos de moins, et ce tee-shirt ne lui irait sûrement pas.

Passant outre ces considérations, elle poussa la porte du magasin. Une jolie vendeuse blonde, en robe bleu marine soulignée d'un feston du même rouge que ses sandales ajourées, s'avança vers elle.

— Bonjour, fit Molly, qui souffrait de se comparer à cette jeune femme. J'avais remarqué le tee-shirt rose dans la vitrine. Mais maintenant que je le vois de plus près, je me rends compte que ce n'est ni ma couleur ni mon style.

— Vous croyez ?

La jeune vendeuse prit un tee-shirt identique sur une étagère, le déplia devant Molly et eut un sourire convaincu.

— Vous avez tort. Il vous irait à la perfection.

Molly jeta un coup d'œil à l'étiquette et faillit s'évanouir. Financièrement, elle serait vite au bord du gouffre si elle se laissait aller à des dépenses superflues.

Mais elle avait tellement envie de ce tee-shirt !

— C'est un peu cher.

— Tout a augmenté ces derniers temps, observa la vendeuse en riant. Ce que vous trouverez ailleurs sera beaucoup plus cher. Faites-vous plaisir. Essayez-le, au moins.

Molly ne put résister. Souriante, elle retira sa parka.

— Vous avez maigri ? s'enquit la vendeuse tout à trac.

Intriguée par cette question, Molly jeta un coup d'œil dans la glace et constata qu'elle était habillée comme une femme enceinte.

— Oui, mentit-elle en lançant un clin d'œil à la vendeuse.

Aussitôt, celle-ci lui choisit un jean et vérifia qu'il était à sa taille.

— Ces jeans sont ravissants, non ? Et en solde !

Une remise de cinquante pour cent aurait été une occasion à ne pas rater si Molly avait eu assez d'argent pour s'acheter des vêtements en toute tranquillité. Mais elle laissa tout de même la vendeuse lui proposer d'essayer différents articles. Puis elle l'entendit s'exclamer :

— Voilà quelque chose qui vous ira très bien ! Et ça aussi. C'est fait pour vous !

— Écoutez, je n'ai vraiment pas les moyens de changer de garde-robe en ce moment.

— Une femme qui a perdu du poids comme vous mérite de changer d'allure.

Au lieu d'être raisonnable et de partir, Molly continua ses essayages. La blonde vendeuse, ne connaissant rien de sa vie, ne cherchait pas à lui donner confiance en elle. Elle était sincère, et il suffisait de la regarder pour avoir envie de l'écouter. Elle semblait sortir tout droit d'un magazine de mode.

Avant de comprendre ce qu'il lui arrivait, Molly choisit une tonne de vêtements. La somme serait astronomique, en dépit des rabais, et Sunset n'aurait plus qu'à prendre pension dans la nature…

— Non, vraiment, je ne peux pas m'offrir tout ça ! confessa-t-elle.

— Venez à la caisse. Nous allons voir où nous en sommes.

Le total atteignait six cents dollars. Molly regarda le jean ajusté et le pull rouge très seyant qu'elle avait gardés sur elle et qui lui donnaient une surprenante allure sexy.

— Vraiment je ne devrais pas…

— Bien. Je vous accorde un rabais de vingt-cinq pour cent sur ce qui n'est pas en solde. Ça vous arrange ? J'ai bien travaillé cette semaine, et ça m'amuse d'assister à une telle transformation. Je peux bien me faire plaisir de temps en temps.

Molly ressortit du magasin dans sa nouvelle tenue, les bras chargés de paquets. Elle dut retourner à sa voiture avant de terminer ses courses. Lorsqu'elle aperçut son reflet dans une vitrine, elle n'eut qu'un désir : regagner le ranch au plus vite pour observer la réaction de Jake.

Le soir, quand Jake pénétra dans la cuisine, il n'en crut pas ses yeux. Debout devant la cuisinière se tenait une nouvelle Molly, jean et pull rouge moulants à faire grimper votre tension en flèche.

Lorsqu'elle pivota, il demeura bouche bée. Bon sang ! Si lui-même avait envie de siffler d'admiration, comment ses hommes allaient-ils réagir ? Les courbes de Molly, il les avait déjà remarquées, mais là elles devenaient fabuleuses. Quel décolleté ! Quelle vallée entre ses seins généreux ! Quelles cuisses, seigneur ! Ah, ce qu'un jean pouvait être collant !

— Vous ne pouvez pas vous habiller comme ça, déclara-t-il.

Il regretta aussitôt sa remarque. Mais, enfin, ignorait-elle l'effet qu'elle produisait ? En la voyant, un homme ne pouvait que rêver de scènes torrides entre des draps de soie. S'il lui avait suggéré de s'habiller de façon un peu plus seyante, il ne lui avait pas demandé de provoquer des ravages.

Ne comprenait-elle pas qu'elle était la seule femme parmi des hommes fougueux ? Même les plus âgés avaient encore le sang chaud. Quant aux jeunes, ils risquaient de lui faire des propositions, et Jake se sentait prêt à étrangler le premier qui lui manquerait de respect.

Elle avait pâli. Durant un long moment, elle le fixa, bouleversée. Puis elle baissa les yeux.

— C'est un peu trop moulant, je suppose, murmura-t-elle en tirant sur son pull. Vous avez raison, Jake. Je suis désolée. Je ne sais pas ce qui m'a pris. Vous pourriez vous occuper du dîner pendant que je vais me changer ?

— Molly, fit-il, embarrassé. Je ne voulais pas dire que ce que vous portez ne vous va pas, au contraire. Vous êtes fantastique.

Visiblement, elle ne le croyait pas. Sa pâleur persistante et son expression blessée lui en fournissaient la preuve.

— J'ai simplement été… surpris, ajouta-t-il.

Les yeux brillants, comme si elle allait pleurer, Molly éclata cependant de rire.

— Je n'avais pas l'intention de surprendre qui que ce soit, expliqua-t-elle. Je n'aurais jamais dû écouter cette vendeuse.

Sans laisser à Jake le temps de trouver une réponse, elle se précipita hors de la cuisine, puis sortit en oubliant de prendre sa parka.

Hank trouva son frère en train de retourner le poulet en jurant.

— Qu'est-ce qui ne va pas ?

— Rien ne va ! Surveille le poulet, s'il te plaît. J'ai quelque chose à réparer.

— Si tu parles de la clôture, on a terminé hier, il me semble.

— Je ne parle pas de clôture. J'ai fait une bêtise. Molly a finalement eu le courage de changer sa façon de s'habiller et j'ai tout fichu en l'air.

— Pourquoi ? Si quelqu'un avait besoin de nouveaux vêtements, c'était bien elle.

— Elle était en jean et en pull.

— Et alors ? Où est le mal ?

— J'oublie de dire qu'ils la moulaient à te faire sortir les yeux de la tête.

— Du moment qu'on ne touche pas…

— Justement. Ce n'est pas sûr. Mais je tuerai le premier qui se hasardera à le faire.

Hank prit la cuillère des mains de son frère.

— Molly est parfaitement capable de se défendre seule.

Jake grinça des dents. Non, Molly était trop gentille pour remettre un homme à sa place. Et pas assez sûre d'elle.

— Tu crains qu'on ne marche sur tes plates-bandes ? le taquina Hank.

— Ne sois pas mesquin. Tu sais bien que la jalousie et moi, ça fait deux.

— Tu n'avais jusqu'à présent jamais tenu suffisamment à une femme pour être jaloux. Tes petites amies ne se gênaient pas pour venir ici parader en short et en débardeur qui laissaient peu de place à l'imagination. Et tu ne te préoccupais pas des regards qu'elles attiraient.

— C'était différent. Elles savaient ce qu'elles faisaient.

— Et Molly l'ignore ? Arrête. Elle a été mariée. Elle sait que les enfants ne naissent pas dans les choux. C'est sûrement pour cette raison qu'elle n'avait pas choisi de se promener à moitié nue comme les écervelées que tu nous ramenais.

— Je ne suis jamais sorti avec une écervelée !

— Alors, c'étaient des exhibitionnistes, rectifia Hank en souriant. Souviens-toi de cette blonde – Veronica, je crois – qui se dandinait sur des talons aiguilles et dans un short tellement court qu'elle ne pouvait pas se pencher sans qu'on s'aperçoive que ce n'était pas une vraie blonde. Tu ne haussais même pas un sourcil quand les hommes passaient à l'attaque.

— Où veux-tu en venir ?

— J'essaie simplement de te faire admettre qu'en comparaison un jean et un pull ne constituent pas une provocation. Si un homme en perd la tête, il faudra lui botter les fesses, parce que ce ne sera pas la faute de Molly.

Jake en avait suffisamment entendu. Son frère n'avait jamais été amoureux, il ne pouvait pas comprendre. Il attrapa la parka de Molly, soucieux de lui éviter de prendre froid. En ce début de printemps, dès que le soleil se couchait, l'air se rafraîchissait sérieusement.

— J'en ai pour deux minutes, lança-t-il.

Il prit le temps de s'asseoir sur les marches du perron et, le visage enfoui dans la parka, respira la douce odeur de Molly. Une odeur de fleurs sauvages et de soleil, aussi naturelle qu'elle-même l'était. Jaloux, lui ? Quelle idée ! Il n'avait rien d'un homme possessif et, si une femme s'intéressait à un autre, elle était libre de partir. Non, il ne connaissait pas la jalousie. Simplement, il considérait que Molly était sous sa protection et voulait lui éviter de se compliquer la vie. Quoi de plus normal ?

Mais il savait qu'il se mentait à lui-même. Hank avait raison : il était vert de jalousie et se sentait terriblement possessif. Il lui suffisait d'imaginer le regard d'un autre posé sur Molly pour être au bord de l'explosion. Et puis, il y avait pire. Tout au fond de lui, il redoutait qu'elle ne l'abandonne pour un autre.

Il l'aimait, bon sang ! Il ne voulait pas qu'elle se laisse piéger par un crétin incapable de l'apprécier à sa juste valeur.

En soupirant, il se leva, déterminé à lui parler. Comment réparerait-il son erreur, il n'en avait encore aucune idée, mais il était bien déterminé à le faire.

Il frappa deux fois à la porte de Molly sans obtenir de réponse. Convaincu que le mal était déjà fait, il entra.

— Molly ?

Il entendit une exclamation de surprise, puis un mouvement dans la chambre. Les mâchoires serrées, il jeta la parka sur le canapé et s'avança vers la porte ouverte. Elle se tenait devant la penderie, le pull rouge plaqué sur la poitrine ; il s'en voulut de la surprendre en train de se changer et faillit ressortir.

— Vous pouvez remettre ce pull ? fit-il, les yeux baissés. J'ai besoin de vous parler.

— Il n'y a rien à dire. Accordez-moi une minute. Je vous rejoins dehors.

— J'ai beaucoup de choses à vous dire.

Jake releva la tête. Le rouge du pull faisait ressortir la blancheur laiteuse de la peau de Molly. Ses boucles prenaient des reflets cuivrés à la lumière du plafonnier. Et ses yeux – ô Dieu, ces yeux ! – étaient obscurcis par des ombres dont il était responsable. Depuis qu'il la connaissait, il n'avait cessé de lui rappeler Rodney. Quel idiot il était !

— Je vous dois des excuses, reprit-il d'une voix rauque. Vous êtes magnifique dans cette tenue, Molly. Je mérite des coups de pied dans le derrière pour vous avoir laissée croire le contraire.

Il lui avait juré que se marier avec lui ne signifierait jamais la fin de sa liberté, et déjà il contestait le choix de ses vêtements !

— Molly, mon ange, je suis navré.

— Vous vous méprenez. Je me change simplement parce que je me suis rendu compte que ce n'est pas une tenue pour travailler. Quand je serai en congé, je m'habillerai comme je veux. Et si cela ne vous plaît pas, ce sera votre problème.

Jake comprit qu'il ne l'avait pas seulement blessée. Il avait aussi provoqué sa colère. Mais c'était une bonne chose. Molly commençait à guérir et à se retrouver.

— Je vois, dit-il prudemment.

— Non, vous êtes aveugle et vous le resterez sûrement. Vous ne pouvez pas comprendre parce que vous n'avez jamais appartenu à personne. Avant mon divorce, je n'avais même pas le droit de voter comme je voulais. Il fallait que je mente et, comme vous l'avez constaté, je suis une piètre menteuse. Alors quand Rodney découvrait que je n'avais pas voté comme lui, c'était l'enfer pendant des jours, voire des semaines.

— Oh, Molly... murmura Jake, atterré.

— Vous n'imaginez pas ce que j'ai vécu, poursuivit-elle en étreignant le pull rouge. Je me suis mariée à dix-huit ans, j'ai passé dix ans à essayer de plaire à mon mari par tous les moyens. Quand quelque chose n'allait pas, c'était toujours ma faute. J'étais un vrai problème pour lui. Si quelqu'un devait changer, c'était moi. Je suis tombée dans le piège, et j'ai perdu la capacité de me juger.

Jake resta à court de mots. Devant son silence, Molly continua :

— Que je plaise ou non dans cette tenue, je m'en moque. Ce qui m'importe, c'est de me sentir à l'aise. À partir d'aujourd'hui, les choses vont changer. Je vais faire ce que je veux. Si vous n'aimez pas ce que je porte ou si vous trouvez que j'ai une drôle d'allure, tant pis. Je parle des jours où je serai de congé. Autrement, je respecterai les consignes de mon employeur.

Jake se contenta d'acquiescer d'un signe de tête. Molly se battait pour être libre, retrouver son identité, et il comprenait très bien qu'elle redoute de retomber dans une situation identique à celle qu'elle avait vécue avec Rodney. Rien d'étonnant qu'elle refuse tout engagement, elle craignait trop de se retrouver une fois de plus sous la coupe d'un homme.

Il n'avait nullement l'intention de jouer les dictateurs et avait essayé de le lui dire. Il ne lui restait plus qu'à le lui prouver.

— Habillez-vous comme vous voulez quand vous ne travaillez pas, Molly. C'est votre droit le plus strict.

— J'en ai bien l'intention, rétorqua-t-elle, l'air obstiné.

Jake ne put s'empêcher de sourire.

— Puis-je tout de même faire une suggestion ?

— Allez-y. Mais je ne dis pas que j'en tiendrai compte.

— À votre place, je ne me changerais pas. Je vous ai trouvée très belle ainsi. *Trop* belle. Je crains que mes hommes ne sachent pas se tenir. Je me sens un peu jaloux... Non, je rectifie : je suis dévoré par la jalousie.

Il surprit le regard effaré de Molly et ajouta :

— C'est stupide, mais je n'y peux rien. Je ne veux pas que d'autres hommes vous désirent.

Il se trouva tellement ridicule qu'il sentit la chaleur lui monter à la nuque. Il se gratta la tempe tandis qu'il cherchait désespérément une meilleure explication. En vain. Il n'y avait rien de rationnel dans ce qu'il ressentait.

— J'ai tort de réagir comme je l'ai fait, je le sais. Ma seule excuse, c'est que je n'ai jamais éprouvé ce genre de chose auparavant. Dans quelque temps, je pense que je serai plus maître de moi.

L'effarement de Molly fit place à l'incrédulité.

— C'est vrai, continua Jake. Je vous ai trouvée superbe, Molly. Les yeux m'en sont presque sortis de la tête. Et à l'idée que mes hommes auraient la même réaction, je me suis senti menacé.

— Oh, Jake, je vous en prie!

— Je ne mens pas. J'ai peur d'être le perdant si d'autres hommes vous approchent.

Les yeux baissés, Jake s'aperçut à quel point le plancher était propre. Après une journée de travail, comment Molly trouvait-elle encore le temps et l'énergie de récurer la maison? Il ne savait pas non plus comment elle faisait pour brosser les dents de Bart et lui donner des bains, rapiécer des vêtements et entourer les hommes de petits soins. Au bout du compte, c'était une femme extraordinaire, dont la première qualité était de faire passer les autres avant elle.

Il remarqua soudain les sacs en plastique qui jonchaient le lit. La manche d'un joli pull jaune sortait de l'un d'eux. Molly avait fait une tonne d'emplettes. Dans la cuisine, il l'avait vue, les yeux pétillants, le menton relevé, fière de son apparence pour la première fois depuis des années, et lui, en deux secondes, avait tout gâché.

Il se jura que jamais plus il ne commettrait une erreur pareille.

Quelques minutes plus tard, sur le perron du ranch, Molly frottait ses mains moites sur son jean. De l'intérieur lui parvenait un brouhaha de voix, où dominait celle de Jake. *Jake!* Il n'avait réussi à la convaincre de remettre son pull rouge que parce qu'elle-même en avait envie.

La jeune fille qui avait épousé Rodney Wells ne se connaissait pas encore. Pendant dix longues années, elle s'était laissé faire, sans savoir ce qu'elle perdait à être docilement Mme Rodney Wells.

Maintenant, elle était libre, mais il lui fallait faire ses propres choix, assumer son autonomie, et ce n'était ni simple ni rassurant. Il lui avait suffi de faire ces achats pour s'en rendre compte. Dans ce magasin, elle avait d'un seul coup brisé les règles imposées par Rodney. Elle s'était rebellée, et ne pouvait revenir en arrière sans donner raison à son ex-mari.

Elle pénétra dans le ranch en présageant une catastrophe imminente. Les hommes la regarderaient, resteraient bouche bée, les sourcils froncés. Déjà l'humiliation la saisissait, le rouge lui montait aux joues, son corps se contractait.

Sur le seuil de la cuisine, elle s'immobilisa. Jake, debout devant la cuisinière, se retourna au même moment et fut le premier à la voir. Il sourit, mais elle fut surtout encouragée par son regard complice qui lui disait : « Vous êtes venue jusque-là, alors ne vous arrêtez pas. »

Les bras raides, le long du corps, elle fit un pas, puis deux. Assis à la table, Danno leva les yeux et la détailla de la tête aux pieds, les sourcils haussés. Suivant son regard, Nate se tourna à son tour vers elle.

— Waouh ! s'exclama-t-il. Qu'est-ce qui vous est arrivé ?

— Je... j'ai fait quelques achats.

Les yeux bleus de Nate brillèrent.

— Jamais une paie n'a été aussi bien dépensée. Vous êtes magnifique !

— Ça, c'est sûr, approuva Levi. Le rouge vous va drôlement bien.

Shorty se mit de la partie, à sa manière :

— Eh ben ! Vous êtes aussi mignonne qu'un chiot moucheté.

Étant donné l'amour qu'il portait aux chiens, Molly prit cela pour un compliment. Les autres lui souriaient en hochant la tête, mais aucun n'ajouta de commentaires. Alors, c'était tout ? Personne n'était tombé à la renverse. Il n'y avait pas eu de remarques désobligeantes. Molly continua cependant de se sentir un peu raide et mal à l'aise tandis qu'elle achevait les préparatifs du dîner et que les hommes revenaient à leurs conversations habituelles, comme s'il ne s'était rien passé de particulier.

Quand elle entreprit de transférer la purée dans un plat, Jake vint l'aider. Lorsqu'elle leva les yeux vers lui, le regard bleu plongea dans le sien, puis glissa sur son corps.

— J'ignore combien vous a coûté cette tenue, lui murmura-t-il finalement à l'oreille. Mais vous n'avez rien gaspillé. Vous êtes absolument superbe.

15

Le lendemain matin, il était plus de 6 h 30 lorsque Jake se doucha. Un quart d'heure plus tard, encore à demi endormi après une nuit en partie passée à soigner un hongre pris de spasmes, il enfilait un jean propre. Soudain, il sentit quelque chose dans une poche.

Il y plongea la main et en sortit la montre de son grand-père. Son sang ne fit qu'un tour. Molly ne lui avait-elle pas promis de la lui rendre si elle décidait de partir ? Et voilà qu'elle l'avait glissée dans la poche d'un jean de façon à ce qu'il la trouve immanquablement.

Il jura entre ses dents, enfila ses bottes, attrapa une chemise qu'il ne prit même pas le temps de passer avant de sortir de la chambre. Il dévala l'escalier, imaginant Molly errant sur la route sans but précis, le porte-monnaie quasiment vide, avec, peut-être, la police à ses trousses, comme elle le redoutait. À quoi pensait-elle, bon sang ?

Il se rua dans la cuisine, où se trouvaient les clefs de sa fourgonnette, tout en se débattant avec les manches de sa chemise.

— Jake ? Qu'est-ce qui se passe ? Il y a le feu ?

Il s'immobilisa si brutalement que ses bottes crissèrent sur le plancher. Molly était en train de frotter le couvercle d'un brûleur. Elle sursauta en entendant fonctionner le ressort du grille-pain.

— Ah! mon petit déjeuner, dit-elle. Le vôtre est dans le four. Shorty et Levi m'ont expliqué que vous aviez dû vous occuper d'un cheval malade, et ils m'ont aidée à votre place. Je vous ai gardé des œufs, du bacon et des crêpes, ajouta Molly en remettant le couvercle en place.

Jake ressentait un immense soulagement. Jamais il n'avait été aussi heureux de voir quelqu'un. D'autant que Molly portait, sur son jean, le joli pull jaune qu'il avait aperçu la veille. Le décolleté profond mettait en valeur sa poitrine. Elle était si belle, elle paraissait si jeune et si douce qu'il sentit son cœur battre à coups redoublés.

— J'ai cru que vous étiez partie, avoua-t-il en achevant de boutonner sa chemise.

— Partie? s'étonna Molly. Où?

Ce fut plus fort que lui, Jake traversa la cuisine en trois enjambées.

— Ne vous mettez jamais dans la tête de partir. Vous m'entendez, Molly? J'ai eu une frousse bleue à cause de vous.

Il souleva dans ses bras une Molly effarée et la serra contre lui.

— Ma montre, expliqua-t-il. Vous l'aviez mise dans une poche de mon jean. Alors, j'ai cru que vous étiez partie. Ne faites jamais ça. D'accord?

— Mais, Jake, je...

— Je suis sérieux. Je vais mettre en pièces ce fichu Toyota.

Le visage enfoui dans le cou de la jeune femme, Jake respira ces effluves mêlés de talc, de lotion de femme, qui donnait à Molly un parfum unique, un parfum de fleurs des champs un jour de printemps. Dieu, ce qu'il l'aimait ! C'était presque effrayant de tenir à ce point à quelqu'un.

— Ne discutez pas, ajouta-t-il.

— Je ne discute pas, Jake. Je ne vous ai pas rendu votre montre parce que j'avais l'intention de partir. Je n'en ai pas envie. Du moins pas dans l'immédiat.

— Alors, pourquoi me l'avoir rendue ?

— Je n'avais pas besoin de la garder plus longtemps, et j'ai pensé que vous seriez content de la retrouver. Un tel souvenir de famille est irremplaçable.

— Mais pourquoi n'en avez-vous plus besoin ?

— Je ne mets plus votre parole en doute. Maintenant, je sais que vous ne préviendrez jamais la police.

Il lut dans les yeux de Molly une sincérité absolue.

— Merci, fit-il dans un souffle. J'ai rarement entendu quelque chose de plus agréable, avoua-t-il.

Il éprouvait une folle envie de l'embrasser. Le souvenir de leur étreinte dans le bois, la façon dont Molly s'était abandonnée entre ses bras, ressurgit brusquement. À cette heure-ci, ils étaient seuls dans le ranch, et il rêvait de la faire fondre de nouveau, de la dénuder, de poser ses lèvres sur ses seins, de l'entendre gémir de plaisir. Ô Dieu ! quel irrépressible désir il avait de prendre ses somptueuses rondeurs à pleines mains. La douce chaleur de Molly se communiquait à lui à travers son jean et semblait l'inviter à oublier son serment.

— Je craignais, fit-il, de vous avoir dit quelque chose hier, qui vous aurait décidée à partir.

— Rien ne m'a contrariée à ce point-là.

Il commençait à se sentir un peu idiot, mais ne parvenait pas à s'écarter d'elle.

— Faites-moi une promesse, Molly. Jurez-moi que vous ne partirez jamais sans me prévenir, quoi qu'il arrive.

— C'est promis. Je suis navrée de vous avoir fait peur. J'ai glissé la montre dans votre poche parce que je n'aurais pas su que vous dire en vous la remettant.

La confiance de Molly était pour lui d'une importance capitale. Rassuré, il la relâcha, en dépit du désir qui le consumait.

Mais il savait être patient, et il le serait d'autant plus qu'une longue attente rend certaines choses encore meilleures.

Après avoir passé la matinée à faire le ménage, Molly entreprit de nettoyer les vitres. Elle achevait son travail à l'extérieur quand elle entendit la voix de Jake.

— Oh ! Doucement, mon garçon.

Son cœur bondit de joie. Jake était en train de travailler avec Sunset. Elle descendit de son tabouret et contourna le ranch pour aller jeter un coup d'œil dans l'enclos. L'homme et le cheval se faisaient face, immobiles, tels deux boxeurs sur le ring qui attendent le son de cloche qui marque le début du combat. C'était la première fois que Jake s'approchait ainsi de l'étalon.

Fascinée, elle grimpa les marches pour observer la scène du perron. La plus grande partie des paroles de Jake était emportée par le vent, mais elle vit Sunset dresser les oreilles, renâcler, secouer la tête. Jake continuait à parler en souriant.

La nervosité de Sunset était évidente. Les flancs palpitants, il baissa la tête en signe de soumission, et Molly songea qu'à sa place elle agirait de même. Jake, si grand, si fort, semblait prêt à tout. Comprenant qu'il avait l'intention de toucher Sunset, cette fois-ci, elle se laissa tomber sur une marche pour ne rien perdre de l'événement. La tête penchée, le visage légèrement de biais, les bras tendus, Jake s'approcha encore plus près du cheval, et leva la main vers son cou. Sunset se mit à trembler de tout son corps, et hennit plaintivement.

— Je sais, fit Jake.

Puis il effleura le pelage de l'étalon, et Molly retint son souffle.

— Je sais, répéta Jake. Mais c'est fini, Sunset. Plus personne ne te maltraitera.

Le cheval fit un pas de côté en hennissant faiblement. Jake glissa la main sous son cou, et vint coller son épaule contre lui. Jamais Molly n'avait été témoin d'un tel déploiement de patience.

Beaucoup de petits pas en avant avaient été suivis de grands pas en arrière, et elle songea que Jake avait raison de comparer son travail avec les chevaux à une cour amoureuse.

Les larmes aux yeux, elle pensa aux bouquets de fleurs sauvages et à tous les autres petits cadeaux que Jake déposait régulièrement devant sa porte. « Des petits riens », prétendait-il en haussant les épaules quand elle voulait le remercier. Elle n'était pas d'accord. Ces petits riens signifiaient tant pour elle.

C'était décidément un homme exceptionnel, attentionné, d'une grande bonté. Il y avait en lui un je-ne-sais-quoi qui vous incitait, hommes ou bêtes, à baisser la garde.

— Venez, Molly, lui cria-t-il soudain.

Elle fut si étonnée qu'elle se leva d'un bond.

— Allez, venez ! insista-t-il.

D'un pas raide, elle se dirigea vers l'enclos. Jake en sortit en laissant la barrière ouverte derrière lui.

— Vous avez vu comment j'ai procédé. À votre tour, maintenant.

— Oh ! non, je…

— Vous m'avez bien déclaré ce matin que vous me faisiez totalement confiance ?

— Oui, mais…

— Vous ne courez aucun risque. Je vous assure.

— Comment le savez-vous ?

— Je le sens.

Molly eut envie de rire. Puis elle revit Jake avec les autres chevaux. Il semblait exister entre eux une forme de communication silencieuse, irrationnelle peut-être, mais non moins tangible.

— Chaque fois que j'ai travaillé avec lui, reprit Jake, il regardait dans votre direction. Ce cheval vous adore, Molly.

Si elle en était arrivée à accorder à Jake une confiance rare, elle s'interrogeait tout de même.

Elle tremblait tant qu'elle eut du mal à pénétrer dans l'enclos, et Sunset ne fit rien pour l'encourager. Dès qu'elle eut franchi la barrière, il se mit à renâcler, en position d'esquive.

— Il vous parle, lui expliqua Jake.

— Qu'est-ce qu'il dit ?

Les bras croisés sur la clôture, Jake regarda le cheval.

— Il dit qu'il est temps pour vous de venir le voir. Il a beaucoup attendu. Est-ce que les femmes ont toujours besoin de traîner des pieds ?

À défaut de croire les paroles de Jake, Molly trouva quelque réconfort dans la lueur malicieuse de son regard. Elle le connaissait suffisamment pour savoir qu'il ne s'amuserait pas ainsi s'il pensait qu'elle courait le moindre danger. Mais croire en un homme restait difficile pour Molly depuis qu'elle s'était réveillée dans la clinique psychiatrique où Rodney l'avait fait interner.

— Il a relevé la tête, observa-t-elle d'une voix étranglée. Il est prêt à se rebeller.

— Non. Regardez-le. Ayez confiance.

Sunset hennit et tendit le cou en grattant la terre de son sabot.

— Seigneur !

— Il n'a pas peur de vous. Continuez à le regarder. Il vous dit bonjour.

— Bonjour, Sunset, fit Molly, la gorge nouée.

L'étalon renâcla et dansa sur place à l'autre bout de l'enclos.

— Avancez vers lui, Molly.

Au lieu d'avancer, elle s'agrippa à la clôture.

— Je... je ferais peut-être mieux d'attendre qu'il vienne vers moi, non ?

— Vous m'avez observé tout à l'heure. Faites la même chose. Avancez en restant un peu de côté. C'est une façon de lui dire que vous ne lui voulez aucun mal. Mais je crois qu'avec vous il l'a déjà compris. Allez-y lentement, un pas après l'autre.

Quand Sunset souffla bruyamment, Molly s'alarma de nouveau.

— Qu'est-ce que ça veut dire ?

— Rien. Il continue à vous parler.

— Je ne suis pas taillée pour ça. Qu'est-ce que je ferai quand je serai devant lui ?

— Caressez-le, c'est tout.

— Les chevaux ne mordent pas ?

— Lui ne vous mordra pas.

À mesure que Molly approchait, l'étalon se calmait. Il finit par se tenir immobile, la tête relevée, les oreilles pointées en avant.

— Parlez-lui. Rassurez-le, Molly.

— Salut, Sunset ! commença-t-elle d'une voix tendue. Ne me tue pas, d'accord ? Tu sais, je ne connais rien aux chevaux. Alors, pour ma première expérience, sois gentil avec moi.

Quelques pas plus loin, Molly sentit son courage l'abandonner complètement.

— Je ne peux pas, Jake. Il est si grand, si impressionnant.

— Vous avez parcouru plus de la moitié du chemin. Continuez. Vous y arriverez.

Lorsque Sunset fit un pas vers elle, Molly crut s'évanouir. Au deuxième pas, Jake l'encouragea de plus belle.

— Accrochez-vous, Molly. Il est aussi effrayé que vous. Surtout, pas de mouvement brusque.

Bien qu'hésitant, l'étalon continua à se diriger vers Molly. Puis il la renifla avant de rester immobile devant elle, la tête pendante, transpirant la lassitude. Par endroits, le fouet avait laissé des marques profondes qui ne disparaîtraient jamais complètement et devaient encore être douloureuses.

— Oh, Sunset ! Je suis tellement triste à cause de ce qu'il t'a fait.

Le cheval s'ébroua et chercha la main de Molly. Elle toucha les naseaux, doux comme du velours. Sunset bougea ses lèvres sur sa peau.

La frayeur cessa d'étreindre Molly. C'était son amitié et non celle de Jake que Sunset voulait. Elle fit courir ses doigts sur son nez, remarqua pour la première fois que les chevaux avaient des cils – longs et noirs en l'occurrence –, découvrit le regard profond et suppliant de Sunset. Quand elle caressa sa lourde crinière, il lui évoqua le grain d'une soie sauvage.

— Tu es magnifique, murmura-t-elle.

S'enhardissant, elle se rapprocha encore et lui caressa l'épaule en évitant soigneusement ses blessures.

— Tu es un beau et bon garçon.

Derrière elle, elle entendit Jake dire :

— Il faut nettoyer ses plaies. Celles qui sont encore ouvertes commencent à suppurer.

— Il a besoin d'antibiotiques.

— J'ai de la pénicilline au frigo, dans les écuries. Quand vous serez plus à l'aise avec lui, vous pourrez lui faire une piqûre.

— Vous me croyez déjà capable de soigner ses plaies ?

— C'est lui qui en a décidé ainsi. Il ne se laissera faire que par vous.

À l'école, en sport, quand les autres enfants formaient leurs équipes, Molly restait sur la touche en raison de sa petite taille et de sa frêle silhouette. Être choisie, elle n'avait pas souvent connu cette satisfaction au cours de sa vie. Une douce chaleur l'envahit. Jake était l'expert, mais c'était elle que Sunset préférait.

— Je vais vous chercher un désinfectant et du coton, lança Jake. Mais il y a deux choses à ne pas oublier. Ne passez jamais derrière lui, il ne pourrait pas vous voir et risquerait de vous donner un coup de sabot. Rappelez-vous aussi qu'un cheval a une vision binoculaire de face, mais pas de côté. Il aura du mal à vous voir si vous êtes près de sa croupe. Laissez la main sur lui pour lui indiquer où vous vous trouvez, et parlez-lui sans cesse. La bêtise est à l'origine de la plupart des accidents.

— Vous êtes sûr que je peux rester seule avec lui ? En matière de bêtises, je m'y connais !

— Je reviens dans deux minutes, riposta Jake en riant. Continuez à le caresser, à lui parler. C'est ce dont il a le plus besoin.

— Qu'est-ce que je peux encore lui dire ?

Jake hésita un instant.

— Pensez à ce que vous-même aimeriez entendre, lui conseilla-t-il finalement.

À voix basse, comme si elle craignait que l'on surprenne ses paroles, Molly se mit donc à parler à l'étalon.

— Ce n'était pas ta faute. Tu as fait d'énormes efforts pour lui. Mais ce n'était jamais assez. Il exigeait toujours plus, te mettait en compétition avec des chevaux plus rapides, cherchait à gagner un maximum d'argent. Tu n'as jamais été coupable, Sunset.

L'étalon hennit doucement et fourra son museau sous l'aisselle de Molly. Perplexe, elle se raidit, puis elle se rendit compte qu'il cherchait simplement à se rassurer en s'enveloppant de son odeur.

Le bras glissé autour du cou de l'étalon, elle pressa son front contre sa joue.

— Oh, Sunset ! la vie est si injuste ! Si seulement j'avais su ce qui se passait, je t'aurais enlevé plus tôt.

Jake revint mais, de crainte d'effrayer le cheval, attendit à l'extérieur de l'enclos que Molly vienne prendre les médicaments.

— Ce désinfectant ne pique pas, expliqua-t-il. Et il a une propriété anesthésiante qui le soulagera. Il vous suffit d'en imprégner du coton et de nettoyer doucement les plaies. Ensuite, vous étalerez ce baume. Il favorisera la guérison tout en préservant les blessures de la poussière.

Tandis que Molly hochait la tête, un grand sourire illumina le visage tanné de Jake.

— Vous avez fait du bon travail jusqu'à présent, Molly. Il ne vous reste plus qu'à continuer.

— Je n'éprouve plus la même frayeur, avoua-t-elle. Oh, Jake ! ce pauvre Sunset est tellement traumatisé ! ajouta-t-elle. Il en est méconnaissable.

— Ce n'est pas irréversible, lui assura-t-il.

— J'espère que vous avez raison. Ce serait un beau gâchis s'il ne se remettait pas.

— Il se remettra. À condition que vous lui donniez beaucoup d'amour.

Molly regarda Jake sans crainte de lui laisser voir ses larmes.

— Sa fierté est intacte, expliqua-t-il. Sa force intérieure aussi. Rodney n'a pas réussi à le briser. Mais plus on est fier, plus on tombe de haut. Il n'en reste pas moins que Sunset a encore du ressort.

— Je n'en suis pas aussi sûre que vous.

Jake se tourna vers l'étalon, l'observa un moment, puis déclara d'une voix ferme :

— Pour l'instant, il est encore perdu. Son monde a été complètement bouleversé. Mais il faut croire en lui, et l'aider à y croire à son tour. Vous êtes son miroir, Molly. Si vous lui renvoyez une image positive, elle lui sera bénéfique. Vous comprenez ce que je veux dire ?

— Vous êtes en train de m'expliquer que nous nous voyons à travers le regard des autres ? demanda Molly, une boule dans la gorge.

— Exactement.

Sur ces mots, il s'éloigna tandis que Molly le suivait des yeux, convaincue qu'il ne parlait pas uniquement de Sunset.

16

Cette nuit-là, Molly rêva de Sarah et de son père. Ils vinrent la hanter dans son sommeil, sans doute parce qu'elle s'interdisait de penser à eux pendant la journée. « Aide-nous, *Molly* ! » criaient-ils en tendant les mains vers elle.

Elle luttait pour les aider, mais une foule d'obstacles se dressaient en travers de son chemin. Dans les ténèbres, des ombres mouvantes, noires comme de la suie, pourvues de tentacules cherchaient à s'enrouler autour d'elles. Elle ne savait pas où elle était, ne reconnaissait rien.

Elle arriva au bord d'un précipice qu'enjambait un pont branlant. Au fond du gouffre, sur le côté opposé, elle aperçut Sarah et son père, les bras tendus vers elle. Elle leur cria qu'elle venait à leur secours et se précipita vers le pont. Elle courut, courut sur les planches, mais en ayant l'impression de faire du surplace. Puis le pont commença à rétrécir, jusqu'à n'être plus qu'une étroite poutre de bois, pas plus large qu'une règle d'écolier. Redoutant de perdre l'équilibre, Molly voulut faire demi-tour, quand elle s'aperçut que le pont avait disparu.

Ce fut la chute. Elle plongea dans le précipice tandis que les cris de son père et de Sarah faiblissaient. Quand elle atteignit le fond du gouffre, elle s'enfonça dans une boue noire, visqueuse comme du pétrole. Elle se débattit, finit par remonter à la surface, chercha des yeux son père et son amie.

Elle les repéra au bout d'un moment, les bras toujours tendus vers elle en un geste de supplication. Elle essaya de nager malgré la boue noire qui l'aspirait vers le fond. «J'arrive, pensait-elle. Cette fois-ci, je vous ai entendus et je viens vous secourir.»

Enfin, elle vit Sarah, juste devant elle. Un mystérieux projecteur éclairait son amie d'une lumière crue qui ne dissimulait aucun détail. Vêtue d'une chemise de nuit blanche trop grande pour elle, Sarah affichait la même expression terrorisée et perdue qu'elle avait quelques jours avant sa mort. Dans sa main droite, elle serrait un rasoir. «Aide-moi», cria-t-elle. Puis, avec un sanglot, elle se taillada le poignet.

«Non! hurla Molly. Attends-moi, Sarah. Je serai près de toi dans une minute. Je t'en prie, ne fais pas ça!»

Mais il était trop tard. Sarah s'écroula sur les genoux, tandis que le sang giclait sur sa chemise de nuit. Horrifiée, Molly constata qu'elle nageait dans une boue écarlate. Sarah se mit à pousser des cris d'agonie alors que Molly s'acharnait encore à la rejoindre. Oh, non! Ça ne pouvait pas recommencer. C'était impossible.

Molly se réveilla en un sursaut et demeura quelques instants immobile, scrutant l'obscurité.

Lentement, elle s'assit sur le lit; elle était en nage, les draps étaient enroulés autour de ses jambes. Les cris de Sarah résonnaient encore dans sa tête.

Elle avait enfoui son visage dans ses mains quand, tout à coup, elle tendit l'oreille. Les cris ne provenaient pas de son rêve. Elle se leva d'un bond, et courut à la fenêtre. Des flammes orangées se reflétaient sur la vitre. Elle l'ouvrit, se pencha à l'extérieur, et découvrit que les écuries étaient en feu.

Mon Dieu! Sans même songer à enfiler une robe de chambre, elle se précipita vers la porte d'entrée, mais se figea en la voyant entrouverte. Elle aurait juré qu'elle l'avait fermée avant d'aller dormir…

Les cris accaparèrent de nouveau son attention. Elle s'élança dehors, pieds nus, insensible aux pierres et aux ronces. Il y avait tous ces chevaux à sauver, la jument et son petit.

En approchant des écuries, elle vit les noires silhouettes des hommes qui luttaient contre l'incendie. Les uns maniaient les lances à eau, les autres tentaient de calmer les bêtes prises de panique. Des chevaux, hennissants, cherchaient désespérément à échapper aux flammes et aux hommes. Shorty et Tex essayaient de tirer sur une lance à eau, coincée sous les sabots d'un cheval. Hank et Bill s'occupaient du poulain, complètement affolé, mais apparemment indemne.

Sans cesser de courir, Molly se dirigea vers l'enclos où se trouvait Sunset. Réfugié tout au fond, l'arrière-train pressé contre la clôture, l'étalon fixait les écuries en flammes. Dès qu'il aperçut Molly, il renâcla, nerveux, et balança la tête. Elle s'approcha de lui pour le caresser.

— Ça va, mon garçon. Ici, tu ne risques rien.

Comme s'il avait compris, Sunset hocha la tête et gratta la poussière. Persuadée qu'il ne paniquerait pas, Molly partit à la recherche de Jake. Au milieu de tout ce remue-ménage, elle parvint miraculeusement à le repérer. Une torche à la main, il vérifiait l'état des chevaux.

— Aucun n'est blessé ? demanda-t-elle en s'approchant de lui.

Il leva les yeux, l'attrapa par le poignet et la tira vers lui.

— Attention à la ruade, Molly.

Elle réalisa qu'elle avait commis l'erreur de passer derrière le hongre. Soudain, dans un jaillissement d'étincelles et de flammes, un énorme craquement se fit entendre. Molly sursauta. Le hongre se mit à tourner sur lui-même en hennissant, complètement effrayé par le bruit et la chaleur grandissante des flammes.

Sans lâcher le poignet de Molly, Jake poussa contre le flanc du cheval afin de l'empêcher d'écraser les pieds de Molly. En jetant un coup d'œil derrière elle, elle s'aperçut que le toit des écuries venait de s'effondrer.

— Mon Dieu ! s'écria-t-elle. Le toit des écuries, Jake ! Est-ce que tous les chevaux sont sortis ?

— Ils sont tous sains et saufs. Mais bon sang, Molly, qu'est-ce que vous faites ici, dans cette tenue et pieds nus ?

Sans attendre sa réponse, il la prit par la taille, l'entraîna à travers le tohu-bohu d'hommes et de chevaux, et ne la lâcha que de l'autre côté des écuries.

— À quoi pensiez-vous donc ? demanda-t-il sèchement. On ne s'approche pas pieds nus de chevaux affolés. Vous imaginez les dégâts que peuvent faire leurs sabots ? Allez vous habiller.

— Je suis désolée. Je... j'ignorais si vous saviez que les écuries étaient en feu. Alors je me suis précipitée ici sans réfléchir.

Elle s'éloignait déjà quand elle sentit une main de fer sur son épaule. Elle pivota. À la lueur des flammes, elle s'aperçut que le visage de Jake était maculé de suie. Jamais, depuis qu'elle ne le connaissait, elle ne lui avait vu une expression pareille, proche du découragement.

— Je suis désolé, dit-il. Je n'aurais pas dû vous parler sur ce ton.

Un hennissement effrayé leur parvint. Molly enleva la main de Jake de son épaule.

— Allez-y. On a besoin de vous. Moi, ça va.

— Je suis vraiment désolé, insista-t-il. Mais j'ai eu peur que vous ne soyez blessée, et je... Désolé.

— Je m'habille et je reviens.

— Restez à l'écart des chevaux tant qu'ils seront agités. J'en ai assez perdu pour cette nuit.

Elle le suivit du regard tandis qu'il retournait au pas de course vers le lieu du drame. Elle demeura là, à le regarder poursuivre l'examen des chevaux. Concentré à l'extrême, il semblait ne pas avoir conscience du remue-ménage autour de lui. Quand d'autres poutres s'effondrèrent dans le brasier, c'est à peine s'il daigna jeter un coup d'œil. Plus que jamais, Molly admira Jake Coulter.

Lorsque, quelques minutes plus tard, elle pénétra dans la maison au bord de la rivière, elle se souvint brusquement qu'elle avait trouvé la porte entrouverte en se levant. Étrange… Elle était vraiment persuadée de l'avoir fermée avant de se coucher. Mais, pressée de s'habiller pour se rendre utile, elle alluma le plafonnier dans la chambre sans y réfléchir plus avant.

Elle fit trois pas puis s'arrêta net. Sur le lit en bataille, les draps blancs étaient maculés d'un mélange de terre et d'aiguilles de pin. Elle s'approcha, incrédule, prit une aiguille de pin, la fixa comme si elle doutait de sa réalité. Elle s'était couchée dans des draps propres. Qu'était-il donc arrivé ?

Elle se laissa tomber au bord du lit. Un froid glacial l'envahit. L'aiguille de pin lui échappa des doigts. Mon Dieu ! Avait-elle eu l'une de ces crises de somnambulisme dont elle gardait le souvenir soigneusement enfoui au fond de sa mémoire ?

Elle se retourna pour regarder à nouveau les draps. Puis elle baissa les yeux et, voyant ses pieds couverts de terre parsemée d'aiguilles de pin, elle redouta vraiment d'être sortie une première fois sans s'en être rendu compte.

Somnambule, elle l'avait été durant sa jeunesse. Quand Rodney l'avait accusée de l'être encore, elle l'avait soupçonné de mentir afin d'apporter une preuve supplémentaire de ses troubles mentaux. S'était-elle trompée ?

Elle tourna les yeux vers la fenêtre sur laquelle continuaient à se refléter les flammes de l'incendie. Elle pensa à la jument, à son poulain, à tous les autres chevaux, et se sentit prise de nausée. Qu'avait-elle fait, mon Dieu, qu'avait-elle fait ?

Le visage enfoui entre les mains, elle tenta de se raisonner, de ne pas tirer de conclusions hâtives. Oui, elle avait été somnambule, au lycée, après le suicide de Sarah et, selon Rodney, d'autres crises avaient suivi la mort de son père. Mais jamais, au grand jamais, elle n'avait commis d'acte violent ou destructeur.

Elle laissa retomber ses mains et prit une longue inspiration. Rien ne lui permettait d'affirmer qu'elle était à l'origine de l'incendie. Quant au fait que la porte soit restée entrouverte et que les draps soient sales, il devait y avoir une explication qui lui échappait pour l'instant.

Molly était si fatiguée qu'elle pouvait à peine bouger. Elle n'avait cessé d'aider les hommes à aménager des abris pour les chevaux et l'après-midi touchait à sa fin. En dépit de l'air frais, le soleil lui chauffait les épaules et la sueur coulait le long de son dos. Elle ne pouvait plus lever la hache sans que ses muscles tremblent. Pour la millionième fois, lui semblait-il, elle trancha une branche d'un coup de hache.

À la lisière de la forêt, Bill faisait rugir la tronçonneuse. Une odeur de bois fraîchement coupé flottait dans l'air en même temps que la sciure qui s'insinuait dans les narines. De temps à autre, des bouffées de fumée s'élevant des décombres où des braises couvaient encore venaient lui piquer les yeux.

— Encore un, Molly, lui cria Danno en jetant un rondin sur une pile déjà haute. Si vous voulez faire une pause, n'hésitez pas.

Non, elle était contente d'apporter son aide, même si ses forces étaient limitées. Et, visiblement, les hommes appréciaient sa bonne volonté.

Quand elle essaya de soulever de nouveau la hache, ses bras refusèrent de lui obéir. Sa fatigue étant trop évidente, elle dut se résoudre à faire une pause pendant quelques instants. Les mains sur les reins, elle se redressa, le dos si douloureux qu'elle eut l'impression d'entendre craquer ses côtes.

Sur sa gauche, les écuries n'étaient plus qu'un amas de tôle ondulée qui évoquait un château de cartes effondré.

— C'est plutôt triste, hein ? fit Hank en venant chercher un rondin. Comment est-ce qu'on a pu faire une chose pareille ?

L'enquête du capitaine des pompiers de Crystal County avait conclu, deux heures plus tôt, à un incendie volontaire. On avait vidé à l'arrière du bâtiment des bidons d'essence soustraits à la réserve de Jake, puis jeté une allumette.

— Oui. C'est incroyable, commenta Molly, la gorge sèche. Heureusement que vous avez pu faire sortir les chevaux à temps.

— Heureusement, répéta Hank, en s'éloignant, le rondin sur l'épaule.

D'après la position du soleil, le crépuscule approchait. Parmi les chevaux qui paissaient dans les pâturages, deux juments devaient bientôt pouliner, un hongre avait des problèmes respiratoires, un autre souffrait de spasmes au niveau du diaphragme, et le poulain de White Star avait besoin d'un abri, car la température chutait pendant la nuit. Il fallait impérativement aménager des refuges.

Les dents serrées, Molly se penchait pour reprendre la hache quand elle entendit claquer la porte du ranch. Elle jeta un coup d'œil pardessus son épaule et vit Jake descendre les marches du perron. Son pas vif et sa façon de se carrer trahissaient sa colère.

Hank s'immobilisa, enleva son Stetson et essuya la sueur sur son front.

— Alors ? lança-t-il. Que raconte l'assureur ?

Jake envoya un coup de pied dans une planche carbonisée.

— Ce salaud voudrait ne rien payer. Il prétend que la réserve aurait dû être fermée à clé.

Hank enfonça son Stetson sur son crâne.

— Quelle connerie ! Dans aucun ranch on ne ferme les dépendances à clé.

Jake s'approcha et jeta un regard dans la direction de Molly.

— S'il le faut, je prendrai un avocat, déclara-t-il. Mon contrat ne stipule nulle part que les dépendances doivent être fermées à clé. Tu sais, j'ai aussi parlé au shérif. D'après lui, ce sont des gosses qui ont mis le feu.

— Des gosses, fit Hank avant de cracher sur le sol. Tu parles !

Jake contempla les écuries dévastées et soupira.

— Tu penses qu'un adulte sain d'esprit est capable d'incendier des écuries pleines de chevaux ?

Molly se sentit mal et préféra reprendre son travail. Mais la hache pesait de plus en plus lourd, et elle entailla le rondin maladroitement.

— Ce n'est pas difficile de transporter un bidon d'essence. Des gamins un peu allumés ont pu faire le coup, histoire de rigoler.

— Même des mômes allumés ont plus de bon sens que ça. Le shérif va relever les empreintes sur les bidons, non ?

— Si. Mais si ces gosses ne sont pas fichés, ça ne servira pas à grand-chose.

Molly s'apprêtait à abattre de nouveau sa hache quand une grande main la retint par le bras. Surprise, elle leva la tête et rencontra le regard bleu de Jake.

— Ça suffit, dit-il. Allez boire une tasse de café. Vous êtes tellement vannée que la hache risque de vous revenir en pleine figure.

Quelques minutes plus tôt, elle avait failli se fendre le menton. Elle obtempéra donc sans discuter.

Jake la regarda se diriger vers le ranch.

— Comment se fait-il que vous boitiez ? lui cria-t-il.

Elle regarda bêtement ses baskets pleines de terre, se revit, courant pieds nus dans la nuit vers les écuries, et haussa les épaules.

— J'ai dû marcher sur des épines.

À peine avait-elle pénétré dans la cuisine qu'elle entendit la porte d'entrée s'ouvrir et se refermer, puis un bruit de bottes. Elle se versait une tasse de café quand Jake apparut dans l'encadrement. Sans un mot, il s'approcha d'elle, mit les mains sur ses épaules et l'obligea à s'asseoir.

Trop épuisée pour protester, elle le laissa soulever son pied et le poser sur son genou. Il retira sa basket, puis sa chaussette, et se pencha pour examiner la plante du pied.

— Bon sang ! Pourquoi n'avez-vous pas encore enlevé ça ? C'est déjà tout enflammé.

Molly se pencha à son tour et, se tordant le cou, constata la présence de rougeurs.

— J'étais tellement contrariée que je n'ai pas fait attention.

Jake reposa son pied sur le sol pour aller chercher des allumettes. Puis il sortit un couteau suisse de sa poche, gratta une allumette et stérilisa la lame sous l'œil dubitatif de sa patiente.

— Vous ne croyez tout de même pas que je vais vous laisser me charcuter avec ce couteau ?

Jake eut un petit rire, attrapa la cheville de Molly et posa de nouveau le pied blessé sur son genou.

— N'ayez aucune crainte. Il n'y a pas de meilleur instrument pour extraire une épine. Mais ne bougez pas.

— Aucun risque. J'ai trop peur de perdre la jambe.

Souriant, Jake manipula le couteau avec adresse. Molly soupira et se détendit en constatant qu'elle n'éprouvait aucune douleur. Quand ce fut terminé, Jake laissa quelques instants sa main sur la cheville de Molly, glissa un doigt sous son jean et caressa légèrement son mollet. Une onde de chaleur lui parcourut la jambe. Il releva la tête, l'air solennel.

— Je pense que vous vous en tirerez, déclara-t-il d'une voix douce.

Depuis l'incendie, ils n'avaient pas eu le temps d'échanger deux mots.

— Cet incendie est une catastrophe. Je suis désolée, Jake.

— Vous n'y êtes pour rien.

Molly pria pour qu'il dise vrai.

— Heureusement que les chevaux sont indemnes.

— Oui. Et c'est tout ce qui compte.

— Ça ne me regarde pas, je sais, dit-elle en agrippant le bord de sa chaise. Mais j'ai cru comprendre que vous connaissiez quelques difficultés financières.

— C'est peu de le dire. Je suis endetté jusqu'au cou.

Il reposa par terre le pied de la jeune femme sur le sol et lui tendit ses baskets tandis qu'elle pensait à la fortune qui l'attendait quand elle serait libérée de sa tutelle.

— Je suis désolée.

— C'est une manie, ces excuses pour des fautes que vous n'avez pas commises ? Je n'avais pas un couteau sous la gorge le jour où j'ai acheté ce ranch.

— Alors pourquoi l'avez-vous acheté ? Avec votre diplôme universitaire vous pourriez travailler pour quelqu'un et avoir une vie plus facile.

— Sans doute, mais l'argent n'est pas tout. J'ai été élevé ici, et j'avais toujours pensé que mes frères et moi nous continuerions à vivre sur nos terres. Avec femmes et enfants, comme des générations de Coulter avant nous. Et puis j'aime tellement les chevaux que je me voyais posséder mon propre élevage… C'est mon cœur qui a parlé quand j'ai décidé de racheter le ranch.

Molly comprenait sans peine. Aider Sunset avait été également une décision du cœur. Mais qu'était-il arrivé au père de Jake ? Était-ce un joueur invétéré qui avait tout perdu au jeu ?

— Si la question n'est pas trop indiscrète… Comment votre père a-t-il perdu le ranch ?

— Il a fait faillite. Alors, dès que j'ai travaillé, j'ai économisé, mais sans imaginer que notre ranch serait un jour mis en vente. Je pensais en acheter un autre, et puis un jour où je prospectais avec Hank, j'ai eu envie de passer par ici. Le nouveau propriétaire cherchait justement à vendre. Je n'ai pas hésité une seconde.

— Qu'est-ce qui a conduit votre père à la faillite ?

Jake se passa la main dans les cheveux, les traits tirés par la fatigue.

— Ma sœur Bethany était paralysée à la suite d'une chute de cheval. Dans l'espoir de la voir remarcher un jour, mon père a accepté qu'elle subisse trois opérations, alors que nous n'avions pas une bonne assurance maladie. Et cela n'a servi à rien.

Certains en auraient conçu de l'amertume. Pas Jake. La veille, pendant l'incendie, Molly avait constaté qu'il se souciait de l'état de ses chevaux, et non des pertes matérielles. Lui aussi aurait sans doute fait n'importe quoi pour que sa sœur puisse remarcher.

— Si l'assurance ne vous permet pas de reconstruire les écuries, qu'allez-vous faire ?

— Je n'ai pas d'autre solution que d'essayer de les contraindre à payer.

— Et si ça ne marche pas ?

— Alors, je serai de retour à la case zéro, avec mes seuls rêves en poche.

Ce soir-là, Jake fut trop occupé pour aider Molly à préparer le dîner. Mais il lui avait suggéré de faire du riz avec du thon en boîte, un potage à la crème de champignons, des crêpes épaisses à la farine de maïs et quelques boîtes de maïs en salade. Tout cela était bien lourd, plein d'amidon : les hommes allaient adorer.

Molly s'apprêtait à les appeler quand le téléphone sonna dans la cuisine. Elle attrapa un torchon pour s'essuyer les mains et répondit.

— Le *Lazy J*.

— Bonsoir. C'est le shérif Dexter. Je peux parler à Jake ?

Molly se tendit aussitôt. Elle avait réussi à éviter le shérif dans la matinée. Au téléphone, c'était impossible.

— Je... Oui. Un instant. Je vais le chercher.

Elle se précipita dehors.

— Jake ? Un appel du shérif.

Il abandonna la clôture qu'il était en train de réparer et arriva à grandes enjambées. La conversation avec le shérif fut brève.

— Mauvaises nouvelles ? s'enquit Molly quand il eut raccroché.

— Plutôt. Il n'y avait pas d'empreintes sur les bidons d'essence. On ne pourra probablement jamais retrouver le ou les coupables.

— Pas d'empreintes ? Alors, ce ne sont pas des gamins qui ont fait le coup.

— C'est aussi ce que je pense. Des gosses n'auraient jamais eu l'idée de mettre des gants.

« Une somnambule, non plus », songea Molly en ressentant un immense soulagement.

Dès le dîner achevé, les hommes retournèrent préparer les abris pour les bêtes à la lumière de projecteurs. Mais lorsque, son travail terminé, Molly sortit, elle constata que seule la moitié des abris était prête pour la nuit.

— Qu'est-ce que je peux faire ? demanda-t-elle à Jake qui était venu aussitôt vers elle.

— Vous avez suffisamment travaillé. Allez dormir.

— Pendant que, vous, vous travaillerez une partie de la nuit ?

— J'ai l'habitude de dormir peu. Pas vous ?

— Bien, j'y vais.

Jake prit la direction de la maison avec elle.

— Non, ne me raccompagnez pas. Regardez. Avec toutes ces lumières, je ne risque pas de m'égarer.

— Au bout de quelques mètres vous ne verrez plus rien. Et puis j'ai le droit de m'accorder une pause.

— Mais pas de détour, ce soir ! Vous n'avez pas assez de temps, et moi j'ai les pieds en compote.

— Et comment va le reste ? Vos muscles ne sont pas trop douloureux ?

Oh, si, ses muscles la faisaient souffrir ! Mais elle n'avait pas l'intention de se plaindre quand tout le monde s'affairait depuis l'aube.

— J'ai pas mal de résistance pour une femme.

Jake réprima un sourire.

— Une vraie amazone, voilà ce que vous êtes.

Frissonnante dans l'air froid de la nuit, Molly resserra sa parka.

— Riez donc ! Je ne suis peut-être pas athlétique, mais n'empêche que je suis solide.

Jake s'abstint de la contrarier. Quand ils arrivèrent devant le perron, il insista cependant pour vérifier qu'aucun danger ne la guettait dans la maison. Touchée par sa sollicitude, elle s'amusa tout de même à lui lancer, quand elle le vit ouvrir le placard à balais :

— N'oubliez pas de regarder sous l'évier.

— Allez-y ! Moquez-vous de moi. En attendant, il y a quelqu'un qui rôde dans les parages. Quelqu'un d'assez dangereux pour incendier des écuries sans se soucier des chevaux. C'est tout dire.

— Vous avez raison, admit Molly redevenue sérieuse. Je suis désolée. Mais, tout de même, il me semble difficile pour un homme de se cacher dans ce placard.

— Qui vous dit que je cherche un homme ? rétorqua Jake en refermant le réduit. On a peut-être exclu un peu vite l'hypothèse des gamins.

Molly éclata de rire lorsqu'il jeta un coup d'œil sous l'évier.

— Bon. Rien à signaler, déclara-t-il à la fin de son inspection. Verrouillez votre porte et tout ira bien. Ça ne vous dérange pas de rester ici seule ? ajouta Jake, le sourcil levé. Autrement, vous pouvez passer la nuit au ranch sans problème.

Molly remarqua au même moment une paire de gants de coton marron sous le bar. Comment étaient-ils arrivés là ? La nuit dernière, lorsqu'elle était revenue pour s'habiller, elle n'était pas entrée dans la cuisine et, ce matin, elle avait pris une douche en vitesse et était ressortie aussitôt.

— Ça… ça ira, murmura-t-elle. Merci quand même.

— Qu'avez-vous ? demanda Jake, notant son changement d'expression.

Elle joua avec un bouton de son chemisier, embarrassée comme toujours par le regard de cet homme qui semblait lire en elle.

— Rien. Je suis fatiguée, c'est tout. J'ai besoin de dormir.

— Dormir ? C'est vraiment tout ? fit Jake, amusé.

— Je penserai à vous en me blottissant sous ma couverture.

— Bonne idée !

Elle rougit en se rendant compte de ce qu'elle venait de dire. Le cœur battant, elle suivit Jake qui se dirigeait vers la porte en riant.

Avant de partir, il prit sa joue au creux de sa main et lui souhaita une bonne nuit, sans chercher à l'embrasser, puis referma soigneusement la porte derrière lui.

Tandis que le bruit de ses pas se perdait dans la nuit, Molly poussa le verrou et retourna dans la cuisine. Prenant son courage à deux mains, elle ramassa les gants et constata qu'ils étaient maculés de taches brunes et sentaient l'essence à plein nez.

Avec un frisson de dégoût, elle ouvrit le placard et les y jeta. Loin des yeux, loin de l'esprit ? Une idiotie ! Et elle le savait.

Il n'y avait pas d'empreintes sur les bidons, lui avait annoncé Jake après le coup de téléphone du shérif. Mais le soulagement qu'elle avait alors éprouvé avait fait long feu.

La coupable, c'était elle. Ces gants en étaient la preuve !

Elle était folle. Rodney avait raison, et il fallait qu'elle prévienne Jake. Mais comment réagirait-il, sinon en la priant de partir et, s'il contactait Rodney, elle se retrouverait en clinique sur-le-champ.

D'horribles souvenirs l'assaillirent. Des souvenirs de bains glacés, d'électrochocs, d'hébétude provoquée par des doses massives de sédatifs. Au début du traitement, elle s'était rebellée, avait tambouriné contre la porte de sa chambre, supplié qu'on la libère, refusé de se nourrir. Même Sam l'avait crue complètement folle. Plutôt mourir que de revivre une pareille expérience !

Il lui fallait aussi penser à Sunset. Rodney le ramènerait à Portland et recommencerait à le fouetter à la première ruade. *Réfléchis, Molly.* Il devait y avoir un moyen d'éviter cela tout en protégeant le ranch.

Tremblante de nervosité, elle se retourna et examina le séjour, cherchant que faire pour dormir en toute tranquillité.

Elle commença par sceller les fenêtres à l'aide d'un adhésif. Puis elle sortit les carillons du placard où elle les avait remisés, les démantela, et accrocha des éléments à la poignée de la porte et à celles des fenêtres. Si elle tentait de sortir en pleine crise de somnambulisme, leur tintement la réveillerait. Enfin, elle prit une dernière précaution en poussant contre la porte le vieux fauteuil et l'antique coffre.

Ce travail achevé, elle alla se coucher, mais chercha longtemps le sommeil et, quand, finalement convaincue d'être à l'abri d'une surprise catastrophique, elle commençait à s'endormir, quelqu'un frappa à la porte.

— Molly, c'est moi, Jake.

— J'arrive, cria-t-elle quand il tapa une seconde fois. Une minute.

— Ça va ?

Le carillon tinta bruyamment tandis qu'elle l'enlevait de la poignée de la porte et le jetait sur le fauteuil. Jake demeura effaré en découvrant le barrage de meubles.

— Ma chérie, je vous ai proposé de dormir au ranch. Ne restez pas ici si vous avez peur.

Molly s'empressa de trouver une explication.

— Je... je voulais être certaine de me réveiller si quelqu'un entrait. C'est tout.

— Allez, venez. Il y a un tas de lits inoccupés là-bas.

— Non, vraiment. Ça va. Je m'endormais.

Il tira quelque chose de sa ceinture. Les yeux ronds, Molly vit apparaître un revolver à crosse en nacre.

— Prenez ça. On ne sait jamais.

Elle revit la main ensanglantée de son père crispée sur le revolver avec lequel il s'était suicidé. Elle eut un mouvement de recul.

— Oh, non, je n'aime pas les armes !

— C'est un vieux 357, très maniable, qui n'a que le défaut d'avoir un sacré recul.

— Merci, Jake, mais je n'en veux pas. Je ne pourrai jamais tirer sur quelqu'un.

— Ce ne serait pas nécessaire. En cas de danger, tirez en l'air. J'entendrai la détonation.

Il lui saisit le poignet et glissa le revolver dans sa main. Puis il lui expliqua comment s'en servir.

— Vous voyez, c'est très simple. Je vous en prie, gardez-le si vous tenez à dormir ici. Je me sentirai plus rassuré.

La situation présentée ainsi, comment refuser ? Elle baissa le bras, consciente du poids de l'arme froide dans sa main.

— Merci. Je vais le poser sur la table de nuit.

— N'oubliez pas de le faire, et de vous en servir, même si vous avez simplement l'impression que quelqu'un rôde autour de la maison. Ne vous inquiétez pas pour le toit, ajouta-t-il en levant les yeux vers le plafond. De toute façon, on doit le réparer cet été.

Quelques instants plus tard, il ressortait. Molly raccrocha son carillon à la poignée de la porte et repoussa les meubles devant. Puis, ignorant ce qu'elle était capable de faire pendant son sommeil, elle vida le chargeur du revolver et cacha les balles dans un tiroir, parmi sa lingerie.

17

Le lendemain matin, alors qu'elle atteignait le ranch, Molly entendit Jake jurer, du côté du hangar aux machines. Elle bifurqua dans cette direction et le trouva accroupi à côté d'un vieux tracteur dont les pneus étaient complètement à plat.

— Que s'est-il passé ?

— On a crevé les pneus de toutes les machines, voilà ce qui s'est passé ! grommela Jake.

Horrifiée, Molly se souvint de toutes les fois où Rodney et elle avaient trouvé à leur réveil la maison sens dessus dessous, les canapés éventrés, les toiles de maîtres en lambeaux.

— Oh, non ! fit-elle platement.

— D'abord les écuries, et maintenant les pneus, résuma Jake en se relevant.

Il retira son Stetson pour se passer la main dans les cheveux.

— Bon Dieu, ces pneus coûtent une fortune ! Quelqu'un s'est juré de me ruiner.

— Ce n'est pas moi, se défendit Molly d'une voix tremblante.

— Je m'en doute. Quelle idée !

Trop habituée à ce que tout le monde s'en prenne systématiquement à elle, Molly avait lâché cette remarque stupide qui maintenant l'embarrassait épouvantablement.

Jake passa à côté d'elle d'un pas décidé.

— Où allez-vous ?

— Téléphoner au shérif. Cette fois, il ne pourra prétendre qu'on a affaire à des mômes. Il faut la force d'un homme pour faire ça.

La force d'un homme ? Molly ne demandait qu'à le croire. Mais elle savait qu'elle avait été capable, pendant ses crises de somnambulisme, de lacérer des tableaux avec tant de force que le couteau de boucher s'était planté dans les murs. La démence pouvait décupler l'énergie d'une personne. Le somnambulisme aussi, apparemment.

Elle retourna chez elle, vérifia de nouveau que son dispositif de sécurité était intact, examina les draps. Pas de trace de terre, pas d'aiguilles de pin : rien.

Soudain exténuée, elle se laissa tomber sur le lit et enfouit sa tête dans ses mains. Mon Dieu… Était-ce elle qui avait crevé ces pneus ? Il n'y avait aucune preuve qu'elle avait quitté le cottage pendant la nuit. Mais si c'était le cas ?

Durant tout le temps où elle fit la vaisselle du petit déjeuner, Molly ne cessa de se poser des questions. Rodney n'était certainement pas l'auteur des actes de vandalisme de ces deux derniers jours. À moins qu'il n'ait réussi à retrouver sa trace, et qu'il ne s'y soit livré afin de convaincre Jake qu'elle était démente.

Elle frissonna. Jusqu'à présent, cette possibilité ne lui avait jamais effleuré l'esprit. Elle regarda par la fenêtre, vers le bois qui bordait la cour du ranch. La nuit de l'incendie, alors qu'elle se précipitait vers les écuries en flammes, avait-il pu s'introduire dans sa chambre pour salir ses draps et déposer les gants dans la cuisine ?

Pourquoi pas ? Maintenant, il lui suffirait de se présenter au ranch en se déclarant préoccupé par la santé de son ex-femme. Il savait se montrer très convaincant et il n'hésiterait pas à évoquer ses troubles émotionnels, ses crises de somnambulisme et de culpabilité. Cette pauvre Molly représentait un danger permanent pour son entourage, comme pour elle-même…

La terreur la saisit. Si Rodney l'avait repérée, elle n'avait aucune chance de lui échapper. Elle n'avait même plus de moyen de transport : les pneus de son Toyota étaient crevés, bien sûr.

Elle s'effondra sur une chaise et, les bras croisés sur la table, posa la joue au creux de son coude. Depuis trois semaines qu'elle était au ranch, aucune radio, aucune télévision n'avait parlé du vol d'un cheval. Rodney ne l'avait peut-être même pas déclaré, préférant la traquer et régler seul ses comptes avec elle.

Mais comment l'aurait-il retrouvée ? Elle n'avait prévenu personne, pas même sa mère… L'entraîneur ! Oui, Rodney avait dû faire parler l'entraîneur !

Elle se leva d'un bond et alla décrocher le téléphone. Quelques minutes plus tard, elle obtenait Shamrock Greens, le haras de Portland où Rodney avait mis Sonora Sunset en pension.

— J'aimerais parler à Keith Sandusky.

— Je suis désolée, Keith ne travaille plus ici, répondit une voix de femme.

— Vous en êtes certaine ?

— Absolument. C'est moi qui établis les fiches de paie.

Sandusky avait expliqué à Molly qu'il travaillait à Shamrock Greens depuis trente ans et que, proche de la retraite, il avait voulu s'éviter des ennuis avec Rodney de peur de se retrouver sur la touche, à un âge où on ne retrouve pas facilement un emploi. Ce petit homme curieux, original, portait sa tenue de cavalier même quand il était loin des pistes. Les chevaux étaient sa passion, sa vie. Il n'avait ni femme ni enfants. Bourrelé de remords d'avoir laissé souffrir Sonora Sunset pour des raisons d'ordre personnel, il avait donné à Molly l'adresse de Jake Coulter.

— Quand M. Sandusky est-il parti ? fit Molly, incrédule.

Il y eut un long silence.

— Vous êtes une amie ? finit par demander la femme.

— Oui, affirma Molly.

Après tout, l'entraîneur lui avait prêté son van, comme un ami l'aurait fait.

— Dans ce cas, je ne risque pas de commettre un impair en vous disant ce qui s'est passé. Keith n'a pas vraiment démissionné. Il a tout simplement disparu il y a environ trois semaines, sans prendre sa paie et sans laisser d'adresse.

— Vous ne trouvez pas ça étrange ?

La secrétaire soupira.

— Quelquefois les gens sont surprenants. J'attends un signe de sa part. Vous vouliez peut-être me laisser un message pour lui ?

— Non, je vous remercie.

Molly raccrocha, convaincue qu'on n'entendrait plus jamais parler de Keith Sandusky à Shamrock Greens. Si Rodney avait proféré des menaces, l'entraîneur, effrayé, avait préféré se perdre dans la nature. Avec un peu de chance, il s'était trouvé un emploi dans un haras de grand standing du Kentucky où Rodney n'aurait pas l'idée d'aller le chercher.

Cette éventualité réconforta Molly bien que la disparition de Sandusky suscitât de nouvelles questions au lieu d'apporter des réponses. L'entraîneur avait-il révélé où elle se trouvait, ou s'était-il enfui avant que Rodney ne le force à parler ?

Dans la seconde hypothèse, Rodney ne serait aucunement responsable des actes de malveillance perpétrés au ranch. Ce qui laissait planer un doute sur sa propre responsabilité.

— Où est Jake ? demanda-t-elle à Hank, un peu plus tard.

Ce dernier se détourna de la pile de rondins prêts pour réparer les clôtures. Son visage bronzé luisait de sueur sous le bord du Stetson.

— Il est allé en ville acheter des pneus et discuter avec la compagnie d'assurance.

— Je croyais que tous les véhicules étaient inutilisables.

Molly regarda dans la direction du parking et vit la vieille Ford verte de Jake.

— Comment a-t-il pu aller en ville ?

— Il a emprunté la camionnette du voisin. Ça va ? ajouta Hank en fronçant les sourcils. Vous êtes toute pâle.

Effectivement, Molly se sentait mal, et elle se demandait si elle se sentirait jamais bien. « Quelqu'un veut ma ruine », avait déclaré Jake ce matin. Désormais, son sort était en jeu tout autant que le sien et celui de Sunset. Si elle continuait à se taire, Jake Coulter risquait de perdre tout ce qu'il possédait.

Jake ne rentra qu'en fin d'après-midi et, aussitôt, se remit à dresser des clôtures avec une détermination fébrile. Pour Molly, il était l'heure de préparer le dîner, si bien qu'elle décida de ne lui parler que plus tard, après le repas, quand il la raccompagnerait.

Cette fois-ci, elle était prête à lui révéler qu'elle lui mentait depuis le début, qu'elle était probablement responsable, d'une manière ou d'une autre, des malheurs du ranch, et qu'elle le regrettait infiniment.

En attendant, à table, elle toucha à peine à son assiette. Quand elle rencontrait le regard de

Jake, elle le trouvait si soucieux qu'elle préférait détourner les yeux, accablée de honte et de contrariété.

Le repas achevé, contrairement à son habitude, Jake disparut. Il ne lui donna pas un coup de main pour la vaisselle, et ce fut Hank qui se proposa de la raccompagner à la place de son frère.

— Où est Jake ?

— Il s'est écroulé. Depuis l'incendie, je crois qu'il n'a pas dormi plus de deux heures. C'étaient les nerfs et la caféine qui l'aidaient à tenir.

En traversant le séjour, Molly l'aperçut, étendu sur le canapé. Un bras sur les yeux, il ronflait doucement. Il était à bout de fatigue et elle était heureuse de le voir dormir malgré l'envie qu'elle éprouvait de le secouer pour le réveiller et lui parler pendant qu'elle s'en sentait le courage.

Sur le perron, Hank se tourna vers elle, souriant.

— Je suis content qu'il ne se soit pas réveillé. Autrement, il aurait tenu à vous raccompagner lui-même alors qu'il a vraiment besoin de se reposer.

Quand ils atteignirent le cottage, Hank lui demanda de le laisser vérifier que tout était en ordre. Elle attendit dans le séjour pendant qu'il inspectait tous les recoins.

— Rien à signaler, annonça-t-il en réapparaissant.

— Je ne pense pas que quelqu'un puisse se cacher ici, mais je vous remercie d'avoir vérifié.

— Il y a trois jours, j'aurais dit la même chose. Mais maintenant rien ne me semble impossible, et il vaut mieux prévenir que guérir.

— Vous avez raison.

— Bonne nuit, Molly.

— Bonne nuit, Hank.

La fraîcheur de la maison la fit frissonner. Elle attrapa le plaid étendu sur le dossier du canapé, puis s'empressa d'allumer un feu dans la cheminée. Quand les flammes jaillirent, elle les contempla, songeuse, en pensant à l'incendie des écuries.

« Demain », se promit-elle. Demain, à la première heure, elle prendrait Jake à part, et lui raconterait tout.

Dans la pâle clarté de l'aube, la gelée blanche étincelait comme de l'argent sur les arbres et les pâturages. Malgré sa parka, Molly sentit le froid s'insinuer en elle. Sunset hennit doucement lorsqu'elle longea son enclos et trotta dans sa direction, visiblement content de la voir. Incapable de l'ignorer, Molly grimpa sur la clôture et le gratta derrière l'oreille.

— Je suis désolée, lui murmura-t-elle. À peine sommes-nous devenus amis que je te néglige. Mais j'ai eu si peu de temps libre ces derniers jours.

L'étalon renifla la parka de Molly. Elle pressa sa joue contre ses naseaux de velours, rêvant de revenir le voir dans l'après-midi. Si Jake tolérait encore sa présence après avoir entendu sa confession.

Elle contempla les prairies qui s'étendaient jusqu'à l'horizon, de part et d'autre de la rivière. C'était l'héritage de Jake, le rêve réalisé par son arrière-grand-père et transmis de génération en génération. Enfant, Jake avait joué ici, comme son père avant lui. Il était bien plus attaché à l'héritage et aux traditions familiales qu'à l'argent. N'était-ce pas en grande partie pour cette raison que Molly avait accepté de rester au ranch en attendant de pouvoir retourner à Portland où elle réclamerait sa part de l'héritage de son père, et reprendrait sa place dans l'entreprise qu'il avait créée ?

Seulement maintenant, à cause d'elle, Jake risquait de tout perdre, de voir ses rêves réduits à néant. La gorge nouée, Molly fut tentée de s'attarder auprès de Sunset plutôt que d'affronter Jake. L'épreuve qui l'attendait lui apparaissait comme la plus redoutable de sa vie.

Elle gravissait les marches du perron lorsqu'elle vit, près du seuil, le cadavre calciné d'un poulet qu'on avait décapité. Des tendons rouges pendaient autour du cou. Elle agrippa la rambarde, vomit, se redressa lentement quand les spasmes cessèrent, puis se précipita à l'intérieur de la maison. Dans l'entrée, elle s'appuya au mur quelques instants avant de se diriger vers la cuisine.

— Comment diable aurais-je pu le savoir ? fit la voix de Hank. Bon sang, Jake, je n'arrive pas à croire que tu me rends responsable de tout ce qui arrive !

Intriguée, Molly s'approcha de la salle de bains du rez-de-chaussée d'où provenait la voix de Hank. Mais, cette fois-ci, elle entendit celle de Jake.

— C'est sûr que je ne la connais pas. Cela dit, si j'ai la preuve que c'est une histoire de petite amie qui se venge, je te flanque à la porte.

— Je ne suis pas sorti avec une femme depuis des mois. Et encore moins avec une dingue. Pourquoi cherches-tu à m'accuser ? Tu n'as pas eu une petite amie jalouse, toi ? Il n'y a pas eu une certaine Sarah…

— Non… Enfin une, si, il me semble. Mais ça fait presque deux ans. Si elle n'a pas digéré que je la laisse tomber, pourquoi avoir attendu si longtemps pour se venger ?

La porte de la salle de bains était grande ouverte. Molly resta hébétée devant le spectacle qui s'offrait à elle. Il y avait du sang partout, sur le sol, le lavabo, la commode. Agenouillé devant la baignoire, Jake tordait une serpillière ensanglantée. Sur le mur, quelqu'un avait tracé un prénom en lettres de sang : *Sarah*.

La vue brouillée, les oreilles bourdonnantes, Molly étouffa une exclamation et s'éloigna en courant, le visage dans les mains. *Sarah ! Ô mon Dieu !*

— Molly ! cria Jake.

Elle continua à courir vers la porte d'entrée, puis, se rappelant brusquement la présence du poulet mort sur le perron, elle fit volte-face, traversa le séjour et la cuisine avec l'intention de ressortir par la porte de service. Il fallait qu'elle respire une bouffée d'air pur, sinon elle allait étouffer.

Jake la chercha longuement avant de la dénicher au bord de la rivière, assise dans l'herbe, les bras encerclant ses jambes repliées contre sa poitrine, pâle, le regard perdu. Il allait lui parler quand il se ravisa et s'assit à côté d'elle sans un mot.

— Bonjour, murmura-t-il simplement, au bout de quelques minutes.

— Bonjour, répondit Molly d'une voix blanche.

Elle semblait au bord des larmes. Il la crut bouleversée par le cadavre du poulet.

— Si ça peut vous consoler, Molly, sachez que ce poulet n'a pas souffert. Lui trancher la gorge est la façon la plus rapide de le tuer. Je sais, le spectacle n'était pas beau à voir, mais c'est parce qu'on l'a jeté dans la salle de bains après sa mort pour qu'il y ait du sang partout.

Molly dut attendre un moment avant de pouvoir articuler d'une voix faible et tremblante :

— J'ai quelque chose à vous dire, Jake. Mais je ne sais pas par où commencer.

— Commencez par la première chose qui vous vient à l'esprit et j'essaierai de vous suivre.

Elle tenta vainement de sourire. Ses grands yeux noisette étaient embués de larmes.

— Je n'ai pas cessé de vous mentir, depuis le premier jour, Jake.

Il se passa la main sur le visage et cligna des paupières. Surpris, il ne l'était pas. Il avait toujours su que Molly lui mentait au sujet de certaines choses.

— D'abord, je vous ai donné un faux nom. Je ne m'appelle pas Houston mais Sterling Wells. Wells, tant que je n'aurai pas renoncé officiellement à mon nom de femme mariée.

— Vous m'avez simplement menti sur certains points, c'est ça ?

— Non. Ça va plus loin. Je vous ai menti sur toute la ligne. Et je suis responsable de ce qui est arrivé ces derniers jours. Directement, ou indirectement, mais le résultat est le même. Maintenant, vous êtes au bord de la faillite.

Voir pleurer Molly brisait le cœur de Jake. Il devait lutter pour ne pas la prendre dans ses bras.

— C'est moins la vue du poulet que l'idée que j'aie pu le tuer qui me désole, Jake.

— Pardon ? fit Jake, incrédule.

— Vous m'avez bien entendue. Il est possible que tout ce qui vous arrive soit ma faute. Je suis tellement navrée, ajouta-t-elle, la main sur les yeux. Je vous en supplie, pardonnez-moi, Jake. Je vous promets de vous dédommager un jour.

— Holà, doucement ! Je n'y comprends rien. Comment pouvez-vous vous accuser ainsi ? L'adjoint du shérif, qui est venu ce matin, est persuadé qu'une certaine Sarah a voulu se venger. Une femme que Hank aurait laissée tomber – à moins que ce ne soit moi –, et qui vient se rappeler à notre bon souvenir.

Molly fixa Jake comme s'il avait perdu la tête.

— D'abord, c'étaient des gamins qui avaient mis le feu aux écuries et crevé les pneus, et maintenant ce serait une femme délaissée qui aurait inondé de sang votre salle de bains ?

Jake devait reconnaître que cela paraissait peu vraisemblable. La police semblait se montrer plus prompte à trouver n'importe quelle explication qu'à arrêter les coupables.

— Si aucune Sarah n'est coupable, alors qui l'est ? demanda-t-il.

— Croyez-moi, Sarah n'a pas pu écrire son nom sur votre mur. Elle est morte depuis près de onze ans.

En pleine confusion, Jake allait demander à Molly de tout reprendre depuis le début lorsqu'il entendit Hank l'appeler. Il leva les yeux et vit son frère lui faire de grands signes.

— Viens ! On a un problème.

Un de plus. Des problèmes, il en pleuvait ces derniers jours ! Jake marmonna et se leva.

— Pardonnez-moi, mais il faut que j'aille voir ce qui se passe.

Puis, offrant sa main à Molly afin de l'aider à se relever, il ajouta :

— Venez avec moi. Dès que j'aurai une minute, nous reprendrons cette conversation.

— Mon Dieu, je me demande ce qui est encore arrivé ! murmura-t-elle anxieusement.

— Apparemment, la maison ne brûle pas. C'est déjà ça.

— Je suis navrée, Jake. Jamais je n'ai voulu vous faire de mal.

Il essuya une larme sur la joue de la jeune femme.

— Je n'en doute pas une seule seconde, Molly.

Après les événements des dernières quarante-huit heures, Molly ne s'étonna nullement de voir de nouveau la voiture du shérif garée près du ranch. En revanche, elle s'immobilisa, pétrifiée, quand elle découvrit la Lexus crème de Rodney derrière la voiture pie, même si elle s'y était plus ou moins attendue.

La portière du conducteur s'ouvrit et son ex-mari sortit, impeccable, comme à son habitude. Tout en s'avançant vers elle, il tira sur les manches de sa veste grise, faite sur mesure, redressa sa cravate et passa la main sur ses cheveux blonds parfaitement lissés. Même à distance, elle décela dans ses yeux cette lueur d'intelligence rusée et d'arrogance, qu'elle ne connaissait que trop bien.

À cet instant, elle n'eut plus aucun doute quant à sa culpabilité. Elle lui avait vu ce regard plus d'une fois lorsqu'il lui mentait sans vergogne au sujet de ses maîtresses, avec l'air de dire : « Je suis génial et, toi, tu es d'une incroyable stupidité. »

— Mon Dieu… souffla-t-elle en se tournant vers Jake.

Il lui jeta un bref coup d'œil puis l'attrapa par le bras d'une poigne de fer.

— C'est Rodney ?

Elle hocha la tête, égarée, et chercha à se dégager. Mais, sentant Jake serrer son bras de plus belle, elle jeta un regard éperdu autour d'elle.

— Je vous en prie, Jake. Vous ignorez ce dont il est capable.

— Du calme. Ici vous ne risquez rien.

Comment Rodney l'avait-il retrouvée ? Par l'intermédiaire de la police ? Ou bien avait-il contraint Keith Sandusky à parler ? Elle n'avait qu'une seule certitude : elle éprouvait pour cet homme une haine absolue. *Le salaud !* Sa mise en scène dans la salle de bains était la preuve qu'il cherchait une fois de plus à la faire passer pour une incurable folle. Et elle n'avait même pas eu le temps de s'expliquer. Maintenant, Jake ne connaîtrait que la version de Rodney, et celui-ci était passé maître dans l'art de mentir et de convaincre.

Le sourire mielleux, il s'approcha.

— Molly, fit-il, je me suis fait beaucoup de souci à ton sujet. Comme je suis soulagé de constater que tu vas bien, ma chérie !

Les yeux secs et brûlants, elle combattit l'envie qu'elle avait de se jeter, toutes griffes dehors, sur cet homme qu'elle haïssait. Elle était prise au piège, elle n'avait aucun moyen de lui échapper, Rodney le savait, et il afficha un petit sourire moqueur en se tournant vers Jake.

Le shérif Dexter s'avança à son tour en évitant le regard de Molly.

— Bonjour, Jake. J'ai de mauvaises nouvelles.

— Ah, oui ? De quel genre ?

Le shérif jeta un coup d'œil à Molly.

— Tu ne vas pas apprécier. Il semblerait que cette jeune femme, ici présente, n'ait pas été très franche avec toi. Est-ce que tu sais qu'elle sort d'une clinique psychiatrique ?

Molly sentit la poigne de Jake se raffermir sur son bras.

— Je sais beaucoup de choses au sujet de Molly.

— Je vois. Dois-je en conclure que tu sais qu'elle a quitté Portland contre l'avis de la justice qui l'oblige à voir son psychiatre deux fois par semaine ? Réfléchis avant de répondre. Tu n'as pas seulement hébergé une femme émotionnellement perturbée, mais aussi une voleuse, ajouta le shérif, le pouce pointé dans la direction de Sunset.

— Une voleuse ? s'étonna Jake calmement. Parle de vol si tu veux, Dexter, moi, j'appelle ça un sauvetage. Et je suis sûr que la SPA sera de mon avis.

— Ne t'enfonce pas, mon garçon. Je ne te cherche pas querelle.

Il tourna son regard vers Molly.

— Cette femme a commis des actes de violence au cours de crises de somnambulisme. Je suis maintenant convaincu qu'elle est responsable des actes malveillants de ces derniers jours. Son mari, expliqua Dexter en désignant Rodney d'un geste de la main, est venu la chercher pour la ramener à la maison et lui faire suivre son traitement.

Molly avait le sentiment d'être matraquée toutes les secondes sans pouvoir réagir. Son sort se décidait sans elle. Jake devait être furieux, et elle ne doutait pas qu'il allait la remettre entre les mains de Rodney. Et comment l'en blâmer ?

La tête baissée, il demeura pensif un moment. Puis il regarda le shérif, le front plissé.

— Tu dis que cet homme est son mari ? Tu te trompes. Molly a divorcé. M. Wells n'a plus aucun droit sur elle.

Rodney s'avança et, comme Molly s'y attendait, gratifia Jake d'un charmant sourire.

— Vous avez raison. Nous sommes divorcés. Mais Molly n'avait pas les idées claires lorsqu'elle a demandé le divorce. Par ailleurs, un juge a fait de moi son tuteur. Et puis, nous avons toujours d'étroits liens familiaux. Claudia, sa mère adoptive, a épousé mon père. Tous deux sont ici pour vous le confirmer, conclut Rodney en montrant sa voiture.

Molly suivit son geste du regard. Au même moment, les portières arrière de la Lexus s'ouvrirent, et elle vit apparaître Claudia d'un côté, Jared Wells de l'autre. Mais si Jared demeurait semblable à lui-même – séduisant et impeccable, comme son fils –, c'était la première fois que Claudia arborait un tailleur chiffonné. Quand elle s'avança, Molly vit des larmes briller dans ses yeux bleus soulignés de grands cernes noirs.

Jouer les Judas devait l'empêcher de dormir.

— Tu as changé de coiffure, observa-t-elle d'une voix tremblante. Tu es si belle comme ça, ma petite fille.

Rodney glissa le bras autour des épaules de Claudia et l'attira contre lui. Il gratifia son père d'un regard apitoyé, avant de s'adresser à Jake :

— Soyez charitable, monsieur Coulter. Évitez à des innocents une souffrance inutile. Comme vous pouvez le constater, nous aimons profondément Molly, et nous souhaitons simplement la ramener à Portland dans son intérêt. Elle n'est plus elle-même depuis bien longtemps. Viens, ma chérie, ajouta-t-il en tendant la main vers Molly. Nous allons tous remonter en voiture maintenant.

Jake lui attrapa le poignet.

— N'avancez pas la main, mon vieux.

Molly jeta à Jake un regard stupéfait. Pour la première fois, elle le voyait véritablement en colère. Ses yeux brillaient d'une lueur glaciale. Le sang lui était monté au visage.

— Molly n'ira nulle part contre son gré. Compris ?

Hank, qui était sur le perron, rejoignit son frère. Du coin de l'œil, Molly vit toute l'équipe du ranch s'approcher d'eux. Sa défense était assurée.

Elle fixa Jake à travers un brouillard de larmes. Rêvait-elle ? Elle qui n'avait cessé de lui mentir ne méritait pas tant de loyauté. Au lieu de l'abandonner, il la protégeait, et elle n'en revenait pas.

— Ne laisse pas ces personnes se mêler de cette affaire, Molly, l'implora Rodney. Tu leur as déjà causé suffisamment de problèmes, non ?

Écoute, tu as besoin d'être soignée. Je sais, tu me rends responsable de tout. Mais réfléchis, Molly. Est-ce bien raisonnable ? Tu restes trois semaines sans consulter Sam Banks, et regarde le résultat. Qu'est-ce que tu vas incendier la prochaine fois ? Le ranch ?

Molly n'ignorait pas qu'elle était à l'origine des ennuis de Jake. Indirectement, certes, mais c'était bien à cause de sa présence au ranch que Rodney s'était attaqué à lui.

— D'une manière ou d'une autre, nous te ramènerons à Portland, poursuivit Rodney. Nous sommes légalement responsables de toi. Faut-il te le rappeler ?

— Si tu ne veux pas penser à nous, ma chérie, intervint Claudia, pense à l'entreprise de ton père, à tout ce qu'il a construit. Tu voudrais vraiment mettre tout ça en péril ? Si j'étais malade, tu n'essaierais pas de m'aider, mon cœur ? Bientôt tu seras guérie, et tu pourras revenir parmi nous.

— Nous t'aimons, et tu le sais, Molly, souligna Jared. Dis-toi que nous ne voulons que ton bien.

Ils s'adressaient à elle comme à une enfant. Elle en avait la migraine, et envie de hurler, de leur demander de la laisser tranquille. Il n'y avait pire ennemi qu'une famille de ce genre.

— Nous sommes en droit d'employer la force s'il le faut, reprit Rodney. À toi de choisir, Molly. Mais n'oublie pas que tes amis risquent de gros ennuis s'ils tentent de s'opposer à la loi.

— Ne l'écoutez pas, Molly, conseilla Jake.

— Ne vous ai-je pas causé assez de soucis, Jake ?

— Vous m'en causerez encore plus si vous écoutez ces absurdités. Vous n'êtes pas plus folle que moi, Molly.

— Mon Dieu, je ne sais plus, Jake ! Je ne sais plus !

— Restez en dehors de cela, monsieur Coulter, conseilla Rodney.

Claudia s'avança vers Jake et l'implora :

— Je suis sa mère. Je l'ai veillée lorsqu'elle était malade. C'est moi qui glissais de l'argent sous son oreiller quand elle perdait une dent de lait. Croyez-vous vraiment que je lui veuille du mal ?

— Non. Je suis certain que vous pensez faire au mieux. Néanmoins, personne n'emmènera Molly sans l'autorisation d'un juge.

— Vous commettez une grave erreur, mon petit ami, riposta Rodney.

— Ne t'entête pas, Jake, intervint le shérif. On n'a pas besoin de l'autorisation d'un juge quand il s'agit d'aider quelqu'un.

— Puisqu'il s'agit d'aider Molly, je m'oppose à ce qu'elle parte. Elle est beaucoup mieux ici, parmi des gens qui s'intéressent sincèrement à elle.

— Nous connaissons Molly mieux que vous, siffla Rodney. Ne vous tracassez pas pour elle. Elle recevra les soins que vous n'êtes certainement pas en mesure, financièrement parlant, de lui assurer.

— Molly n'est pas malade, lança Jake à l'adresse du shérif. Et puis, j'ai la preuve qu'elle n'est pas responsable de mes ennuis. Je n'ai pas l'habitude des révélations indiscrètes, mais, pour une fois, je ferai une exception. Molly partage mon lit et, comme je ne dors que d'un œil, je suis en mesure d'affirmer qu'elle ne m'a pas quitté une seule seconde la nuit de l'incendie.

Molly regarda Jake, bouche bée. Elle était bouleversée. Jamais elle n'aurait pensé qu'il oserait proférer un tel mensonge, même dans le but de la protéger.

Mal à l'aise, le shérif Dexter la gratifia d'un regard penaud.

— Je vous demande pardon, madame. Je n'ai jamais cherché à vous accuser faussement. Mais on m'avait dit que... Enfin, oublions, enchaîna-t-il en lançant à Rodney un regard réprobateur. Je suis vraiment désolé, madame.

— Je ne vous en veux pas shérif. Vous essayez simplement de faire votre travail.

— En effet, fit Dexter, qui se mit à toussoter. Alors, monsieur Wells ? Si vous n'avez pas de mandat à me remettre, vous devez quitter les lieux.

— Je reviendrai, menaça Rodney, l'index pointé vers Jake. Pas seulement pour ma femme, mais aussi pour mon cheval.

— Vous risquez de vous fourrer dans un sale pétrin, Wells, rétorqua Jake en souriant. Le cheval restera ici, lui aussi.

— Nous verrons.

— Mon frère et moi avons pris des photos de cet étalon à son arrivée ici. Il n'était plus qu'une plaie. Nous avons aussi fait venir un vétérinaire qui ne demandera qu'à témoigner des sévices subis par Sunset. Vous tenez vraiment à aller vous expliquer à ce sujet devant un tribunal, monsieur Wells ? Personnellement, j'en serais ravi. Il existe des lois qui sanctionnent ce genre de chose, et les ennuis que vous me promettez ne seront rien comparés à ceux qui vous attendent.

— Rien ne prouve que c'est moi qui ai maltraité Sunset.

— Détrompez-vous. La preuve viendra de Sunset lui-même. Essayez donc de vous approcher de lui.

Rodney pâlit.

— À quoi jouez-vous ? cracha-t-il.

— Allez-y. Allez dire bonjour à votre cheval, monsieur Wells. Si vous ne l'avez jamais fouetté, il sera heureux de vous voir.

Rodney étouffa un juron, fusilla Molly du regard puis, tournant les talons, se dirigea vers sa voiture. Il passa devant Claudia et Jared comme s'ils n'existaient pas.

— On se reverra ! promit-il. En attendant, prépare tes bagages, Molly. Je reviendrai avec un mandat, et ton cow-boy aura affaire à la justice s'il s'obstine à me mettre des bâtons dans les roues.

Claudia, en larmes, s'adressa à Molly en se tordant les mains :

— Je sais que tu doutes maintenant de l'amour que je portais à ton père, Molly. Nous en reparlerons plus tard. Mais tu ne peux pas croire que je ne t'aime pas.

Molly aurait été ravie de se jeter dans les bras de sa mère. Malheureusement, celle-ci s'était remariée précipitamment après la disparition d'un père adoré dans des conditions suspectes, et elle avait abandonné sa fille au moment où elle avait le plus besoin d'elle. Une participation de Claudia au complot visant à la spolier de son héritage n'avait rien d'invraisemblable.

Rodney monta dans sa voiture et claqua la portière avec tant de force que le rétroviseur latéral en trembla.

— Viens, papa ! Ne perdons pas de temps. Allons nous procurer ce mandat.

Jared prit Claudia par le bras.

— Ma chérie ?

Cette dernière hocha la tête, mais son regard suppliant restait fixé sur Molly. Au bout d'un moment, elle se tourna vers Jake.

— Si quelque chose arrivait à Molly, monsieur Coulter, je vous en tiendrai pour responsable. C'est bien entendu ?

— Molly est sous ma protection, madame.

— Viens, ma chérie, insista Jared.

Claudia se laissa entraîner, mais se retourna à demi et cria :

— Je t'aime, Molly. N'en doute jamais.

Immobile, Molly regarda sa mère adoptive et son beau-père s'engouffrer dans la voiture. Quelques instants plus tard, Rodney effectuait un demi-tour en faisant jaillir le gravier sous ses roues.

Tandis que la Lexus disparaissait au sommet de l'allée, le shérif soupira et secoua la tête.

— Wells a raison, Jake. Tu te mettras dans ton tort si tu t'opposes au mandat d'un juge.

— Qu'il commence par me le montrer, répliqua Jake calmement.

— Je dois faire mon boulot et, si Wells met un juge dans sa poche, j'espère que tu comprendras ma position.

— Ne t'inquiète pas. Je te laisserai faire ce que les contribuables attendent de toi.

Visiblement contrarié par toute cette affaire, le shérif salua courtoisement Molly avant de partir.

— Je suis navré de faire votre connaissance en de telles circonstances. J'espère que nous aurons l'occasion de nous revoir dans de meilleures conditions.

Molly fit mine de partager cet espoir. Mais, connaissant Rodney, il y avait peu de place pour l'optimisme.

Le shérif disparu, Molly fut entraînée à l'intérieur du ranch par son « cow-boy » d'une poigne si ferme qu'elle ne douta pas de sa fureur.

Tel un morceau de bois de flottage emporté par les flots, elle traversa le séjour, pénétra dans la cuisine et atterrit sur une chaise. Tandis que Jake, penché sur elle, la regardait droit dans les yeux, elle se cala au fond de son siège, intimidée malgré elle par cet homme que la colère rendait impressionnant.

— Vous êtes émotionnellement perturbée, Molly ? Seigneur Dieu, qu'est-ce qui me reste encore à apprendre ? Mais à quoi pensiez-vous ? Ce salaud veut vous faire enfermer. Vous vous rendez compte ? Pourquoi ne m'avez-vous rien dit ? Pourquoi ? Si votre mère le soutient, vous n'avez aucune chance de lui échapper. Vous avez déjà un passé médical. Vous sortez de clinique. On vous a déclarée irresponsable. Qui croira qu'ils mentent s'ils prétendent que vous avez besoin de poursuivre un traitement ?

— Personne ! Je le sais ! s'écria Molly.

Jake lui avait communiqué sa colère et, sans réfléchir, elle se leva d'un bond, l'obligeant à reculer.

— C'est bien pour cela que je ne vous en ai pas parlé. J'étais terrifiée à l'idée que vous me croyiez folle.

— Je n'aurais jamais pensé une chose pareille.

— Et quand aurais-je dû vous expliquer tout ça, Jake ? D'emblée, le premier soir ? Ah, au fait, ne vous inquiétez pas, je sors tout juste d'une clinique psychiatrique. Vous imaginez ? Même plus tard, je n'ai pas osé. Vous croyez que c'est facile de raconter ce genre de choses ? Et puis, je craignais tellement que vous préveniez Rodney…

Le regard de Jake se chargea de tristesse.

— Vous auriez dû me faire confiance, murmura-t-il. S'ils étaient venus pendant que je réparais une clôture, par exemple, ils vous auraient emmenée sans que je puisse intervenir.

— Ils finiront par m'emmener, de toute façon.

— Ils devront d'abord me passer sur le corps.

Mille fois au cours de l'année précédente, Molly aurait eu besoin, en dehors de son médecin, de quelqu'un comme Jake en qui elle puisse avoir une confiance absolue.

— Oh, Jake ! Qui est le plus fou de nous deux ?

— Si je suis fou, c'est de vous, Molly. Je n'ai pas besoin d'en savoir plus, et je vous promets que Rodney ne vous emmènera nulle part.

— Vous ne pourrez pas l'en empêcher, gémit-elle. Il va expliquer que j'ai obtenu le divorce alors que j'étais encore en clinique, et il est capable de revenir escorté par des policiers. Ma propre mère est de son côté. Ils veulent ma part d'héritage, et ils feront tout pour parvenir à leurs fins.

— Personne ne peut venir ici et enlever ma femme.

— Votre femme ? Je ne suis pas votre femme, Jake.

— Pas encore.

Il prit Molly par les épaules.

— Est-ce que j'ai vraiment votre confiance, Molly ?

— Oui, mais pas… à ce point.

— Laissez-moi formuler la question autrement : qui de Rodney ou de moi vous inspire le plus confiance ?

— Ce n'est pas juste de poser une telle question.

— La vie n'est pas toujours juste, et, pour l'heure, vous êtes dans un sacré pétrin. Je suis votre seul atout. En cinq heures, nous pouvons être à Reno. Si je suis votre mari, ils n'auront plus aucun droit sur vous. S'ils cherchent à faire annuler ce mariage, ils en auront pour des années, et pendant ce temps nous trouverons un autre moyen de les contrer.

— Mon Dieu ! Reno ?

— À notre retour, nous serons mari et femme. Et je serai votre unique souci.

— Un souci dérisoire ?

— Comparé à eux, sûrement.

18

Quand Jake prenait une décision, il ne s'embarrassait plus de questions. Une demi-heure plus tard, il fonçait vers Reno. Mais le regard perdu de Molly, recroquevillée contre la portière, le préoccupait.

— Vous avez l'air terrorisée, mon cœur. Est-ce que je suis un si mauvais parti ? Je suis pourtant très présentable, ajouta-t-il après avoir jeté un coup d'œil dans le rétroviseur et lissé ses cheveux.

— Cela n'a rien à voir avec vous. C'est juste que je ne veux pas me remarier.

— Vous craignez de perdre votre liberté ?

— Entre autres.

— Une chose à la fois. Je n'ai aucunement l'intention de vous brimer. Je ne suis pas Rodney.

Il jeta un coup d'œil à son adorable coupe de cheveux et à son joli chemisier rose.

— Je peux me fier à votre instinct. Dans la limite du raisonnable, vous pourrez faire ce que vous voudrez.

— Dans la limite du raisonnable ?

— Oui, Molly. Parce que si vous décidiez de jouer les funambules, sans filet, au-dessus du Grand Canyon, je crois que j'aurais mon mot à dire.

Elle baissa la tête, mais il surprit sur ses lèvres l'esquisse d'un sourire.

— Je n'ai pas l'intention de vous compliquer la vie. Je devrais plutôt vous remercier. Pardonnez-moi.

— Je vous ai fait cette proposition uniquement parce que je me soucie de votre sort, Molly.

Il comprenait sa contrariété. Elle avait eu une matinée épouvantable et, à défaut de connaître toute l'histoire, il avait quelque raison de supposer que l'incident d'aujourd'hui n'était qu'un aperçu de ce qu'elle avait dû subir jusqu'ici. Mais s'il était soucieux d'éviter de remuer le couteau dans la plaie, il y avait cependant certaines questions dont ils devaient absolument discuter.

— Est-ce l'idée des rapports sexuels qui vous préoccupe, Molly ?

Il la vit blêmir.

— En fait, j'espérais qu'il n'en serait pas question. Je n'ai que de mauvais souvenirs à ce sujet.

— Je ne souhaite pas un mariage blanc, Molly.

— Et moi je ne veux pas revivre certaines choses. J'aimais Rodney quand je l'ai épousé, et mon conte de fées s'est transformé en cauchemar en quelques heures.

— En quelques heures ?

— Oui. Dès notre nuit de noces. Rodney était ivre. J'étais vierge. Il a défloré la mariée et s'est endormi. La suite est encore plus calamiteuse. Ou il m'ignorait, ou il cherchait l'inspiration dans des magazines spécialisés.

Jake était écœuré. Il serra le volant comme s'il s'agissait du cou de Rodney.

— Vous vous souvenez de ce matin dans les bois, Molly ? Ne croyez-vous pas qu'entre nous ce sera merveilleux ?

— Je me méfie. Question d'expérience.

Que dire ? Il aurait aimé la rassurer, la convaincre que ce serait différent entre eux. Mais rien ne lui venait que des platitudes. Si puissant que soit le désir qu'il éprouvait pour elle, il fallait qu'elle ait envie d'y répondre spontanément, sinon ils courraient à l'échec.

Il décida d'affronter les problèmes quand ils se présenteraient plutôt que de les anticiper, et reporta son attention sur la route, haïssant ce mur de silence qui s'était soudain dressé entre eux, et qu'il ne savait comment briser.

À Reno, il se gara à proximité de la rue où se succédaient les casinos, les prêteurs sur gages, les bijouteries et les chapelles ouvertes jour et nuit. Il aida Molly à descendre de la camionnette, verrouilla les portières et l'entraîna vers l'artère où les néons brillaient jour et nuit. Pâle, le visage crispé, la jeune femme marchait tel un automate et répondait d'une voix monocorde à ses questions. Il se faisait l'effet du bourreau qui conduit le condamné à la chaise électrique.

Jetant un coup d'œil à sa montre, il constata qu'il n'était qu'un peu plus de midi et décida de faire une pause avant d'emmener Molly dans une chapelle. Déjeuner la détendrait peut-être et lui redonnerait un peu de couleur.

Il découvrit un agréable café dans le hall du casino Eldorado, qui avait été complètement transformé depuis sa dernière visite, des années auparavant. Assise en face de lui, Molly tripotait nerveusement les fiches, posées sur la table, qui permettaient de jouer au Keno.

— Vous voulez tenter votre chance ?

— Non, merci. Je n'ai jamais rien gagné de ma vie.

À l'exception du cœur de Jake... Il scruta son visage, attendant anxieusement un sourire qui ne venait pas. Seule l'idée de la soustraire aux manœuvres de Rodney et de Claudia l'empêchait de se sentir complètement idiot.

Une serveuse leur apporta deux cafés en venant prendre leur commande. Molly demanda une salade verte avec une sauce au roquefort. Étant donné qu'elle n'avait pas pris de petit déjeuner, Jake estima qu'elle ne tiendrait pas jusqu'au dîner avec une simple salade.

Il passa à son tour sa commande, puis demanda à la serveuse :

— Vous auriez un bon burger végétarien ?

La serveuse hocha la tête.

— Alors, vous l'ajoutez, avec une salade de fruits, à la salade verte.

Tandis qu'elle s'éloignait, Molly fixa sur Jake un regard incendiaire.

— Pourquoi avez-vous fait ça ?

— Vous avez besoin de manger, ma chérie.

Avant qu'il ait pu anticiper son geste, Molly balaya les couverts d'un revers de la main. Dans sa fureur, elle heurta sa tasse, et fit gicler le café jusque sur les genoux de Jake. Il se leva d'un bond, retenant une bordée de jurons, et essuya son pantalon avec la serviette en papier.

— Bon sang, qu'est-ce qui vous a pris ?

Molly se leva à son tour. Les poings serrés, le menton relevé, elle lui lança un regard de défi.

— Comment osez-vous choisir mon repas ? Nous ne sommes pas encore mariés et déjà vous prenez les commandes à ma place ! Si j'avais voulu un burger, je l'aurais demandé moi-même.

— Vous m'arrosez de café brûlant parce que je vous ai commandé un sandwich ? s'étonna Jake. Vous ne pensez pas que vous en faites un peu trop ?

— Allez-y ! Racontez les choses à votre manière ! Il aurait fallu que vous me commandiez une choucroute pour que j'aie le droit de m'énerver ? Je vous interdis de décider à ma place.

Jake s'aperçut qu'ils se donnaient en spectacle et murmura :

— Baissez le ton. Tout le monde nous regarde.

— Et alors ?

Molly pivota et Jake, horrifié, l'entendit crier à la ronde :

— Si vous êtes ici pour vous marier, mesdames, réfléchissez à deux fois. Vous êtes peut-être sur le point de commettre la plus grosse bêtise de votre vie.

Après cette déclaration tonitruante, elle passa à côté de Jake comme si tous les démons de l'enfer étaient à ses trousses. Il eut juste le temps de l'attraper par le bras.

— Où allez-vous ?

— Aux toilettes ! répliqua-t-elle en essayant de se dégager. Je devrais vous demander l'autorisation ?

Jake la lâcha, mais observa la direction qu'elle prenait afin d'être sûr de la retrouver. Puis il posa de l'argent sur la table, tamponna une dernière fois son pantalon avec la serviette, et sortit à son tour précipitamment.

Dans les toilettes, le silence apaisa Molly. Assise sur le petit canapé, les coudes sur les genoux, la tête entre les mains, elle vit les motifs du carrelage se brouiller sous ses yeux emplis de larmes.

Le mariage ? Non, jamais elle ne pourrait s'y résoudre. Jake pouvait dire ce qu'il voulait, elle se sentirait telle une prisonnière, condamnée à vie. Que ce soit dans une chapelle de Reno ou dans une église, les serments étaient les mêmes et elle n'avait aucune intention de les respecter.

Jusqu'à ce que la mort vous sépare... Amour, respect, obéissance... Combien de fois Rodney ne lui avait-il pas rappelé ces engagements, alors qu'il ne cessait de les bafouer ? Il n'avait jamais pensé qu'à lui pendant qu'elle tentait de préserver leur union par tous les moyens. Une union qui n'aurait jamais dû avoir lieu.

Non, elle n'en passerait plus jamais par là ! Si elle avait envie de se contenter d'une salade, c'était son droit. Plus personne ne lui dicterait sa conduite.

Cette décision prise, elle se sentit soulagée, essuya ses joues et fixa le mur. Une question cependant la taraudait : si elle rejetait la solution du mariage proposée par Jake, que ferait-elle pour contrer les manœuvres de Rodney et de Claudia, son alliée ? Elle devait reconnaître que Jake était la seule personne capable de l'y aider.

Elle songea à s'enfuir. Jake adorait les animaux, elle pouvait lui faire confiance pour s'occuper de Sunset. Le casino grouillait de monde, il lui serait facile de se mêler à la foule, de sortir par l'arrière du bâtiment, de trouver un arrêt de bus et d'aller se perdre quelque part où personne n'irait la chercher.

L'idée lui parut extrêmement tentante durant quelques instants. Puis elle songea que fuir ainsi signifierait renoncer à l'héritage de son père, à son désir de poursuivre son œuvre, à celui, aussi, de traîner Rodney devant un tribunal. La mort de son père serait définitivement considérée comme un suicide, et son meurtrier empocherait son héritage. Ce qui serait une suprême insulte à la mémoire de Marshal Sterling.

Elle ne pouvait permettre cela. Et puis, avec ce qui restait dans son porte-monnaie après ses achats inconsidérés, elle ne risquait pas d'aller loin.

Elle eut un coup au cœur : ce porte-monnaie à moitié vide, elle ne savait même plus où il était. Si ! Elle l'avait oublié au café.

Elle bondit. Mon Dieu ! Si Jake, furieux, était déjà parti – comme l'aurait fait Rodney –, elle serait condamnée à errer dans les rues et à faire les poubelles pour se nourrir. Dans deux jours, affamée, morte de fatigue, elle serait prête à baiser les bottes de Jake Coulter en implorant son pardon.

Elle devait le retrouver et lui présenter des excuses avant qu'il ne rentre au ranch sans elle. Il était peut-être sur le parking, prêt à démarrer. Sans plus attendre, elle se précipita hors des toilettes, et fut de nouveau assaillie par la cacophonie des machines à sous, des sonneries annonçant des jackpots, de la musique ambiante.

— Molly ?

Elle pivota sur ses talons et resta confondue en découvrant Jake affalé sur le banc, en face des toilettes, son Stetson au ras des yeux.

Il se leva sans perdre sa décontraction, et s'avança vers elle, son porte-monnaie serré dans son poing.

— Je craignais que vous ne soyez parti, avoua-t-elle.

— Ah ? Pourquoi aurais-je fait ça ?

Il lui mit son porte-monnaie dans la main et l'agrippa par le bras.

— Reprochez-moi d'être autoritaire et arrogant, si ça vous chante, mais ne recommencez jamais à vous enfuir ainsi. Vous ignorez qu'il y a un tas de tordus dans ce genre d'endroits ?

Après avoir maudit Jake, Molly se sentait tout simplement soulagée d'être réprimandée comme une enfant.

— Quel genre de tordus ?

— Le genre à vous mettre un couteau sous la gorge. J'étais malade d'inquiétude.

Elle s'en voulait. Jake n'était pas Rodney, et il fallait qu'elle s'en persuade une bonne fois pour toutes. Qu'est-ce qui ne tournait pas rond chez elle ? Avait-elle dans un coin de sa tête d'énormes araignées venimeuses qui, de temps à autre, injectaient leur poison dans ses pensées ?

— Vous ne saviez donc pas que j'étais dans ces toilettes ?

Jake lui fit contourner la gagnante d'un jackpot qui sautait de joie.

— Je n'en étais pas certain. Je vous avais perdue de vue en retournant chercher votre porte-monnaie. Mais comme il n'y a pas d'autres toilettes dans les parages, j'ai supposé que vous étiez ici.

Il entraîna Molly vers la sortie. À travers les portes vitrées, elle aperçut la foule qui se bousculait sur le trottoir inondé de soleil.

— Où allons-nous ?

— Discuter dans un coin tranquille.

— À quel sujet ?

— Drôle de question !

Elle le suivit sans la moindre appréhension. Elle devait admettre qu'il n'y avait aucune traîtrise en lui. Il affichait ses pensées et ses sentiments avec la plus grande honnêteté. C'était elle qui lui prêtait constamment des arrière-pensées ou de mauvaises intentions. Sam Banks, son psychiatre, ne l'avait-il pas mise en garde plus d'une fois, lui expliquant qu'elle devait se détacher de son passé ? *Vous ne vivez plus avec Rodney, Molly. À partir de maintenant, le jeu est entièrement nouveau. Mettez-vous bien ça en tête. Allez de l'avant, ne regardez plus en arrière.*

Était-ce si facile ? Elle se portait beaucoup mieux, mais elle avait encore du chemin à parcourir. Elle devait cesser de comparer Jake à Rodney, de le suspecter de lui mentir, d'essayer de lire entre les lignes, de l'imaginer comme un tyran alors qu'il n'avait jamais essayé de lui imposer sa volonté.

C'était la peur qui la dominait, pas l'homme qui marchait à ses côtés.

— Jake, je suis navrée. J'ai agi sans réfléchir.

Il soupira et glissa le bras autour de ses épaules.

— C'est moi qui suis navré.

— Pourquoi ?

Il lui caressa le bras, et elle perçut la chaleur réconfortante de sa main à travers sa manche.

— Pour tout, fit-il d'une voix rauque.

Le feu passa au vert, et il fit traverser Molly d'un pas décidé.

— Je suis un sale égocentrique, poursuivit-il. Je vous ai entraînée dans cette histoire contre votre gré. Je vous ai traitée comme une enfant au café. Bon sang ! j'ai même perdu votre parka.

Elle se rendit compte qu'effectivement elle n'avait plus sa parka. Mais que Jake s'en inquiète, au milieu de tous ces remous, lui fit venir un sourire tremblant aux lèvres.

— J'étais tellement contrarié quand je suis retourné chercher votre porte-monnaie que j'ai oublié votre vêtement.

— Le porte-monnaie était le plus important.

— Parce qu'il contenait votre pièce d'identité, remarqua-t-il en laissant le milieu du trottoir à un couple âgé. Je me suis dit que vous ne pourriez pas m'épouser si vous ne l'aviez pas sur vous. Une fois de plus, je n'ai pensé qu'à moi.

Tandis qu'ils traversaient une autre rue, Molly s'aperçut qu'ils se dirigeaient vers le parking : il n'était donc plus question de mariage.

Vingt minutes plus tôt, elle eût été soulagée. Maintenant, elle ressentait une curieuse appréhension. Si Jake avait renoncé à l'épouser, qu'allait-elle devenir ?

Quand ils furent installés dans la camionnette, il poussa un profond soupir, croisa les bras sur le volant et y posa son front.

— Molly ! Je suis désolé. Je n'aurais pas dû exercer une telle pression sur vous.

— Vous avez simplement voulu m'aider, Jake.

— En apparence, oui. C'était très chevaleresque.

Il se redressa, les traits tirés, le regard terne.

— Je n'étais pas désintéressé, avoua-t-il. Il y avait un prix à payer. Un prix trop élevé pour vous. Souvenez-vous, ajouta-t-il en cherchant son regard. Un soir, je vous ai dit que c'est l'animal qui choisit son maître. Eh bien, il en va de même avec les gens. L'amour ne s'achète pas. Et, plus important encore, bien qu'on signe des documents pour le rendre légal, un mariage n'est pas un accord contractuel. Ou du moins ça ne devrait pas l'être.

Il se passa la main sur le visage puis regarda dehors, à travers le pare-brise.

— Je veux sincèrement que vous soyez ma femme, Molly. Ce matin, ce désir-là et mes bonnes intentions se sont confondus. Vous me comprenez ?

— Je crois.

— J'ai perdu de vue l'essentiel : on ne doit jamais contraindre quelqu'un à se marier. Vous n'êtes pas prête pour un second mariage. Quand vous le serez, je ne manquerai pas de renouveler ma demande.

Molly serra ses bras autour de sa taille.

— Alors, vous laissez tomber ?

— Disons que je fais provisoirement marche arrière. Si le fait que je vous commande un sandwich vous met dans des états pareils, j'en déduis que nous avons un sérieux problème. Et il ne suffirait pas qu'on se marie pour que ce problème disparaisse.

Elle lui fut reconnaissante d'évoquer un problème commun. Il ne l'accusait pas, ne l'obligeait pas à admettre : « C'est moi qui ne vais pas bien du tout, Jake. »

— Je ne sais pas ce qui m'a pris dans ce café. Je n'ai pas pu me maîtriser. Une minute, ça va, la minute d'après, j'explose et je dis des choses que je ne dirais jamais normalement. Comme le soir où vous aviez subtilisé mon rotor. Je me sentais prise au piège, c'était plus fort que moi.

— Ça arrive à tout le monde, Molly.

— Pas dans un restaurant.

— Si. Même dans un restaurant. Il vous faut encore un peu de temps, mon ange. Il nous en faut à tous les deux, je pense.

Molly estima que, au contraire, le temps pressait. Rodney manœuvrait contre elle en ce moment même, et l'étau se resserrait. Elle eut soudain froid, se frotta les bras.

— Tenez. Mettez ma veste.

— J'ai peur, avoua-t-elle en se servant de la veste de jean comme d'une couverture au lieu de l'enfiler.

Jake jura et se passa de nouveau la main sur le visage.

— Je le sais. Qui n'aurait pas peur à votre place ? Mais on va trouver un moyen de contrer Rodney. Se marier n'était pas la seule solution. J'ai réfléchi en vous attendant tout à l'heure. Pourquoi ne pas prendre un bon avocat ? Je suis sûr que mon beau-frère, Ryan Kendrick, en connaît un.

Un avocat qui accepterait de défendre une personne reconnue irresponsable ?

— Et avec quel argent comptez-vous le payer ? demanda tout de même Molly. Vous avez déjà du mal à vous en sortir en ce moment, non ?

— J'ai encore un peu d'argent à la banque.

— Mais n'est-ce pas votre garantie ?

— Je peux vendre quelques chevaux. Ou demander à ma sœur Bethany de m'avancer la somme. Elle a épousé un homme riche, précisa Jake en souriant.

Molly se souvenait de son expression le soir de l'incendie. N'avait-il pas admis qu'il ne lui resterait que ses rêves si l'assurance refusait de payer ? Pour un homme aussi indépendant, emprunter de l'argent serait une démarche humiliante.

— Si vous vendez des chevaux, vous toucherez à votre capital.

Jake regarda de nouveau dehors.

— Non.

— Oh, Jake ! s'écria-t-elle, persuadée qu'il mentait.

— Quoi ? demanda-t-il en se tournant vers elle.

— Je ne peux pas vous laisser faire ça. D'autant qu'il n'est pas sûr qu'un avocat puisse m'aider, étant donné ma situation.

— Est-ce que le psy dont vous m'avez parlé témoignerait en votre faveur ?

— Certainement, mais s'ils me mettent dans une autre clinique, son avis comptera moins que celui du médecin traitant.

— Il faut quand même courir cette chance.

— À quel prix ? Le ranch est votre vie. Vous ne pouvez pas risquer de le perdre.

— Le ranch n'est pas tout pour moi, répliqua-t-il en soutenant le regard de Molly.

Elle comprit qu'il pensait à elle et fut si émue qu'elle faillit éclater en sanglots.

— Je ne vous laisserai pas renoncer à vos rêves, Jake, réussit-elle à dire. Rodney a déjà détruit les miens. Il ne vous volera pas les vôtres.

— Soyons raisonnables, Molly. Des terres, je pourrai en retrouver ailleurs. Je n'en dirai pas autant d'une certaine personne. Que je considère comme unique.

Elle sentit son menton trembler. Puis, comme poussée par une main invisible, elle se jeta dans ses bras.

— Oh, Jake ! balbutia-t-elle, la gorge nouée. Je suis tellement navrée ! Tellement !

Surpris, celui-ci se figea un instant, puis se détendit et l'enlaça. Cent fois, elle s'était demandé ce qu'elle éprouverait si elle cherchait volontairement refuge dans ses bras, sans retenue d'aucune sorte.

Elle s'imprégna de son odeur, de la force de ses bras autour d'elle, de la douceur de sa main dans son dos. Les yeux fermés, elle se pressa contre lui et savoura leur étreinte.

— Je ne vous laisserai pas perdre votre ranch, murmura-t-elle dans son cou.

— Vous ai-je demandé votre permission ? Je n'ai pas d'autre moyen de vous aider.

— Si ! Épousez-moi. J'ai résolu mes conflits. Vraiment, affirma-t-elle.

Elle sentit qu'il souriait.

— La volte-face a été rapide !

— Si je n'ai pas confiance en vous, en qui pourrais-je avoir confiance ?

— En personne. Et sans moi, vous coulez.

Elle eut un éclat de rire survolté.

— Alors, épousez-moi. Je préfère cela plutôt que vous ne perdiez votre ranch... Quel enthousiasme, Jake! ajouta-t-elle comme il hésitait à accepter.

— Ne vous fiez pas aux apparences.

Après un silence, il reprit :

— Je crains simplement que vous ne regrettiez cette décision dans quelque temps, et je ne veux pas faire partie de vos regrets. Vous comprenez ? Vous n'êtes pas prête pour un vrai mariage, Molly.

Elle savait qu'il avait raison. Si elle avait beaucoup progressé avec l'aide de Sam, sa guérison n'était pas totalement achevée. Elle n'avait plus besoin d'être assistée, mais ce n'était pas suffisant pour entreprendre une vie à deux. Jake avait aussi ses besoins, ses désirs, et elle ne se sentait pas encore capable d'y répondre. Et puis, elle éprouvait des craintes qu'il n'était pas en mesure de dissiper. La vie n'était pas un conte de fées où les preux chevaliers tuent les dragons qui menacent les damoiselles. Ses dragons, c'était à elle de les tuer.

— Nous pourrions ne pas consommer le mariage, murmura Jake. Ce qui, au besoin, l'invaliderait automatiquement.

Molly s'écarta pour le regarder.

— Vous ne vouliez pas d'un vrai mariage ?

Il sourit piteusement.

— Si, mais on n'a pas toujours le choix, répondit-il en lui caressant les cheveux. Peut-être que ça viendra. Pour l'instant, il s'agit de contrer

Rodney. Mais je demeure optimiste et ne manquerai pas de tenter ma chance dès que j'en aurai l'occasion.

— Cet arrangement vous conviendra ?

— Non. Je veux plus, Molly. Beaucoup plus. Je vous aime.

Elle n'en doutait plus depuis qu'il avait été prêt à se séparer de son ranch. Malheureusement, l'amour ne suffisait pas toujours. Elle en avait fait l'amère expérience.

— Alors, qu'en dites-vous, Stir-Houston ? Vous acceptez un cow-boy pour mari pendant un certain temps ?

— Je n'aime pas m'engager quand je ne suis pas certaine de tenir mes promesses. Pour moi, il n'y a pas de pire péché.

— Eh bien, nous allons nous inventer des serments de mariage personnels. Vous pouvez tout de même promettre de rester avec moi aussi longtemps que vous me supporterez. Moi, je promets de rester avec vous jusqu'à ce que vous en ayez par-dessus la tête.

Molly éclata de rire.

— Avec des engagements de ce genre, personne n'acceptera de nous marier.

— Mais si, voyons ! À Reno, ma chérie, tout est possible.

19

Deux heures plus tard, ils reprenaient la route de Crystal Falls. Pendant la première demi-heure, Jake laissa Molly à ses pensées. Sans le bruit du moteur et un ferraillement de temps à autre, il y aurait eu à l'intérieur de la camionnette un silence de plomb. Les bras serrés autour de la taille, le regard fixe, Molly se tenait tassée contre la portière. Du coin de l'œil, Jake voyait briller l'alliance qu'il lui avait passée au doigt.

Il l'avait achetée dans une bijouterie proche de la chapelle où ils s'étaient mariés. Ce n'était que de la pacotille qu'il se promettait de remplacer par tout autre chose, très bientôt, avec un solitaire par-dessus le marché.

Il se doutait bien que ce n'était pas la qualité de la bague qui préoccupait Molly, mais ce qu'elle représentait. Ils avaient choisi le serment de mariage le plus anodin parmi les possibilités qu'offrait la chapelle, tel un supermarché. Malheureusement, le prêtre, en dernière minute, leur avait assené le discours rituel, et Molly avait dû jurer amour, respect, fidélité jusqu'à ce que la mort les sépare. Ce qui avait valu à Jake un regard de panique.

Dorénavant, ils étaient liés l'un à l'autre par des engagements que Molly n'avait pas désirés. D'un côté, il souhaitait qu'elle les prenne à la légère. De l'autre, il serait sacrément heureux qu'elle s'y conforme sérieusement.

Les mains moites, le ventre noué, il éprouvait une terrible envie de lui parler. Lui parler de tout et de rien. Juste converser. Il aimait le son de sa voix. Il aimait sa façon de froncer le nez lorsqu'elle réfléchissait avant de lui répondre.

Il l'aimait, tout simplement. Même quand elle dérapait, comme au café, il prenait le temps d'analyser la situation au lieu de s'emporter. Il sourit en revoyant la scène. Dans vingt ans, ils la raconteraient à leurs enfants et en riraient avec eux. Car il ne pouvait envisager l'avenir sans elle. D'une façon ou d'une autre, il réussirait à lui faire abandonner ses réserves, sous peine de la perdre, et il n'en était pas question.

— Ça va ? hasarda-t-il en lui jetant un coup d'œil.

— Oui. Je suis juste un peu fatiguée.

Les mains de Jake se crispèrent sur le volant.

— Est-ce que tu peux me parler, Molly ? Je n'aime pas trop avancer à l'aveuglette.

Plutôt que de lui faire remarquer combien sa question était imprécise, elle lui prouva qu'elle était digne du courage qu'il lui prêtait en se décidant à lui parler de son premier mariage, de ses rêves d'adolescente amoureuse, des maîtresses que Rodney avait collectionnées dès le début de leur union.

— Je pouvais faire n'importe quoi, dit-elle d'une voix blanche, je ne lui suffisais jamais.

Jake détacha un instant son regard de la route pour se tourner vers elle.

— Certaines personnes ne devraient jamais se marier. Rien n'est jamais assez. Une seule femme ne peut leur suffire.

— J'aurais tellement voulu le satisfaire.

— C'était impossible, et tu n'étais pas responsable, Molly.

— Je crois que quelque chose me manque.

— À Sunset aussi il manquerait quelque chose ?

Molly ferma les yeux.

— C'est différent.

— Non. Ce cheval est magnifique, et je suis certain qu'il fait des merveilles sur un champ de courses. Il a également un cœur grand comme le Texas. Qu'est-ce qui lui manque, Molly ?

— Rien, c'est vrai. Il est parfait.

— Comme toi, remarqua Jake en abaissant le pare-soleil afin de se protéger du couchant. Nous en reparlerons. Dis-moi plutôt comment tu en es arrivée à une telle situation avec Rodney.

— Je ne voudrais pas te mêler à cette histoire, Jake.

Il tapota soudain la poche de sa chemise, comme s'il s'y trouvait encore un paquet de cigarettes. Dans des moments comme celui-ci, il regrettait de ne plus fumer.

— Je peux me charger de lui. Ne crains rien.

— Méfie-toi. Il ne cherche pas la confrontation. Il fait ses coups en douce.

— Il ne m'impressionne pas et je veux qu'il en soit de même pour toi. Tu es ma femme maintenant. S'il lève la main sur toi, je le tue.

— Il ne supporte pas qu'on se mette en travers de sa route. Et en m'épousant, c'est exactement ce que tu as fait.

— À part m'assassiner, que pourrait-il contre moi ?

— Justement, il est capable d'aller jusqu'au meurtre.

Effaré, Jake faillit s'arrêter sur le bord de la route, puis il se dit qu'il avait dû mal entendre.

— Tu peux répéter ?

— Je le soupçonne d'avoir tué mon père.

— Seigneur ! Mais pourquoi ?

— Je ne sais pas exactement. Rodney est un flambeur. Sonora Sunset perdait plus de courses qu'il n'en gagnait. Rodney devait détourner de l'argent, mon père a dû s'en rendre compte, et Rodney l'a éliminé.

— Doux Jésus ! murmura Jake qui ne savait plus s'il jurait ou priait.

Dès qu'il avait croisé son regard, il avait compris que ce type était venimeux mais, qu'il puisse tuer, cela le dépassait.

— Qu'est-ce qui a éveillé tes soupçons ? reprit-il.

— Dans les jours qui ont précédé sa mort, mon père paraissait très contrarié, ce qui ne lui ressemblait pas, et il ne voulait s'ouvrir à personne de ce qui le tracassait. Ni à Claudia, alors qu'ils avaient toujours été très proches. Ni à moi, et c'était encore plus curieux. Mon père, poursuivit Molly, était un homme responsable qui n'aurait pas porté d'accusations à la légère. Il se serait tu jusqu'à ce qu'il ait des preuves formelles. À mon avis, il a dû enquêter sur Rodney, Rodney l'a su, et mon père est mort.

— De quelle façon ?

— D'une balle dans la tempe. C'est moi qui l'ai trouvé. J'étais allée le voir de bonne heure pour tenter de le faire parler.

Jake vit à son expression combien Molly s'efforçait de maîtriser son émotion. Il en eut mal pour elle.

— Tu as dû vivre un cauchemar, ma chérie.

— Oui. Un cauchemar d'autant plus pénible que c'était la deuxième fois que je me trouvais dans ce genre de situation. À l'université, ma meilleure amie, Sarah, avec qui je partageais une chambre, s'était tranché les poignets. Je n'ai pu empêcher ni la mort de mon père ni celle de mon amie. Pourtant, je savais que chez l'un comme chez l'autre quelque chose n'allait pas. Alors tu imagines ce que j'ai pu ressentir devant le corps de mon père. J'en ai perdu la tête.

— Quoi de plus normal !

Molly inspira profondément, se lissa les cheveux d'un geste nerveux, puis laissa retomber sa main sur ses genoux et regarda le paysage.

— La police a conclu à un suicide. Mon père avait un comportement bizarre depuis quelques jours, et l'arme avait été achetée à son nom.

Mais Rodney s'y connaît en informatique, et il a très bien pu fabriquer une carte d'identité au nom de mon père. La police n'y a pas pensé, et moi non plus sur le moment. Et puis les enquêteurs m'ont expliqué que les suicides d'hommes de son âge n'étaient pas rares. Ils ont évoqué diverses causes : dérèglement hormonal, vie décevante…

— Tu n'y as pas cru ?

— Non. Ce n'était pas le genre de mon père. Et quand j'ai vu Rodney et son père, Jared, qui était aussi l'associé et l'ami de mon propre père, vider la maison de toutes ses affaires personnelles, j'ai voulu me pencher sur ses dossiers avant qu'ils ne les fassent disparaître. J'essayais de comprendre ce qui avait pu se passer. Je ne soupçonnais pas encore qu'on ait pu l'assassiner.

— Et tu es allée à son bureau ?

— Naturellement. Mais quand Rodney m'y a trouvée, il a déclaré que c'était à lui de s'occuper de ces dossiers. Il prétendait que ce serait trop stressant pour moi, qu'il voulait m'éviter une nouvelle dépression nerveuse.

— Tu en avais déjà eu une ?

Jake vit Molly blêmir.

— Non. Et c'est là qu'est le problème. Mais après le suicide de Sarah, j'ai commencé à faire des cauchemars. Ces cauchemars s'ajoutaient à mon anxiété à l'approche des examens, et je n'arrivais plus à dormir. Quand je finissais par sombrer dans le sommeil, j'avais des crises de somnambulisme.

« Je faisais des choses bizarres, mais jamais violentes. Quand mes parents l'ont appris, ils m'ont demandé de rentrer à la maison et m'ont envoyée chez un thérapeute. À la même époque, Rodney est revenu à Portland après avoir passé plusieurs années à Silicon Valley. Son père, fraîchement divorcé, et lui dînaient souvent chez nous. Rodney savait tout de mes problèmes.

— Et il a décrété qu'il s'agissait d'une dépression nerveuse, c'est ça ?

— Il n'avait jamais rien dit de tel avant de me trouver dans le bureau de mon père. Ce jour-là, il y avait des gens à proximité qui pouvaient l'entendre, et c'est exactement ce qu'il désirait.

— Mon Dieu ! fit Jake tout en doublant une voiture. Il tissait sa toile.

Le soupir de Molly lui fit comprendre qu'il avait vu juste.

— Il a même parlé de fragilité émotionnelle devant ces personnes. Je me suis élevée contre un tel jugement, mais il s'est contenté de me caresser la tête en jouant les maris anxieux. Une performance digne d'un Oscar, je t'assure.

— Il avait peur que tu n'aies déjà découvert quelque chose susceptible de le compromettre, et il préparait le terrain pour te discréditer.

Surpris par le silence de Molly, Jake lui jeta un coup d'œil. Elle avait les yeux fermés, la tête inclinée. Au bout de quelques secondes, il s'inquiéta.

— Ça va ?

— Excuse-moi, répondit-elle, le visage entre les mains. Jusqu'à présent, je n'avais parlé de tout ça qu'avec mon médecin. Et, pour être franche, depuis, je me suis parfois demandé si j'avais toute ma tête. Si tu savais comme je suis soulagée de constater que ton raisonnement rejoint le mien.

— Dis-toi que tu n'as rien d'une folle, ma chérie.

— Tout de même, ces derniers jours, j'ai sérieusement douté, avoua-t-elle.

Elle expliqua alors qu'elle avait trouvé des aiguilles de pin et des traces de terre sur ses draps, et des gants tachés dans la cuisine.

— Jusqu'à ce que Rodney apparaisse, ce matin, j'étais à peu près convaincue de ma culpabilité.

— C'est pour cette raison que tu avais poussé les meubles devant la porte ?

— Oui. Et puis il y a eu les pneus crevés. Je me suis dit que quelqu'un avait juré ta perte, que c'était sûrement à cause de moi, et j'ai décidé de te parler.

— Pourquoi ne l'as-tu pas fait ?

— Je n'en ai pas vraiment eu l'occasion. Tu étais si occupé.

Puis elle poursuivit le récit des semaines qui avaient suivi la mort de son père et avaient vu se produire des incidents bizarres.

— Nous avons retrouvé sur une chaise de la salle à manger la veste tachée de sang que mon père portait le jour de sa mort. Rodney m'a demandé pourquoi je gardais ce genre de souvenir morbide.

— Il essayait de te persuader que tu devenais folle.

— Et je le croyais. Quelque temps après, je suis redevenue somnambule. Je ne gardais aucun souvenir de ces crises, mais on retrouvait des coussins et des tableaux lacérés, les poubelles renversées, de la sauce tomate sur les murs de la salle de bains, le nom de Sarah inscrit au rouge à lèvres. Je n'en avais pas, mais Rodney affirmait que j'avais dû en acheter un tube et que je ne me le rappelais pas.

— Tu devais être effrayée, ma pauvre chérie.

— Bien sûr. Rodney était si convaincant. Tu as constaté ce matin comme il est calme et aimable en apparence. Je pensais vraiment que j'étais en train de devenir folle.

« Finalement, un jour où la maison était de nouveau sens dessus dessous, il a appelé ma mère à la rescousse. Claudia est médecin. Elle est accourue et, quand elle a vu le spectacle, elle m'a conseillé de consulter un psychologue. Rodney a suggéré d'attendre, et lui a demandé de me prescrire des somnifères. Cela m'a rendue malade. J'avais la nausée, j'étais désorientée. Bientôt, avec l'aide de Claudia, Rodney m'a bourrée de médicaments qui devaient contrebalancer l'effet des somnifères. Je ne pouvais plus penser, plus bouger, même plus aller aux toilettes sans m'évanouir.

— Il te droguait complètement.

— Oui, reconnut Molly, les larmes aux yeux. Et pendant ce temps-là, il essayait de me faire signer je ne sais quels papiers qui devaient concerner les affaires de mon père. Je voyais tellement trouble que je ne pouvais pas les lire, mais je me suis méfiée et j'ai refusé de signer. Rodney n'a pas l'habitude de s'emporter. Il est trop rusé pour ça. Mais là, le masque est tombé. Je n'avais jamais rien vu de plus horrible, Jake. Je me suis retrouvée devant un monstre qui avait envie de me réduire le visage en bouillie.

— Mon Dieu!

Jake imaginait Molly, droguée, vulnérable, devant un Rodney Wells bien plus fort qu'elle et prêt à tout.

— J'étais terrifiée, mais je pensais à mon père, et j'ai tenu bon. Seulement, le lendemain, je me suis réveillée dans une clinique, attachée à mon lit. Je ne savais ni où je me trouvais ni comment j'étais arrivée là. Ma première réaction a été d'appeler au secours.

— Saine réaction!

— Les infirmières n'ont pas été de cet avis. Elles m'ont prise pour une démente. C'était atroce, Jake... Pour une fois que j'avais enfin les idées claires, elles m'ont bourrée de sédatifs... Que ça me fait du bien de pouvoir raconter tout cela à quelqu'un!

— Et de découvrir que ton point de vue sur cette histoire n'était pas si fou.

— Oui, reconnut-elle avec un pâle sourire.

— On ne t'a pas trop maltraitée dans cette clinique?

— Non, mais c'est grâce à Sam Banks, un psy merveilleux. Il m'a crue quand je lui ai expliqué ce qui s'était passé, il m'a soutenue, il a entrepris les démarches nécessaires à mon divorce. Rodney le haïssait, et ça n'a pas changé.

— Je crois que ce Sam Banks me plaît.

— Je l'aime beaucoup, Jake. Il m'a aidée à faire ressurgir ce que je refoulais, et c'est ainsi que j'ai pu retrouver le fil des événements. C'est vraiment à partir du moment où Rodney m'a vue dans le bureau de mon père qu'il a commencé à me faire passer pour folle et à me droguer.

— Tu penses réellement que Claudia était de mèche ?

— Sans elle, Rodney n'aurait pu me faire interner aussi facilement. Et je ne peux oublier qu'elle a partagé le lit de Jared peu de temps après la mort de mon père. Je les soupçonne tous les trois. Peut-être cherchent-ils à s'approprier ma part de l'entreprise – il y a beaucoup d'argent en jeu, et l'avidité pousse certains aux pires extrémités, tu sais.

Dès le début, Jake avait senti combien Molly était seule et perdue. Maintenant, il comprenait pourquoi. Même sa mère adoptive semblait l'avoir trahie d'une façon révoltante.

— Quel genre de femme est Claudia ?

— Je l'ai toujours beaucoup admirée. Ma mère est morte d'un cancer quand j'avais cinq ans. Papa s'est épris de Claudia quelques mois plus tard. Elle me traitait comme sa fille, et j'avais une confiance absolue en elle. Jamais je n'avais douté de son amour pour mon père.

La douleur qui transparaissait dans la voix de la jeune femme mettait Jake au supplice.

— Elle devait l'aimer, Molly. Rodney l'a peut-être manipulée comme il vous avait manipulés, ton père et toi. Ne la condamnons pas avant d'avoir des preuves absolues.

Malgré les larmes qui brillaient dans ses yeux, Molly eut pour Jake un regard chaleureux.

— Tu parles comme Sam. Et comme mon père, aussi. D'ailleurs, tu me le rappelles souvent.

— Sam ou ton père ?

— Mon père, précisa-t-elle avec un sourire.

— Merci. Je prends ça pour le plus grand des compliments.

Constatant qu'il avait sensiblement ralenti pendant qu'il écoutait Molly, Jake accéléra un peu.

— C'est peut-être le chagrin qui a poussé Claudia dans les bras de Jared, enchaîna-t-il. D'après ce que tu m'as dit, c'était l'ami de ton père. C'est auprès de lui qu'elle a trouvé le plus de compréhension et de réconfort.

— J'aimerais tellement le croire, Jake ! Mais qu'est-ce qui l'empêchait de me rendre visite à la clinique ? Elle n'est venue qu'une fois, et c'était pour m'annoncer qu'elle se remariait.

— Ce qui ne signifie pas qu'elle n'aimait pas ton père. Ou qu'elle manigançait quelque chose avec Rodney. C'était peut-être lui qui la tenait à l'écart pour comploter tranquillement.

Un œil sur la route, Jake se pencha vers la boîte à gants pour en sortir un rouleau de papier toilettes.

— C'est ce qui me sert de Kleenex.

Molly renifla, en déroula une bonne longueur et se moucha.

— Claudia m'a en effet dit que Rodney prétendait que j'étais furieuse contre elle, à cause de Jared, et que je ne voulais pas la voir. Elle n'était finalement venue que pour m'éviter d'apprendre son remariage incidemment.

— Ça me paraît plausible. Tu lui as fait part de tes soupçons au sujet de Rodney ?

— Non. Je ne lui faisais pas confiance.

— Donc, c'est la peur qui t'a empêchée de parler.

— Oui.

— Et ensuite, tu l'as revue ? Je veux dire avant ce matin.

— Une fois, juste après ma sortie de clinique. Mais Sam m'avait conseillé de ne pas faire de vagues, sinon je risquais de me retrouver de nouveau en clinique, puisque je dépendais légalement de Rodney. Si un juge apprend que j'ai volé un cheval, ajouta-t-elle, le regard anxieux, il estimera que je suis loin d'avoir retrouvé toute ma tête…

Jake réalisa soudain à quel danger elle s'était exposée en aidant le pauvre Sunset. Elle avait mis en jeu sa vie, ses rêves, sa liberté.

— Dans quelles circonstances as-tu revu Claudia ? demanda-t-il.

— Elle avait appris mon divorce par Jared, elle savait que je n'avais pas de logement et elle a décidé de m'en trouver un. Elle m'a aussi permis, par l'intermédiaire de Jared, de récupérer ma voiture. J'ai tout de même revu Rodney parce qu'il est venu chez moi pour tenter, une fois encore, de me faire signer ces papiers.

Jake fronça les sourcils, préoccupé par cette histoire de signature. Il se demandait en effet pour quelle raison Rodney avait tant insisté alors que la justice l'autorisait à gérer l'héritage de Molly.

Il reprit néanmoins le fil de la conversation.

— J'ai l'impression que Claudia a réellement voulu t'aider, et que sa relation avec Jared n'était que le rapprochement de deux personnes frappées par la perte d'un être cher.

— Je ne le pense pas. Mais si je me trompe, que Dieu me pardonne de m'être montrée si froide avec elle ce matin.

— Ne recommence pas à te blâmer, Molly. Tu l'as fait suffisamment. Ton attitude envers Claudia était parfaitement compréhensible. Si elle est la femme que j'imagine, elle sera d'accord avec moi lorsqu'elle connaîtra toute l'histoire.

— Elle a l'air de te plaire.

Jake prit le temps de réfléchir ; il revit le regard douloureux de Claudia.

— Elle semblait si sincèrement contrariée que j'ai du mal à croire qu'elle jouait la comédie.

Molly soupira en tripotant nerveusement son mouchoir de fortune.

— Je l'aime beaucoup. Si elle n'a rien à se reprocher, je serai heureuse de la revoir. J'aimais beaucoup Jared également. Je l'avais toujours pris pour quelqu'un de gentil.

Jake demeura silencieux un moment, réfléchissant à tout ce qu'il venait d'entendre.

— Bien, conclut-il. Maintenant, je suis au courant de tout, n'est-ce pas ?

Molly évita son regard, et il devina qu'elle avait laissé de côté certains détails intimes concernant son mariage, ce qu'il comprenait aisément.

— Tu connais l'essentiel, précisa-t-elle.

— Eh bien, on peut dire que vous traînez quelques boulets derrière vous, madame !

— Oh, oui ! Si tu veux annuler le mariage et te débarrasser de moi, je ne t'en voudrai pas.

— Pas question. Depuis que je suis tombé amoureux de toi, Molly, tes problèmes sont devenus les miens.

— Je ne t'ai apporté que ça : des problèmes. Et tu n'es pas près d'en voir le bout si Rodney parvient à ses fins.

— Je te garde quand même. Avec ou sans problème.

Molly comptait préparer le dîner dès leur arrivée mais, en pénétrant dans la cour, elle découvrit quatre pick-up inconnus garés devant le ranch. Jake jura entre ses dents.

— À qui sont ces véhicules ?

— Ma famille, marmonna-t-il.

— Que font-ils ici ? s'inquiéta Molly.

— Hank a dû leur téléphoner. Je suis désolé. Je me doute que tu n'as pas envie de faire la fête.

Elle jeta un regard à ses vêtements froissés.

— Je ne suis pas présentable.

— Tu l'es plus que moi.

— Il y a tes parents ?

Il lui effleura l'épaule.

— Ne te replie pas sur toi-même. Mes parents sont des gens charmants.

Ce qui signifiait qu'ils étaient là. Seulement, elle ne se sentait pas prête à les rencontrer. Et elle doutait qu'ils se réjouissent d'apprendre que leur fils aîné venait de se marier à la sauvette. Un conflit familial serait le feu d'artifice de cette éprouvante journée.

Jake sortit de la camionnette et vint ouvrir sa portière. Tandis qu'il l'aidait à descendre, il murmura :

— On dirait que tu as avalé un bac de poissons crus. Ne t'inquiète pas, tout se passera bien.

— Ils ne vont pas m'aimer.

— Tu as raison. Ils vont t'adorer.

Il l'enlaça et l'entraîna vers le perron.

— Détends-toi. Sois naturelle. Tu vas séduire mon père en un clin d'œil.

— J'aimerais le croire... Est-ce qu'ils nous en voudront d'avoir filé à Reno comme ça ?

— Peut-être. Mais étant donné les circonstances, ils comprendront.

— Tu vas tout leur raconter ? Leur parler de Rodney, de la clinique ?

— Hank leur a certainement déjà expliqué la situation. Il y a aussi les frères Kendrick, qu'il a dû appeler à la rescousse au cas où Rodney ou la police reviendrait.

Molly se crispa, horriblement embarrassée.

— C'est ce qui s'appelle laver son linge sale en famille...

— Ce n'est pas ta faute, Molly, observa-t-il en s'immobilisant sur le perron pour chercher son regard. Relève la tête. Je suis à tes côtés.

Elle n'en doutait pas, mais le fait qu'il le lui rappelle la rassura. Elle le revit, le matin même, les pieds écartés, prêt à la bagarre. Elle le sentait capable de la défendre contre sa propre famille, et c'était la plus belle preuve d'amour qu'il puisse lui donner.

Ils furent accueillis par une délicieuse odeur et des bruits de conversation qui venaient de la cuisine où tout le monde s'était regroupé. Jake s'effaça pour laisser passer Molly. Elle vit d'abord les femmes : l'une, jeune, très brune, mince, assise dans un fauteuil roulant, un bébé dans les bras ; une autre, plus âgée et plus ronde, qui remuait quelque chose dans une casserole ; une troisième, debout, près du réfrigérateur, à côté d'un cowboy très grand, les cheveux noirs, vêtu d'un jean et d'une chemise à carreaux impeccablement repassés.

Les hommes avaient ceci de remarquable : ils semblaient tous sortir du même moule. De haute taille, minces, très bruns, l'allure imposante, ils se ressemblaient étonnamment. Si deux d'entre eux étaient des Kendrick, pourquoi une telle ressemblance ? Y avait-il quelque chose de particulier dans l'eau de Crystal Falls ?

Dès que Molly pénétra dans la cuisine, tous les regards convergèrent vers elle. Puis, comme si elles répondaient à un ordre inaudible, les huit personnes présentes lancèrent en chœur :

— Félicitations !

La surprise de Molly fut telle qu'elle recula d'un pas et heurta Jake, qui la prit fermement par la taille.

— Oncle Jake !

Elle baissa les yeux et vit un adorable petit cow-boy, haut comme trois pommes, coiffé d'un Stetson plus grand que lui, se précipiter vers Jake.

Il s'agrippa à la jambe de son oncle.

— Porte-moi, supplia-t-il.

Jake prit le temps de presser la taille de Molly avant de la lâcher pour prendre l'enfant dans ses bras.

— Eh bien, qui es-tu, mon petit ami ? Je pars quelques heures et, quand je rentre, je trouve ma maison envahie par des étrangers !

Le garçonnet attrapa les oreilles de Jake, au risque de faire tomber son Stetson.

— C'est moi, Jaimie. Tu me connais.

— Jaimie ? Non, ce n'est pas possible. Jaimie est une petite puce.

— J'ai grandi !

— Dis donc, qu'est-ce que ta maman t'a donné à manger ? Il faudrait qu'on t'aplatisse un peu. Tu pousses trop vite.

La plus âgée des trois femmes, celle qui préparait le repas, s'avança vers Molly. Les yeux bleus, le regard amical, un sourire radieux, un joli visage, elle était charmante.

— Vous devez être Molly, dit-elle.

Puis, sans autre préambule, elle serra la jeune femme dans ses bras et l'embrassa.

— Molly est tellement ravissante, Jake, que je suis obligée de te pardonner ce mariage surprise à Reno.

— De toute façon, je ne reviendrais pas en arrière, maman. J'ai finalement trouvé une femme que j'ai envie de garder. Quant à l'escapade à Reno, Hank a dû t'en expliquer la raison... Molly, je te présente ma mère, Mary. Elle adore embrasser les gens. Je pense que tu t'y habitueras.

— Arrête ! fit Mary. Si je ne peux pas embrasser ma belle-fille, qui pourrais-je embrasser, dis-moi ?

Molly trouvait Mary délicieuse et songea qu'elle aurait au moins une alliée dans le camp des Coulter.

— Je suis ravie de faire votre connaissance, Mary.

— Appelez-moi maman, proposa celle-ci. J'ai eu six enfants, mais une seule fille, et je commençais à me dire qu'avec mes garçons, je risquais de ne plus jamais en avoir une autre à la maison. Aujourd'hui, c'est l'un des plus beaux jours de ma vie.

Un homme mûr s'avança à son tour vers Molly : à l'évidence le père de Jake et de Hank dont il était le portrait craché, si l'on oubliait les tempes grises et les rides qui marquaient son visage bronzé.

Écartant doucement sa femme, il prit les mains de Molly, s'éloigna d'un pas et la détailla lentement, un peu comme l'on fait avec une jument, un jour de foire. Ensuite il lui prit le menton et tourna son visage d'un côté puis de l'autre. Molly crut qu'il allait lui ouvrir la bouche et examiner sa denture.

Son regard bleu s'éclaira enfin et il adressa un sourire à son fils.

— Elle est plutôt petite, mon garçon.

Mary redressa les épaules.

— Molly fait la même taille que moi, observa-t-elle.

— C'est bien ce que je disais, insista son mari en riant. Elle est plutôt petite.

Mary s'avança et donna un coup de coude dans l'estomac de son époux.

— Tais-toi donc, Harvey ! Cette pauvre Molly va croire que tu désapprouves ton fils.

Harvey feignit le désarroi.

— Ce serait bien la première fois ! Non, je l'approuve sans réserve, ajouta Harvey en souriant à Molly.

Jake reposa Jaimie par terre et mit les mains sur les épaules de sa femme.

— Je savais que Molly te plairait, dit-il à Harvey. À propos, Molly, voici mon père. Il manque un peu de manières, mais il a de la loyauté à revendre.

— Bienvenue dans notre famille, Molly, fit Harvey, tout sourires.

Puis, imitant sa femme, il serra Molly dans ses bras – avec tant de force qu'elle crut étouffer.

Tandis qu'il la relâchait, l'homme qui se tenait près de la jeune femme brune en fauteuil roulant prit la parole :

— Sauvez-vous pendant qu'il en est encore temps, Molly. Vous avez affaire à une famille de fous, et le plus ennuyeux, c'est que vous aurez vite l'impression qu'ils sont complètement normaux.

La jeune femme brune lui flanqua un coup de poing dans la cuisse. Molly comprit aussitôt qu'il s'agissait de la sœur de Jake. C'était bien une Coulter avec ses yeux bleus, l'esquisse d'une fossette au menton, sa mâchoire bien dessinée.

— Nous ne sommes pas fous, simplement un peu excentriques, déclara-t-elle.

Elle avança son fauteuil vers Molly, son bébé au creux du bras, et tendit la main à sa belle-sœur.

— Excusez-nous, Molly, nous avons déjà débouché le champagne. Je suis Bethany, la sœur de Jake. Et voici votre neveu, Sylvester.

N'ayant pas encore bien assimilé le fait qu'elle était mariée, Molly fut surprise d'entendre parler de son neveu. Mais l'enfant était si mignon qu'elle eut la présence d'esprit de complimenter la mère.

— Quel beau bébé !

— Il est né prématurément ; il est encore un peu petit, mais le médecin dit qu'il va rattraper son retard. Si j'en juge par son appétit, je crois qu'il ne se trompe pas... Je vous présente aussi son bavard de père, Ryan Kendrick, ajouta Bethany en jetant un regard malicieux à l'homme qui se tenait près d'elle. Ne croyez jamais ce qu'il raconte. Il adore dire du mal de ma famille.

Dans un éclat de rire, Ryan échangea une poignée de main avec Molly, la serra à son tour dans ses bras, à la manière vigoureuse des Coulter, puis la passa, en quelque sorte, à un troisième homme, grand et brun, qui la prit lui aussi dans ses bras.

— Je suis Zeke. L'un des frères cadets de Jake.

Au lieu de relâcher Molly, Zeke glissa le bras autour de sa taille et l'entraîna vers une femme et un cow-boy en chemise de jean blanc. Molly devina qu'il s'agissait du frère de Ryan Kendrick. Ils se ressemblaient comme deux gouttes d'eau.

— Voici Rafe et Maggie Kendrick, annonça Zeke. Rafe est le frère aîné de Ryan. Maggie et lui ont débarqué sans être invités.

Maggie éclata de rire, les yeux pétillants.

— Ne l'écoutez pas, Molly. Quand on fait partie de la famille, on se passe d'invitation.

Zeke lâcha Molly et se tourna vers Jake.

— Je fais le serveur. Vous buvez du champagne tous les deux ?

Jake interrogea Molly du regard et secoua la tête.

— Merci, Zeke. Nous en boirons un peu plus tard.

Maggie embrassa Molly, puis Jake.

— Toutes mes félicitations, cow-boy. Il était temps que quelqu'un te passe la corde au cou.

— Tais-toi, plaisanta Jake. Molly pense que c'est l'inverse.

Avec un sourire malicieux, Maggie glissa son bras sous celui de Molly.

— Ça ne va pas durer. Bethany et moi allons remettre les choses à leur place. Je suis la mère de Jaimie, précisa Maggie. Il a voulu à tout prix nous accompagner chez l'oncle Jake. Ma sœur Heidi est restée à la maison pour surveiller ma fille, Amanda.

— *Ton* fils, *ta* fille ? intervint Rafe d'un ton moqueur, en faisant un clin d'œil à Molly. Ce sont aussi *mes* enfants. À écouter Maggie, on dirait que je ne suis qu'un porte-chapeau.

— Forcément, tu as toujours ton Stetson sur le crâne, observa Maggie.

Rafe toucha le bord de son chapeau en adressant à sa femme un sourire chargé de sous-entendus.

— Non. Pas tout le temps. Je sais l'enlever à l'occasion pour une certaine personne.

Maggie rougit tandis que le sens de la repartie de Rafe échappait encore à Molly. Quand elle comprit, elle s'empourpra à son tour.

Jake vola à son secours.

— Ne fais pas attention, fit-il en riant. Rafe oublie souvent la bonne éducation que sa mère lui a donnée.

Rafe passa le bras autour des épaules de Maggie et l'attira à lui.

— Viens donc par ici. J'ai besoin d'un appui.

Son appui lui donna un coup de coude dans les côtes. Il feignit d'avoir le souffle coupé, se plia en avant et en profita pour mordiller le cou de sa femme. Elle sursauta en s'écriant :

— Rafe Kendrick, surveille tes manières !

— Tu ne me dis pas toujours ça...

— Est-ce que c'est moi qui conduis ce soir ? demanda Maggie, plutôt que de renvoyer la balle à son mari.

— Probablement, fit Rafe en attrapant la bouteille de champagne sur le réfrigérateur. Ce vin me secoue autant qu'un fusil à canon scié.

— Et il n'en est qu'à son deuxième verre, expliqua Maggie à Molly. Il a perdu l'habitude de boire. Il y a quelques années, il avait un problème avec la boisson...

— Ne raconte pas d'histoires. On a un problème avec la boisson quand on voudrait arrêter et qu'on n'y arrive pas. Dès que je t'ai rencontrée, j'ai arrêté facilement.

Rafe faillit renverser son champagne en cherchant à mordiller l'oreille de Maggie.

— Je ferais mieux de le raccompagner à la maison, déclara-t-elle. Qu'est-ce que tu en penses, Jake ? Il n'est pas un peu soûl ?

Le petit Jaimie s'accrocha aux jambes de son père, comme s'il le sentait en difficulté. Puis il sourit gaiement à Jake.

— Mon papa peut toujours me prendre dans ses bras, fit-il, parce que je suis encore petit.

— Qu'est-ce que tu veux dire ? demanda Rafe en soulevant son fils et en le pressant contre lui. Je le ferai toujours, mon garçon.

— Même quand je serai très grand ?

— Oui.

Hank fit remarquer qu'il était temps de porter un toast aux mariés. D'un geste ample, il déboucha une seconde bouteille, commença à remplir les délicates flûtes en cristal et déclara :

— Puisque j'aurais dû être le garçon d'honneur, à moi d'exprimer mes vœux le premier.

Suivit toute une série de vœux venus du fond du cœur, les uns humoristiques, les autres poignants. Molly remarqua que Rafe Kendrick ne buvait que quelques gorgées après chaque toast. Quand il s'aperçut qu'elle le regardait, il lui fit un clin d'œil. Le message était clair et, pendant tout le reste de la soirée, Rafe se montra plus que raisonnable.

Après les toasts, dans le bruit des conversations, Jake conduisit Molly de l'un à l'autre pour bavarder. Il la tenait par la taille, comme s'il devinait qu'elle se sentait un peu perdue.

Quand le dîner fut prêt, Molly découvrit, émue, que Hank et toute l'équipe du ranch avaient recommandé à Mary Coulter de préparer un repas végétarien en son honneur.

Les plaisanteries et les taquineries constantes l'aidèrent à se détendre. La sentant plus à l'aise, Jake s'excusa et alla prendre son dernier neveu dans les bras de sa mère. Contrairement à la plupart des hommes, il semblait très à l'aise avec le petit. Quand il s'aperçut que celui-ci cherchait à sucer un bouton de sa chemise, il lui offrit son pouce.

Molly ne voyait plus que son mari penché sur ce bébé, les cheveux sur le front, le visage empreint de tendresse. Elle se souvint de ce matin où elle l'avait à peine cru quand il lui avait avoué qu'il voulait des enfants. À présent, elle ne doutait plus qu'il fût impatient de fonder une famille.

La gorge nouée, elle songea que, au cours de ses dix années de mariage, elle n'avait jamais été enceinte. Un rêve brisé, comme tant d'autres. Un rêve qu'elle sentait renaître en contemplant Jake. Mais un rêve d'autant plus fragile qu'elle avait encore du mal à croire à l'amour qu'il lui portait et à ce mariage si imprévu.

L'incertitude, la peur d'être à nouveau déçue la mena si près du vertige qu'elle chassa ces idées de sa tête.

À plusieurs reprises au cours du dîner elle se surprit à sourire ou à rire. Le repas, servi sous forme de buffet, permettait de s'asseoir où l'on voulait, et elle avait suivi les autres femmes dans le séjour. En les observant, elle remarqua que leurs yeux brillaient dès qu'elles évoquaient leur mari. Ce devait être si merveilleux d'aimer profondément et d'être aimée en retour avec la même force qu'elle ne put s'empêcher de ressentir un pincement d'envie.

Se sentant un peu à l'écart, elle chercha Jake des yeux. Il parlait avec Rafe Kendrick, appuyé avec décontraction contre la rampe de l'escalier, le bébé dans les bras. Soudain, comme s'il avait conscience de son regard sur lui, il tourna la tête et plongea ses yeux bleus dans les siens. Il murmura quelque chose à Rafe, puis se dirigea de son pas souple vers elle. Il rendit l'enfant à sa mère au passage, prit l'assiette vide que Molly avait laissée sur ses genoux et la posa sur la table basse.

— Il faudrait que nous allions chercher une partie de tes affaires, dit-il doucement.

Molly n'y avait pas pensé, mais il avait raison. Si elle devait dormir au ranch, elle avait besoin de ses objets de toilette, de vêtements de rechange et de quelque chose pour la nuit. Elle se figea en songeant au grand tee-shirt qui lui servait de chemise de nuit.

— Je devrais aider à débarrasser d'abord, non ?

— Une jeune mariée ne s'occupe pas de ce genre de choses le soir de ses noces, intervint Mary. Allez avec votre mari. Nous nous chargeons du reste. D'ailleurs, on devrait s'en occuper sans plus tarder. Je suis sûre que les enfants aimeraient être seuls, ajouta Mary en jetant un coup d'œil à son mari.

— Mais non ! protesta Molly.

Ryan se tourna vers Jake en riant.

— Tu entends ça, Jake ? Tu n'es pas pressé de te débarrasser de nous ?

Jake se contenta de sourire tandis qu'il tendait la main à Molly.

— Viens, ma chérie.

Sous les regards qui convergeaient vers eux, Molly prit la main de Jake et se leva. Ils enfilèrent chacun un blouson de jean et sortirent dans la nuit. Comme à son habitude, Jake glissa un bras à la fois possessif et nonchalant autour de sa taille.

Tandis qu'ils se dirigeaient vers le cottage, Molly toucha son alliance et éprouva une curieuse sensation après des mois sans aucune bague au doigt. *Mariée !* Le mot résonna dans sa tête pareil au bruit d'une clef qu'on tourne dans une serrure. Mais être condamnée à vivre avec un homme tel que Jake Coulter n'était peut-être pas une épreuve si redoutable que cela. Tout au plus un parcours qui n'aurait rien d'une gentille routine.

Déterminée à ne pas laisser la panique qui l'avait saisie à Reno l'envahir de nouveau, elle ne put néanmoins s'empêcher de repenser à sa première nuit de noces. Elle avait été ni plus ni moins violée par un homme ivre et brutal qui s'était ensuite effondré sur elle de tout son poids.

Mais Jake était différent. Elle devait absolument cesser de le comparer à Rodney ! C'était stupide. Chaque fois qu'elle l'avait fait, il lui avait prouvé qu'elle avait tort.

Jake glissa la main sous la veste qu'elle avait empruntée à Hank, et le cœur de Molly fit un bond dans sa poitrine.

— Tu es crispée, observa-t-il.

— La journée a été si mouvementée...

— Les choses vont se calmer à présent. Tu te sentiras mieux après une bonne nuit de sommeil. J'espère que tu ne m'en veux pas de t'accompagner mais, avec Rodney qui rôde peut-être dans les parages, je ne me voyais pas te laisser y aller seule. J'aurais toutes les peines du monde à te récupérer s'il t'emmenait à Portland.

— Effectivement. Il faut que nous restions sur nos gardes.

— Compte sur moi. Je n'ai pas l'intention de te perdre de vue. Tu peux dormir avec moi.

Molly lui lança un regard étonné qu'il parut ne pas remarquer. Tandis qu'ils contournaient une branche morte, sa cuisse effleura la jambe de

Jake. Elle eut la sensation qu'il la serrait plus étroitement contre lui. Inquiète, elle se demanda soudain s'il n'avait pas en tête de consommer leur mariage cette nuit même. « Non », se dit-elle aussitôt. Jamais il ne ferait fi des réticences d'une femme. Et puis, il avait promis de ne rien brusquer.

— La nuit est belle, remarqua-t-elle, tendue. Tu as vu ces étoiles ?

— C'est un sacré spectacle, fit Jake d'une voix basse et rauque.

Dès qu'ils eurent pénétré dans la maison, elle entreprit de rassembler rapidement ses affaires. Elle fouillait dans un tiroir à la recherche d'une chemise de nuit convenable lorsque Jake s'approcha d'elle, au risque de la faire sursauter. Il la prit par les épaules, l'attira contre lui et posa ses lèvres sur ses cheveux.

— Détends-toi, Molly. Ce n'est pas parce que nous sommes mariés que je vais te sauter dessus. Pourquoi es-tu si nerveuse ?

Molly n'était pas prête à répondre à cette question. Certes, elle n'avait pas peur de Jake. C'était l'homme le plus doux et le plus gentil qu'elle ait jamais rencontré. Mais c'était aussi le plus attirant physiquement. Elle frémissait dès qu'il l'effleurait, et se sentait incapable de lui résister s'il lui prenait l'envie de la séduire. Elle avait l'impression de nager en pleine contradiction.

— J'ignore ce que j'ai, Jake. Je suppose que je commence seulement à réaliser ce qui m'arrive. Quand je me suis levée ce matin, j'étais loin d'imaginer que je serais mariée ce soir.

Il lui massa les bras, sentant sous ses doigts ses muscles noués. Réconfortée par sa force et sa chaleur, elle se laissa aller contre son torse.

— Je ne sais pas à quoi je dois m'attendre, reprit-elle. Je veux dire..., nous sommes mariés. Tu pourrais vouloir accomplir ton devoir conjugal.

— Mon devoir conjugal? De ma vie je n'ai entendu quelqu'un employer cette expression. C'est terriblement démodé.

— Vraiment? Pourtant, les hommes ont toujours attendu certains privilèges du mariage.

— Je suis désolé qu'on ait eu droit aux histoires d'engagement éternel, murmura Jake.

— Tu n'y es pour rien.

— Non. Mais ça te préoccupe.

— Nous en sommes passés finalement par tous les serments traditionnels.

— Exact, fit-il en effleurant la tempe de Molly de ses lèvres.

— On doit respecter ses engagements.

— Je respecterai les miens si tu respectes les tiens, déclara-t-il, une pointe de taquinerie dans la voix.

— Je ne sais pas si j'ai le choix. Ce n'était peut-être qu'une petite chapelle quelconque, mais j'ai quand même le sentiment de m'être engagée devant Dieu.

— Moi aussi, souffla-t-il. Mais je te promets encore une chose: je ne te donnerai jamais l'occasion de regretter ce mariage.

Oh! comme elle avait envie de le croire. Elle le revoyait, tenant dans ses bras le bébé de sa sœur, et elle souhaitait de tout cœur que son rêve renaisse.

— Est-ce que tu... as l'intention de faire l'amour cette nuit? demanda-t-elle d'une voix tendue.

— Molly, tout ne se réduit pas au sexe dans une relation entre un homme et une femme.

— Mais tu y penses. Ose me dire le contraire.

— Bien sûr que j'y pense, avoua Jake en cherchant sa main. Mais je t'ai dit que j'attendrais que tu sois prête. Tu crois que je mentais?

Molly ferma les yeux.

— Je crois que tu sais parfaitement que, par bien des côtés, je suis déjà prête.

En soupirant, Jake lui lâcha la main pour l'envelopper de ses bras.

— Par bien des côtés, oui. Il suffirait que je t'embrasse pour que tu sois consentante.

Elle faillit nier, mais elle lui avait déjà suffisamment menti.

— Je ne peux rien te cacher, dit-elle faiblement.

Il inclina la tête et lui embrassa la nuque.

— Il reste un petit problème, murmura-t-il. Tu as peur que je n'aie pas envie de toi. Quand tu cesseras de le croire et que tu commenceras à te sentir mieux à propos de certains sujets, tout se passera à la perfection entre nous. Et j'estime que la perfection vaut la peine de faire preuve d'un peu de patience.

20

Une heure plus tard, Molly et Jake se retrouvèrent seuls dans le ranch. Même Hank avait déserté sa chambre, qui faisait face à celle de Jake, pour aller dormir dans le dortoir des hommes. Molly avait l'impression que le monde entier s'attendait à ce que sa nuit de noces fût conforme à la tradition.

Elle tremblait en montant l'escalier. Jake avait éteint toutes les lumières à l'exception de celle du palier du premier.

Arrivé là, il posa sa main au creux des reins de Molly et la guida vers la chambre. Elle la connaissait pour y avoir fait le ménage plus d'une fois. C'était en fait une suite, composée d'une grande pièce rustique, accueillante, avec un coin pour lire, une grande penderie, un dressing-room, un petit boudoir où se trouvait la coiffeuse, et une salle de bains spacieuse.

Alors qu'elle allait pénétrer dans la chambre, Jake retint Molly par l'épaule.

— Attends, dit-il. Nous pouvons renoncer à certaines des traditions d'une nuit de noces, mais il y en a une à laquelle je tiens.

Sur ce, il la souleva dans ses bras, provoquant un cri de surprise anxieuse.

— Non ! Je suis trop lourde. Tu vas te faire mal au dos.

— Mais non. Tu n'es pas si lourde que ça.

— Je pèse presque soixante-dix kilos !

— Tu dois te tromper.

Il se mit de biais pour franchir le seuil de façon à ce que les pieds de Molly ne heurtent pas l'encadrement de la porte.

— Au moins, il y a une amélioration, observa-t-elle.

— Pardon ?

— Avec Rodney, je me suis cogné la tête contre le chambranle.

Jake sourit et fit un clin d'œil.

— Eh bien, ce n'est pas fini ! Je te promets d'autres améliorations, et elles seront de taille.

Il la déposa doucement sur le lit, puis recula d'un pas et la contempla.

— C'est bien ce que je pensais. Tu es faite pour ce lit. Ah ! comment un homme peut-il avoir autant de chance ?

Penché sur elle, il prit doucement ses lèvres, la sentit trembler, s'écarta d'elle, pour fixer aussitôt les pointes de ses seins tendues sous le chemisier rose.

— Ces petites beautés provoquent des picotements très agréables dans mes reins, murmura-t-il.

Molly reconnut une phrase empruntée au roman qu'il lui avait laissé sur son perron et éclata de rire.

— Ainsi, tu l'as lu ? la taquina-t-il.

— Je l'ai feuilleté.

— Et tu es tombée sur les meilleurs passages !

Elle rit en guise de réponse.

— Ah, ça va mieux ! observa-t-il. Tu as besoin de prendre les choses avec un peu plus de légèreté. On ne te l'a jamais dit ?

— Je ne crois pas, mais j'enregistre. Tu as d'autres suggestions à me faire ?

— Oui, mais je les garde pour plus tard. Pour l'instant, ton sourire me suffit. C'est un pas dans la bonne direction.

Il se dirigea vers la salle de bains en déboutonnant sa chemise.

— Mets-toi à l'aise. La nuit va être longue, lança-t-il par-dessus son épaule.

Molly se redressa, attrapa le sac en plastique contenant ses affaires, l'ouvrit et en sortit le long tee-shirt blanc qui lui arrivait aux cuisses. Elle soupira, regrettant de ne pas avoir un bon pyjama de flanelle.

Quand Jake réapparut, elle était encore en train de fixer son tee-shirt. Elle leva les yeux, le vit torse nu, se souvint de leur rencontre et, la bouche sèche, se dit une nouvelle fois que c'était le plus bel homme qu'elle ait jamais vu.

— Quelque chose ne va pas ? demanda-t-il.

— Je n'ai pas de pyjama, seulement un tee-shirt.

Il s'approcha de la commode.

— Je peux te prêter des sous-vêtements d'hiver. Tu veux le haut et le bas ? Il vaut mieux que je voie ton corps le moins possible ; je détesterais ne pas tenir mes promesses...

Elle prit ce que Jake lui tendait.

— Merci.

— Si tu as besoin d'aide, n'hésite pas à m'appeler.

Elle eut un petit rire nerveux et se leva.

— Je crois que je vais y arriver.

— Je craignais une telle réponse.

Cinq minutes passèrent, puis dix, puis un quart d'heure, et à l'impatience grandissante de Jake s'ajouta l'inquiétude. Il n'entendait aucun des bruits habituels qui parviennent d'une salle de bains quand quelqu'un se prépare pour la nuit. Que faisait donc Molly ? Elle examinait les joints du carrelage ou quoi ?

Il se leva et s'avança vers la porte, qu'elle avait certainement verrouillée. Une porte d'une telle solidité qu'il faudrait deux hommes pour l'enfoncer si besoin était. Jake se voyait déjà faire appel à son frère pour sortir sa femme de cette prison.

Il gratta sur le battant.

— Tout va bien, mon ange ?

— Pas vraiment. Tu pourrais m'apporter mon tee-shirt ?

— Pourquoi ? Tu as un problème avec mon caleçon ?

— Il ne me va pas.

— Tu dois flotter dedans, j'imagine.

— J'aimerais bien. Non, c'est plutôt qu'il ne me va pas partout.

Jake ne put retenir un sourire. Évidemment, Molly possédait des rondeurs qu'il n'avait pas.

— Écoute, tu vas dormir, pas participer à un défilé de mode.

— Ce caleçon est trop collant par endroits. Le haut aussi.

L'épaule appuyée contre la porte, Jake vit surgir de charmantes visions dans son esprit.

— Sors de là. Je ne regarderai pas.

— Jamais.

— J'éteins la lumière.

— Inutile, tu vois dans le noir.

À l'évidence, Molly l'entendit rire.

— Apporte-moi ce fichu tee-shirt !

Il songea que, si elle portait en tout et pour tout un tee-shirt qui risquait de remonter sur ses cuisses pendant la nuit, il serait incapable de tenir sa promesse.

— Tire sur le tissu, essaie de le détendre, suggéra-t-il. Molly ?

— Quoi ?

— Je t'aime.

— Je ne vois pas le rapport. Tu n'aurais pas autre chose à me prêter ?

— Non. À moins que je te donne ce que j'ai sur moi.

La porte s'ouvrit soudain à la volée. Pris par surprise, Jake faillit tomber sur sa femme la tête la première. Elle se tenait devant lui, les pieds légèrement écartés, les poings sur les hanches, le menton relevé, comme si elle s'apprêtait à monter sur un ring. Seigneur ! Il comprenait pourquoi elle ne s'empressait pas de sortir. Le tissu adhérait à des formes capables de damner un évêque. Les quelques centimètres qui lui manquaient à sa taille étaient amplement compensés dans le sens de la largeur.

Posant la main sur la poitrine de Jake, elle le poussa sans ménagement pour passer. Il la suivit des yeux, sentant aussitôt sa virilité en émoi, au point d'être à son tour embarrassé par une question de formes.

Assise sur le lit, Molly lui tournait heureusement le dos. Puis elle rejeta la couverture pour s'allonger sur le matelas.

— Je me sens comme un hippopotame engoncé dans la chaussette d'une girafe, observa-t-elle, contrariée. Éteins la lumière, ça vaut mieux.

Il éteignit, mais elle avait raison : il voyait dans le noir, et il fut soulagé quand elle tira la couverture sur elle. Puis il alla s'asseoir au bord du lit et regarda bêtement ses pieds en se rendant compte pour la première fois qu'il avait de bien vilains orteils.

— Que fais-tu ? demanda Molly d'une petite voix.

— Je fais appel à ma force d'âme, rétorqua-t-il en soupirant.

Elle gloussa.

— Oh, arrête ! Je n'ai jamais fait une pareille impression à qui que ce soit.

Il se dit qu'elle n'avait jamais dû se promener devant un homme en sous-vêtements collants. Il mourait d'envie de la voir nue, de découvrir la couleur de ses aréoles. Elles devaient être roses. Comme ses lèvres.

— Allez, viens te coucher.

Certain de s'endormir difficilement, il suivit tout de même son conseil. Allongé sur le dos, les bras croisés sur le torse pour ne pas céder à la tentation de la toucher, il espéra qu'elle ne serait pas brusquement dotée d'une vision nocturne digne d'une chauve-souris. Au niveau de son bas-ventre, la couverture se soulevait, et ce n'était pas un effet d'optique.

Molly bâilla.

— J'ai l'impression qu'il s'est écoulé une éternité depuis ce matin ! fit-elle.

— Oui.

Il y eut un silence, puis elle murmura :

— Et s'il revenait avec un mandat du juge, Jake ? Notre mariage pourrait être annulé parce que j'ai été déclarée irresponsable.

La frayeur que trahissait sa voix tempéra un peu le désir de Jake. Il chercha sa main.

— Ne t'inquiète pas. Je ne le laisserai jamais t'emmener.

— Il nous prendra peut-être par surprise. Et il a suffisamment d'argent pour engager les meilleurs avocats.

— Moi aussi.

— Il est hors de question que tu vendes des chevaux.

— Rafe et Ryan me proposent leur soutien financier. Je n'aime pas emprunter mais, étant donné la situation, je n'hésiterai pas une seconde. Les Kendrick sont très riches, et ils ont des relations dans tout l'Oregon. Rafe m'a dit qu'en cas de besoin il me recommanderait à son avocat.

— Je déteste l'idée que tu empruntes de l'argent à cause de moi.

— Rafe et Ryan sont des parents par alliance. C'est moins gênant de faire appel à eux qu'à des étrangers.

Molly laissa échapper un soupir.

— Je me console en songeant que je pourrai te rembourser. Si mon héritage m'est rendu, bien entendu.

Ce fut au tour de Jake de se sentir mal à l'aise.

— Tu ne m'as jamais dit à combien était évaluée la fortune laissée par ton père.

— Elle est importante, mais investie en partie dans ses affaires. Il m'a légué ses parts. Le reste a été partagé par moitié entre Claudia et moi. Je ne me souviens pas des chiffres exacts, mais entre les actions, les parts dans l'entreprise, et le compte bancaire, on doit atteindre quatre millions.

— Bigre ! J'ai épousé une riche héritière.

— Oui. Enfin, heureusement que tu ne le savais pas, c'est rassurant, observa Molly en riant. L'argent ne fait pas le bonheur, Jake, ajouta-t-elle après un silence. En ce qui me concerne, il m'a même empoisonné la vie.

— Ça ne fait pas le bonheur, je sais, mais ça peut aider.

— Cela t'ennuie ? murmura-t-elle en cherchant sa main. Que j'aie de l'argent, je veux dire.

— Ce n'est pas cela qui nous définit en tant qu'individus, répondit-il en entrelaçant ses doigts aux siens. Je t'aime pour ce que tu es, pas pour ce que tu possèdes.

— Qui crois-tu que je suis, Jake ?

— Une femme qui ne ressemble à personne.

— Je crains que tu ne me connaisses mal. Je me connais à peine moi-même d'ailleurs. Et j'ai l'impression que, maintenant, je ne me connaîtrai jamais.

— Molly, le fait d'être ma femme ne t'empêchera pas de poursuivre tes buts, de réaliser tes rêves.

— Si. Je suis la fille d'un agent de change, j'ai été élevée dans ce milieu, je souhaitais m'asseoir un jour à la place de mon père, poursuivre ce qu'il n'a pas pu achever. J'ai étudié la finance, mais pendant dix ans Rodney m'a empêchée de faire mes preuves. Nous étions associés, disait-il, mais il n'y en avait que pour lui. Après mon divorce, j'avais l'espoir de retourner dans l'entreprise de mon père, de m'asseoir derrière son bureau. Et aussi d'enquêter sur sa mort, de prouver que Rodney l'avait tué et de le faire payer.

— Ce qui te paraît impossible maintenant ?

— Je suis mariée à un éleveur de l'Oregon. Je vais devenir une extension de toi. Comme avec Rodney.

— Est-ce pour cette raison que tu te sens perdue parfois ? demanda Jake qui la sentait trembler.

— Oui. Mais moins qu'avant tout de même.

— Molly, tu as simplement besoin d'un peu de temps pour te retrouver.

Il lui prit le menton, essaya de voir son visage, sentit toute la tension qui l'habitait.

— Comment le pourrais-je, Jake ? Les femmes continuent à trop dépendre de leur mari. C'est pour cela que je ne voulais pas me remarier. Je ne t'accuse de rien. C'est un fait de société dont tu n'es pas responsable. Tu es l'homme, et tu n'as pas besoin de changer. En tant que femme, je dois m'adapter.

— Tu n'aimes pas l'idée d'être l'épouse d'un rancher ?

Molly resta un long moment silencieuse.

— C'est ce que je suis désormais, dit-elle finalement d'une voix sans timbre. Je ne peux pas y changer grand-chose.

— Et moi ? Je suis autant ton mari que tu es ma femme.

— Je parie qu'à aucun moment tu ne t'es dit : « Je ne suis plus tout à fait un rancher. J'ai épousé une femme qui est agent de change. »

— Nous avons été si bousculés que je n'ai pas eu le temps de mesurer tous les changements qui viennent de survenir dans ma vie.

— Quels changements ? s'étonna Molly, amère.

Jake eut un petit rire qui l'agaça.

— Ce n'est pas drôle, fit-elle. Mais, bon… J'ai accepté de me marier, je savais ce que je faisais, il ne me reste plus qu'à assumer. La discussion est close.

— Tu te trompes, Molly. Je t'ai dit que ce mariage ne serait pas une prison, et je le maintiens. Si tu veux devenir agent de change, très bien. Sois la meilleure, investis mon argent et fais-moi gagner une fortune.

— L'entreprise se trouve à Portland. Si j'obtiens gain de cause devant la justice, comment pourrais-je travailler là-bas et vivre ici ? Je dois me résoudre à devenir définitivement la cantinière et la femme de ménage du *Lazy J*, et à baratter de la crème pour faire un beurre qui me rendra obèse.

Jake la prit par la taille, l'attira au creux de ses bras. Ignorant son petit cri de surprise, il la serra fermement contre lui.

— Écoute-moi bien. Tu t'assiéras derrière le bureau de ton père, et ce jour-là je serai présent pour fêter l'événement. Tu as épousé un éleveur, c'est indéniable, mais tu n'es pas tenue pour autant de faire ma vaisselle et ma lessive. Nous engagerons quelqu'un pour ça.

— Vraiment ?

— Oui. Quant à vivre ici, il le faut, mais pas tout le temps. On peut passer une partie de l'année à Portland. Et quand tu seras ici, tu pourras rester en contact avec ton entreprise jour et nuit. Les fax, les portables, les ordinateurs sont faits pour ça. Et en cas d'urgence, nous serons à Portland en trois heures et demie, pas plus.

— Mais toi, qu'est-ce que tu feras quand nous serons là-bas ?

Jake haussa les épaules.

— Je serai le mari d'un agent de change. Si tu as pu te familiariser avec une baratte, je ferai de même avec la Bourse et les ordinateurs.

— Tu es sérieux ?

Il sentit ses lèvres s'incurver en un sourire contre son épaule.

— Et comment !

Maintenant qu'il avait trouvé la femme de sa vie, il se sentait capable de remuer ciel et terre pour faire son bonheur.

— Durant l'hiver, il neige tellement ici que tout tourne au ralenti. La plupart des fermiers envoient leur bétail dans les prairies californiennes. Je pourrai sans problème laisser Hank seul au ranch. Qui sait ? Je trouverai peut-être très stimulant de changer de travail six mois par an.

Molly sourit de nouveau, puis soupira et noua les bras autour du cou de Jake. Ce qui le ravit.

— Jake Coulter en costume ! Je ne demande qu'à voir.

— Ça me va très bien.

— À quelle occasion en as-tu porté ?

— Voyons… L'année dernière, pour aller à un enterrement. Je sentais la naphtaline, mais je suis resté contre le vent.

Molly ne put s'empêcher de glousser.

— Tu ne peux aller chez Sterling et Wells en sentant la naphtaline. Il faudra que ton costume passe chez le teinturier.

Heureux de constater que Molly commençait à croire ce projet possible, Jake resserra son étreinte en songeant qu'il préférerait mourir plutôt que de la voir renoncer à ses rêves.

21

Le lendemain, Jake insista pour que Molly demeure près de lui, de crainte que Rodney ne se montre. Elle l'accompagna lorsqu'il alla nourrir les chevaux, changer la disposition des tourniquets dans les pâturages et, dans la soirée, quand il dut remplir de foin les mangeoires du bétail.

— Je ne m'étais jamais rendu compte à quel point tu travaillais dur, observa-t-elle quand la dernière vache eut reçu sa ration.

Jake gara la camionnette près du ranch, glissa la clef de contact dans sa poche, puis tourna vers Molly son regard bleu saphir.

— Viens te promener un peu avec moi.

— Et le dîner ? Il est déjà plus de 17 heures.

— Nous sommes de jeunes mariés, nous nous contenterons de réchauffer les restes. J'aimerais passer quelques minutes tranquilles avec ma femme. À défaut de voyage de noces, je t'invite à une promenade le long de la rivière.

La soirée était si belle que Molly se laissa convaincre.

— D'accord, mais à condition que tu m'aides ensuite à préparer un semblant de repas.

— Marché conclu.

Main dans la main, ils longèrent paresseusement la rivière en écoutant les bruits portés par la brise. En ce début de mai, les jours rallongeaient mais, à cette heure, le crépuscule descendait déjà, déposant ici et là des flaques d'ombre. Un daim aux bois encore tendres s'enfuit, effarouché, à leur approche.

Jake entraîna Molly jusqu'à un talus où ils s'assirent. À cet endroit, la vallée se rétrécissait et la clôture nord du domaine traversait le cours d'eau pour courir le long de la forêt. À l'est, des pur-sang anglais paissaient dans la prairie. Juste de l'autre côté de la rivière, Molly vit un lapin qui cherchait sa nourriture et, à la lisière des bois, elle aperçut une biche et son faon.

— Oh, oh... fit-elle, j'ai l'impression qu'on trouble le dîner de cette mère et de son petit.

— Ils vont se chercher un coin plus tranquille, ne t'inquiète pas.

Elle suivit du regard la biche qui s'éloignait en bondissant.

— Écoute, fit Jake quelques instants plus tard.

Molly tendit l'oreille. Autour d'eux se jouait une symphonie champêtre : le vent murmurait dans les branches, un faucon poussa un cri lointain, des écureuils babillaient en se préparant pour la nuit.

— N'est-ce pas fantastique ? demanda-t-il.

Elle acquiesça sans réserve. Ces moments étaient d'autant plus magiques qu'elle les partageait avec lui. Elle jeta un coup d'œil à son profil si bien dessiné et sentit son cœur se gonfler d'une émotion qu'elle n'osait nommer. Mais qui n'en existait pas moins, et qui l'effrayait.

Il la surprit en train de l'observer. Le bleu de ses yeux se voila de tendresse, et il lui toucha le nez du bout du doigt.

— N'aie pas peur, ma Molly. Je suis le meilleur investissement à long terme que tu aies jamais fait.

— Comment sais-tu ce que je ressens ?

— J'ai le don de deviner les sentiments. De toute façon, ajouta-t-il en souriant, ceux qui s'aiment partagent toutes leurs émotions. Rien d'étonnant donc à ce que je sache ce qui se passe en toi. Cela devrait m'aider à être un bon mari dans la mesure où, dès que je commettrai une erreur, j'en serai aussitôt averti.

Dans le silence qui suivit, Molly comprit qu'il cherchait ses mots.

— Tu éprouves aujourd'hui ce que je ressens depuis des semaines, reprit-il finalement. Ça fait peur quand ça arrive brusquement, n'est-ce pas ? Tenir à quelqu'un rend vulnérable.

Elle détourna précipitamment le regard.

— Je sais que c'est pathétique, mais je ne veux plus avoir mal. J'ai fait le plein de blessures.

— Ce n'est pas moi qui te blesserai, Molly. Jamais.

— Je… je sais que je suis injuste avec toi. Je ne doute pas que tu sois différent de Rodney. Mais tout au fond de moi il y a une enfant apeurée. Une enfant qui croit encore aux contes de fées et aux preux chevaliers. J'essaie de lui faire comprendre qu'elle doit grandir, mais j'ai l'impression qu'elle veut continuer à faire l'autruche.

— Il y a un enfant en chacun de nous, Molly.

— Même en toi ?

— Disons que c'est plutôt un adolescent. Avec ses pulsions sexuelles. Et je crois que ce petit malin se bouche les oreilles.

Molly éclata de rire malgré elle.

— Qu'essaies-tu de lui faire entendre ?

— Je lui dis de rester sage, de ne pas te toucher, de ne pas trop te regarder et d'avoir des pensées innocentes.

— Je suis désolée de te faire cela.

— Est-ce que tu te rends compte que tu ne cesses de t'excuser pour des choses dont tu n'es pas coupable ?

— J'ai presque trente ans. Je devrais faire l'amour avec toi, et c'est tout. Les autres femmes n'en feraient pas une telle affaire.

— C'est toi que j'ai épousée, pas les autres.

— Tant mieux. Mais j'ai peur et je n'y peux rien.

— De quoi, Molly ? Pas de moi, j'espère ?

— Certainement pas. Je te fais confiance comme je n'ai jamais fait confiance à quelqu'un.

— Alors, qu'est-ce qui te fait peur ?

— Je crains que mon corps ne te plaise pas, se força-t-elle à avouer, les doigts crispés sur son jean. Tu prétendras le contraire, mais je verrai dans tes yeux que tu mens. Ce sera tellement humiliant que ça me rend malade d'avance.

Le visage grave, Jake laissa son regard errer de l'autre côté de la rivière.

— Enfant, commença-t-il, j'adorais jouer par ici, et je continue à aimer ce coin. Quand je cherche à me souvenir des moments importants de ma vie, je viens ici. Les arbres sont magnifiques, non ?

Déconcertée par ce brusque changement de sujet, Molly suivit le regard de Jake. Diverses essences de pins composaient un paysage effectivement magnifique sous le ciel crépusculaire.

— Oui. Ils sont superbes.

— Quels sont les pins que tu préfères ?

— Ils sont tous beaux.

Jake en désigna un, très haut, très droit.

— Celui-ci est fantastique. Et l'autre, là-bas, il n'est pas superbe lui aussi ?

— Si. J'ai toujours aimé les arbres, de toutes sortes.

— Moi aussi.

Puis Jake regarda un vieux chêne noueux, à demi mort, qui se trouvait dans le champ, en avant de la forêt.

— Tu vois ce chêne ? C'est mon préféré. Le plus beau à mes yeux.

Molly fixa l'arbre dont il parlait et s'étonna. La plupart de ses branches étaient mortes et son tronc puissant fendu en son milieu.

— Que lui est-il arrivé ?

— Il a reçu la foudre. Et il y a l'âge.

— On dirait qu'il n'en a plus pour longtemps.

— Je ne le vois pas comme ça.

Les bras entourant ses genoux repliés, Jake contempla le vieux chêne, le regard rêveur.

— Nous sommes de vieux amis, lui et moi. Quand j'étais petit, je ne pouvais pas grimper dans les pins, mais dans ce vieux chêne, si.

Molly essaya d'imaginer Jake enfant et décida qu'il avait dû ressembler au petit Jaimie.

— Tu n'es jamais tombé ?

— Non. Mon vieil ami a des branches plus larges que ma taille. Je devais avoir six ans quand je me suis construit une cabane. Le pauvre arbre a pris des coups de marteau et de scie. Il a des cicatrices jusqu'au faîte. Encore aujourd'hui, si je grimpe là-haut, je peux me souvenir de milliers d'après-midi et de nuits passés dans ses branches. Je me sentais en sécurité. Je me consolais aussi des pépins de la vie. C'était mon refuge secret.

« Un jour, mon père a voulu l'abattre. Ses racines menaçaient un pieu de la clôture. Si tu regardes bien, tu vois qu'il pousse tout près.

— Qu'est-ce qui a retenu ton père ?

— Moi. J'ai agrippé ses jambes et je l'ai supplié de ne pas l'abattre. Il m'a expliqué que je me consolerais, qu'il y avait bien d'autres chênes. Mais, finalement, j'ai réussi à le persuader que celui-là était cher à mon cœur. Alors, il a redressé le pieu et a laissé pousser mon chêne.

— Il a été très compréhensif.

— Mon père a un cœur d'or sous son apparence bourrue... Le soir où ma sœur a eu son accident, enchaîna Jake sans quitter le chêne des yeux, je suis venu ici. J'avais dû réconforter mes parents, mes frères, Bethany. Je lui avais assuré que tout irait bien en sachant que je mentais. Je l'aimais tant, elle était si belle. En une seconde, sa vie entière avait basculé, et je ne pouvais rien pour elle. C'était terrible, tu comprends ?

La voix de Jake était empreinte d'une telle douleur que Molly dut fermer les yeux.

— Oh, Jake ! souffla-t-elle.

— Ma foi en Dieu était ébranlée. Je me demandais pourquoi Il avait permis une chose pareille. Elle n'avait jamais fait de mal à personne. Elle ne méritait pas ça. J'étais en colère. Ma foi m'apparaissait comme une farce tout à coup. J'avais besoin d'être seul, je suis venu ici et je suis monté dans ma cabane. Le plancher commençait à pourrir, mais je me sentais quand même chez moi, loin de ce cauchemar. J'ai versé toutes les larmes de mon corps, j'ai maudit Dieu, je me suis juré de ne plus jamais croire en quoi que ce soit.

— Qu'est-ce qui t'a fait changer d'avis ?

Pour Molly, il était évident que Jake avait changé d'avis.

Il tourna son regard vers l'est.

— L'aube est d'une extraordinaire beauté ici. Quand elle s'est levée, j'ai eu le sentiment que sa lumière me traversait. Alors j'ai compris que c'était Dieu qui nous disait bonjour, à mon vieil arbre et à moi. Le monde ne s'était pas arrêté de tourner. J'ai su que Bethany survivrait à ce drame et que, quoi qu'il arrive, le soleil continuerait de se lever chaque matin. La vie ne s'arrête jamais. Nous devons simplement trouver la force de surmonter les épreuves et, cette force, c'est dans la foi et l'espérance qu'elle réside.

Un silence paisible tomba entre eux. Durant un long moment, tous deux contemplèrent le chêne. Molly, la gorge serrée par l'émotion, éprouvait un sentiment d'appartenance à ces lieux et à l'histoire de Jake. Jake qui venait de lui révéler une facette de sa personnalité dont elle ignorait tout.

— Quand tu regardes mon arbre, tu vois ses branches mortes et son tronc fendu, n'est-ce pas ?

— Je vois bien autre chose maintenant. Je comprends pourquoi il sera toujours pour toi le plus bel arbre de la forêt.

— Alors, pourquoi ne peux-tu comprendre que tu seras toujours à mes yeux la plus belle femme du monde ?

Elle chercha vainement à dérober son regard qui s'emplissait de larmes.

— Je t'aime, murmura Jake. Je t'ai aimée dès que je t'ai vue. Et quand je te regarderai, je te verrai toujours avec mon cœur et non avec mes yeux. Plus tard, je ne verrai pas tes rides, je ne verrai pas ta peau fanée. C'est ainsi lorsqu'on aime. Les imperfections n'existent pas. Ou si on les voit, on les trouve belles.

— Oh, Jake...

Il lui prit le menton et l'embrassa, puis il la relâcha. Un instant plus tard, il se leva tandis que le vent sifflait dans les arbres et enveloppait Molly comme s'il l'étreignait.

— Tu as donné à ce salaud dix ans de ta vie. Ne le laisse plus t'empoisonner. Crois en moi, Molly.

Il s'éloigna, mais ses paroles continuèrent à résonner dans l'esprit de Molly bien après que le bruit de ses pas se fut tu. *Crois en moi.* À travers ses larmes, elle fixa le chêne. Elle aurait tant aimé rejoindre Jake, mais le courage lui manquait.

Au bout d'un moment, elle se leva, escalada la clôture et traversa le pré en direction du vieil arbre. La taille de son tronc et sa hauteur témoignaient de son grand âge. Tout en haut, elle vit les restes de la cabane de Jake et, sur l'écorce du tronc, des inscriptions, certaines à demi effacées par le temps, d'autres assez récentes. Elle s'approcha pour les lire.

Un sourire flotta sur ses lèvres. Jake avait inscrit la chronique de sa vie sur ce tronc. *Pigskin, 1993* : l'année de son diplôme universitaire. *Mon meilleur ami, Pedro, 1976-1983* : un ami disparu, sans doute, et que Jake avait cherché à immortaliser dans ce lieu qu'il aimait tant.

Lire ces inscriptions lui donnait l'impression de feuilleter en cachette son journal intime. Sur ce côté du tronc, l'inscription la plus récente concernait la naissance de son neveu : *Sylvester, avril 2001.* L'émotion à fleur de peau, Molly passa de l'autre côté et continua à découvrir des mots et des dates gravés dans l'écorce, souvenirs d'événements joyeux ou tristes, parmi lesquels la date de l'accident de Bethany et son mariage avec Ryan Kendrick.

C'était incroyable. Molly avait à la fois envie de sourire et de pleurer. Levant les yeux, elle vit les cicatrices laissées par la hache et la scie du petit garçon qui s'était battu pour se construire un refuge dans le ciel.

Alors qu'elle allait s'éloigner, elle remarqua du coin de l'œil une inscription toute fraîche sur un côté du tronc. Elle se pencha et faillit tomber à genoux. Dans un cœur, Jake avait gravé avec soin : *Molly, mon amour, 2001*.

— Oh, Jake ! murmura-t-elle, la voix tremblante d'émotion.

Tandis qu'elle redessinait les mots du bout de l'index, elle crut entendre Jake les murmurer d'une voix pleine de ferveur. Si elle avait encore besoin d'une preuve d'amour, elle venait de la trouver. Elle était à jamais entrée dans la vie de Jake Coulter, comme en témoignait son nom gravé pour toujours en ce lieu élu par l'enfant qu'il laisserait vivre en lui jusqu'à sa mort.

Songeant à ce qu'il lui avait raconté au sujet de Bethany et de son accident, Molly scruta le ciel à travers les branches. Elle n'aurait pas prétendu voir le visage de Dieu mais, en revanche, elle se sentit pénétrée par l'incroyable beauté de la création, et une indéniable vérité s'imposa à elle.

Jamais elle ne deviendrait un simple souvenir pour Jake. Un nom sur l'écorce d'un arbre. Elle voulait être à ses côtés jusqu'à la fin.

Jake tint parole. Il aida Molly à préparer le dîner puis, le repas terminé, il releva ses manches pour faire la vaisselle avec elle. Un torchon à la main, des papillons dans l'estomac, elle cherchait un moyen de lui faire part de ses réflexions, sans être trop abrupte, quand elle décida finalement de se jeter à l'eau.

— J'ai pris une décision, annonça-t-elle.

Jake était en train de gratter un plat en Pyrex.

— À quel sujet ?

— Je... je vais faire l'amour avec toi.

Le plat faillit lui échapper des mains.

— Quand ? demanda-t-il, les yeux brillants.

— Euh... quand tu veux. Ce soir, si tu es d'accord.

— Si je suis *d'accord* ? répéta-t-il en levant les sourcils. Est-ce que je dois d'abord finir de laver la vaisselle ?

Il avait connu bien des femmes, mais aucune aussi timide et hésitante que Molly. Tous les prétextes furent bons pour repousser le moment fatidique. Elle devait secouer le paillasson de l'entrée, plein de terre, brosser les dents de Bart, nettoyer les brûleurs de la cuisinière. Ses mains tremblaient tellement qu'elle avait du mal à tenir l'éponge.

Jake envisagea d'ouvrir le champagne qui leur restait, puis se dit qu'il faudrait à Molly toute la bouteille pour se détendre, et il était hors de question qu'elle soit ivre ce soir.

— Molly, si tu préfères attendre un autre jour, ça ne me dérange pas, proposa-t-il tout en priant

Dieu et ses saints qu'elle ne le prenne pas au mot.

— Non, fit-elle d'une voix étranglée, je ne reviens pas sur ma décision.

Il avait connu plus d'enthousiasme chez des personnes qui devaient subir une grave opération, et retint un sourire. Il ne voulait surtout pas qu'elle pense que sa nervosité l'amusait. Parce que c'était tout le contraire : elle lui donnait envie de la serrer dans ses bras.

Quand ils furent dans la chambre, debout près du lit, elle fixa sur lui un regard anxieux et commença à déboutonner maladroitement son chemisier.

— Ma chérie... ça ne se passe pas comme ça.

— Non ?

Il s'approcha d'elle, lui prit les poignets et embrassa ses lèvres frémissantes.

— Nous sommes censés nous embrasser... Suivre un enchaînement naturel, ajouta-t-il, la joue contre les cheveux de Molly.

— Non, Jake, protesta-t-elle faiblement. Pas cette fois-ci. Je veux d'abord que tu me voies. Et si tu n'aimes pas ce que tu vois, nous en resterons là.

Grands dieux ! Elle était si douce, si belle. Comment pouvait-elle imaginer qu'elle risquait de lui déplaire ? Jamais il n'avait autant désiré une femme, et il avait aussi très envie de la déshabiller lui-même, lentement. Mais si elle avait besoin de s'exposer à son regard avant toute chose, pour être rassurée, il devait la laisser faire.

— D'accord, dit-il en reculant. Fais comme tu le sens.

Appuyé contre la porte, les bras croisés, il attendit. Impatiemment. Une fois, lorsqu'il était étudiant, il était allé voir un strip-tease dans un cabaret avec des camarades. Tandis que les autres sifflaient, se déchaînaient, glissaient des billets dans le string de la strip-teaseuse, il avait été écœuré par le spectacle, et s'était demandé s'il était normal. Maintenant, il savait que regarder une femme se déshabiller avec une lenteur appliquée pouvait l'exciter. Oh, oui ! À condition que ce ne soit pas n'importe quelle femme.

Dès que le chemisier tomba sur le plancher, il attendit qu'elle enlève son soutien-gorge. Mais non ! Il la vit porter sa main à la ceinture de son pantalon et se battre avec la fermeture Éclair. Puis, la tête baissée, elle dut s'acharner sur cette fermeture qu'à sa place Jake aurait fait glisser d'un seul geste. Bon sang, il se sentait devenir dingue ! Ses yeux se posèrent sur ses seins généreux et il faillit en avaler sa langue.

Le pantalon enfin ouvert, Molly se débarrassa de ses chaussures et se pencha pour retirer ses chaussettes. Dès qu'il vit ses petits orteils aux ongles laqués d'un joli vernis moiré, il s'imagina aussitôt en train de les embrasser un à un.

D'un mouvement de hanche, elle fit glisser son pantalon à ses pieds. Qu'est-ce qui allait suivre ? Le soutien-gorge ou le slip ? Ce fut le tour du slip tandis qu'elle rentrait son ventre. Puis elle pressa la main sur ce ventre arrondi dont elle semblait avoir honte alors que Jake le trouvait parfait, et joliment agrémenté d'un triangle de boucles ambrées qui aimanta vite son regard.

— Je... j'ai du ventre, commenta Molly d'une voix fluette.

Elle avait surtout un corps épanoui à la peau laiteuse, le genre de rondeurs qui hantent les rêves des hommes.

Son soutien-gorge ! Il voulait qu'elle l'enlève. Mais c'était bien la dernière chose qu'elle avait envie de faire, et ses mains qui hésitaient sur la fermeture, située devant, le mettaient à la torture. Les yeux rivés sur les seins pigeonnant au-dessus de la dentelle, il eut le temps de s'interroger encore sur la couleur des aréoles.

Quand le soutien-gorge fut enfin dégrafé, Molly fit en sorte de garder ses seins voilés. Les joues empourprées, les pupilles dilatées, les mains crispées sur les agrafes, elle offrait l'image d'une femme torturée par la gêne.

Jake se fit soudain l'effet d'un voyeur. Honteux, il s'avança vers elle, voulut lui saisir les poignets, puis se ravisa, songeant que ce serait la pire des erreurs. Elle voulait qu'il la regarde, et il devait la suivre au lieu de la brusquer.

— Laisse-moi te regarder, Molly, murmura-t-il d'une voix sourde.

Dans la clarté lunaire qui filtrait à travers la fenêtre, sa peau lisse avait des reflets satinés. Ses courbes étaient faites pour les baisers et les caresses. Jake aurait pu étrangler Rodney Wells, ce salaud. Les blessures qu'il avait infligées à cette femme saignaient encore.

— Molly, laisse-moi te regarder, répéta-t-il. Il la vit se raidir de plus belle, lutter, puis d'un geste brusque dévoiler sa poitrine.

Mais elle tremblait si fort que Jake en oublia de regarder les pointes roses auxquelles il avait si souvent rêvé. Comment aurait-il pu se réjouir quand il manquait à Molly l'ardeur de la passion pour oublier sa gêne ? Il refréna comme il put son envie de l'enlacer et de la réconforter.

Doucement, il fit glisser les bretelles du soutien-gorge le long de ses bras et le laissa choir sur le sol. Puis il tourna autour d'elle afin de l'assurer qu'il n'ignorait plus rien de son corps.

Ses défauts étaient imaginaires. Elle était exquise et parfaite, toute en courbes douces. Quant à ses seins, ils étaient à la fois opulents et magnifiques, lourds évidemment, mais cette lourdeur ravissait Jake, prêt à se déclarer le plus heureux des hommes.

Molly était au bord de l'évanouissement, oscillant entre le chaud et le froid, frissonnante dans la fraîcheur de la pièce, brûlante sous le regard de Jake.

Au supplice, tandis qu'il l'examinait sous toutes les coutures, elle finit par croiser les bras sur sa poitrine. Elle aurait voulu se cacher sous le lit ou disparaître entre deux lattes du plancher. Comme la veille, devant le père de Jake, elle avait l'impression d'être un objet sur l'estrade d'une salle de ventes.

Il enserra sa taille entre ses mains, tâta ses hanches, caressa ce ventre qu'elle détestait tant.

— Molly, tu es magnifique. Tu as une peau de soie. Est-ce que tu es aussi douce partout ?

Elle laissa échapper un gémissement plaintif. Jake embrassa son épaule puis laissa errer son regard sur son corps.

— Ne croise pas les bras, mon ange.

Elle était littéralement paralysée et il dut la prendre par les poignets pour lui écarter les bras. Puis il recula, promena sur ses seins un regard caressant, l'empêcha de se couvrir de nouveau la poitrine.

— Non, murmura-t-il. Non.

Molly tremblait de la tête aux pieds. Elle avait besoin d'entendre le jugement de Jake. Mais il se contenta de lui lâcher les poignets pour prendre ses seins au creux de ses paumes et dessiner du pouce de petits cercles sur les pointes. Déjà elle haletait dans l'attente de sa bouche.

— Dieu que tu es belle, Molly ! Plus belle encore que je ne l'imaginais.

Les yeux emplis de larmes, elle le laissa effleurer de ses lèvres sa bouche tremblante.

— Ne pleure pas, Molly. Je sais que c'était affreusement embarrassant pour toi. Mais rassure-toi, je te trouve superbe.

Il la prit enfin dans ses bras d'un geste possessif et vibrant d'émotion.

— Tu n'as aucun défaut. Aucun. Nulle part. Tu es exquise. Et j'adore les petites fossettes que tu as sur les fesses.

— Vraiment ? s'étonna-t-elle. Tu ne me trouves pas grosse ?

Jake prit sa main, la glissa entre leurs corps et la posa sur son bas-ventre.

— Est-ce que je pense que tu es grosse ?

Elle sentit la dureté palpitante de son sexe et son soulagement fut tel qu'elle en eut les jambes flageolantes.

— Non, admit-elle d'une voix étouffée.

— J'aime ton corps, Molly. Si j'avais voulu une femme filiforme, j'en aurais trouvé une. Tu as des seins splendides, des courbes somptueuses, et tes jambes sont les plus jolies que j'aie jamais vues.

Il fit lentement remonter ses mains jusqu'à ses seins et, cette fois-ci, après en avoir savamment caressé les aréoles roses, il prit les pointes entre ses doigts et les fit durcir.

— Tu me laisses embrasser ces deux petites merveilles ?

Elle frissonnait, soulagée mais encore craintive tant elle avait imaginé que Jake se détournerait d'elle avec dégoût.

— Tu… tu es sûr de me désirer, Jake ?

— À en mourir, souffla-t-il.

Ses lèvres sur ses seins provoquèrent de telles ondes de plaisir qu'elle se sentit vibrer de la tête aux pieds. Toute sa féminité s'enflammait tandis qu'elle percevait avec une acuité inouïe le souffle chaud de Jake sur sa peau, la vigueur de son corps, sa puissance contenue.

Quand il prit son visage entre ses paumes, le tremblement fiévreux de ses mains fut pour Molly la preuve éclatante qu'il la désirait follement.

— Oh, Jake…

Elle s'abandonna enfin, oubliant tout le reste. Les beaux yeux de Jake rivés aux siens reflétaient une ardeur irrépressible, un besoin viscéral de l'aimer. Les sensations les plus délicieuses coururent dans sa chair. Une joie profonde, intense l'envahit ; elle devait se retenir pour ne pas rire et danser. Toute la tension qui l'avait habitée s'était dissipée.

— Jake, j'ai envie de toi si fort que c'en est presque insupportable.

— Tu veux ? Maintenant ? demanda-t-il.

Puis il s'écarta et déclara en riant :

— Eh bien ! il ne sera pas dit que j'ai fait attendre une dame.

Il la poussa vers le lit, la fit basculer et, presque simultanément, s'allongea sur elle.

— Quand j'en aurai fini avec toi, madame Coulter, il n'y aura pas une partie de ton corps que je n'aurai pas goûtée.

Il avait des épaules deux fois plus larges que celles de Molly, sa chemise se tendait sur son torse musclé, ses cheveux tombaient en vagues blondes sur son front. Haussant un sourcil, il la contemplait en souriant.

Avant qu'elle puisse redevenir nerveuse, il posa sur sa bouche des lèvres à la fois douces et fermes qui forcèrent celles de Molly à s'entrouvrir, à livrer passage à son souffle. De nouveau, elle oublia le reste du monde pour se livrer aux sensations qu'il faisait naître en elle. Cambrée vers lui, elle prit ses cheveux à pleines mains et commença à onduler au rythme des ondes voluptueuses qui la traversaient.

Il ne mit fin à leur baiser que pour reprendre la pointe d'un sein entre ses lèvres. Elle gémissait de plaisir tandis qu'il jouait jusqu'à satiété de la douceur de sa langue, de la dureté de ses dents. Elle noua ses jambes autour de ses hanches, épousa les mouvements de son corps, en quête de cet assouvissement des sens aussi vieux que l'humanité.

Jake se redressa le temps d'enlever sa chemise. Haletante, Molly fixa un regard impatient sur son torse et ses bras si puissants. Dieu qu'il était beau ! Dans la pénombre, sa peau prenait une couleur plus sombre qu'à l'ordinaire, ses yeux semblaient presque noirs.

— Jake, viens…

Il lui sourit ; ce sourire lent, si dangereusement séduisant d'un homme qui savait ce qu'il s'apprêtait à faire et ne voulait pas se laisser distraire de son but.

Elle sursauta lorsqu'il posa les lèvres sur son ventre.

— Dis-moi ce qui te fait particulièrement plaisir, Molly.

— Je… je ne sais pas. Avec Rodney, je n'ai jamais…

Du bout de la langue, il dessina le contour de son ventre.

— Jake ?

Il releva la tête, le regard intense.

— Tu n'as jamais quoi avec Rodney ? demanda-t-il d'une voix douce.

Tandis qu'elle luttait pour s'en souvenir, l'esprit en déroute, il approcha son visage du sien et posa sur elle un regard interrogateur.

— Je n'ai jamais rien aimé avec lui, finit-elle par répondre.

— Ce sera différent avec moi.

Elle n'en doutait pas et le laissa continuer ce qu'il avait commencé. Mais tandis que sa bouche frôlait à nouveau son ventre, ce qu'elle ne connaissait que par les romans lui fit soudain peur. Les poings crispés, elle fixa le plafond pendant que Jake effleurait le triangle de boucles ambrées au bas de son ventre. Cependant, son souffle chaud et la vibration de son torse contre ses cuisses lui arrachèrent de voluptueux gémissements.

Jake continua son exploration, descendit lentement jusqu'à ses orteils, puis remonta. Le cœur de Molly manqua un battement quand il insinua sa langue entre ses genoux et remonta progressivement le long de sa cuisse.

— Tu aimes ? demanda-t-il.

Elle aurait été incapable de répondre, même si sa vie en avait dépendu. Jake s'enhardit, et sa caresse se fit si intime qu'elle crut mourir. Les ondes de plaisir qui la traversaient de part en part lui arrachèrent un cri.

— Tu aimes? demanda-t-il de nouveau. Réponds-moi, ma douce.

Elle se cambra vers lui en frémissant.

— Oui, fit-elle, le souffle court.

— Tu en es sûre? Si je vais trop vite, si c'est trop fort, dis-le-moi. Je comprendrai.

Elle n'avait au contraire qu'une crainte: que ce déferlement de plaisir ne cesse.

— J'en suis sûre, Jake.

Il se hissa sur elle, captura ses lèvres, attisa le brasier qui couvait en elle jusqu'à lui faire atteindre des sommets vertigineux. Puis il abandonna sa bouche pour la caresser encore et encore, jusqu'à ce qu'elle crie de désir.

Elle n'arrivait plus à penser clairement. Elle entendit vaguement des bottes tomber sur le plancher, de la monnaie rouler à travers la pièce. Dans un brouillard, elle vit Jake bouger au-dessus d'elle. Tendrement, il l'embrassa, puis la prit par les hanches et l'attira vers lui.

Quand elle le sentit, si dur, si chaud à l'orée de sa féminité, le reste de son corps cessa d'exister. Avec lenteur, douceur, comme s'il craignait de déchirer une soie délicate, il plongea en elle. Puis il entama un va-et-vient prudent, s'inquiétant de ce qu'elle éprouvait.

— Ça va, Molly?

— Oh, *oui*...

Il accéléra le rythme, ses coups de reins gagnèrent en vigueur. Molly cria et commença à onduler de concert, les jambes nouées autour de lui afin de l'accueillir plus complètement en elle.

Son cœur tambourinait si violemment dans sa poitrine qu'elle crut s'évanouir. Quand la jouissance la submergea, ce fut comme un cataclysme, son regard fixé sur le visage aimé se voila. Leurs deux corps secoués de spasmes, ils traversèrent le miroir ensemble.

22

Jake tenait son univers entre ses bras. Molly était pelotonnée contre lui, si douce, si féminine dans son abandon qu'il mourait d'envie de la reprendre. Le sommeil l'avait libérée de toute inhibition et elle pressait un sein rebondi contre son torse, tandis que sa cuisse pulpeuse reposait sur la sienne, le clouant sur le lit comme pour l'empêcher de se sauver.

Il sourit dans l'obscurité en songeant qu'il n'en avait nulle envie. Dieu, qu'elle lui était précieuse ! Si jamais il la voyait déjeuner de nouveau d'une simple salade, il lui flanquerait une fessée. Il l'aimait ronde, sa chair offerte à ses caresses, sans rien d'anguleux ni de dur. L'étreindre, l'embrasser, la câliner, il était certain de ne jamais s'en lasser.

Il joua avec ses boucles courtes qui s'enroulaient autour de ses doigts, huma ce parfum fruité qui n'appartenait qu'à elle, frôla les adorables petites fossettes qu'il aimait tant et sourit.

Habitué à une nature sauvage, aux chevaux récalcitrants, aux taureaux à combattre, à toutes sortes de travaux qui demandaient de la poigne, il se sentait terriblement excité par la douceur moelleuse de Molly. Sur une épaule, sa main chercha l'os sous la chair. Il le trouva, mais il fallait vraiment chercher, et c'était bien ce qui lui plaisait.

Il entendit Molly gémir dans son sommeil et déposa un baiser sur son front.

— Tout va bien, mon ange, murmura-t-il.

— Mmm, fit-elle en se serrant plus étroitement contre lui.

Il insinua la main entre ses cuisses, sentit son propre corps réagir aussitôt et soupira. Voulant éviter de la réveiller, il ferma les yeux, ôta sa main pour la poser sur son torse. Mais il rencontra un sein et comprit qu'il ne pourrait jamais se rendormir sans lui avoir fait de nouveau l'amour. Dès qu'il l'effleura, la pointe du sein se durcit. Il se pencha pour la caresser de la bouche. Molly frémit, laissa échapper un râle de volupté, battit des paupières.

— Jake ? Que fais-tu ? demanda-t-elle d'une voix ensommeillée.

— Rien. Rendors-toi, mon amour.

Il ne souhaitait pas qu'elle se rendorme, mais il la voulait détendue, abandonnée comme lorsqu'elle dormait. Il la renversa doucement sur le dos. Elle ouvrit grands les yeux, et il leva la tête pour lui sourire.

— Bonjour.

Elle se cambra à sa rencontre, les doigts plongés dans ses cheveux.

— Oh, Jake !

— J'ai encore envie de toi...

Elle laissa échapper un doux soupir qu'il prit pour un acquiescement et entreprit de parfaire son exploration des vallées et des monts qui s'offraient à lui.

Le bonheur! Molly découvrait qu'elle n'en avait jamais fait l'expérience jusqu'à présent. Aimer, être aimée... quelle divine joie! Une joie que la gaieté de Jake rendait unique. Avec lui, elle avait vite compris que l'acte d'amour serait toujours une partie de plaisir, avant, pendant et après. Il plaisantait, la taquinait, jouait avec elle. Parfois, il la faisait tellement rire que, lorsqu'il finissait par l'embrasser, la passion soudaine qui la transperçait lui était un choc.

Un seul nuage assombrissait leur horizon: Rodney, qui n'était toujours pas revenu avec le mandat d'un juge comme il avait promis de le faire. Il n'avait eu pourtant aucun moyen d'apprendre qu'ils s'étaient mariés. Molly, cependant, le connaissait suffisamment pour deviner un coup tordu.

Jake aussi s'inquiétait. Souvent, son regard se faisait songeur et elle devinait qu'il s'interrogeait.

Trois jours après leur mariage, à la nuit tombante, Jake entraîna Molly dans l'une de leurs fréquentes promenades le long de la rivière. Main dans la main, ils marchèrent en silence pendant un long moment.

— J'ai l'impression qu'une bombe à retardement est suspendue au-dessus de nos têtes, avoua soudain Jake. Et qu'il suffirait de peu de chose pour qu'elle explose.

Molly pressa sa main sans mot dire. Elle ressentait exactement la même chose. Même dans les moments les plus heureux, elle ne pouvait oublier ce qui les attendait, et l'issue possible d'une confrontation avec Rodney la terrorisait. Si elle devait retourner en clinique, elle perdrait la raison, elle le savait. Le bonheur que Jake lui avait révélé rendrait l'épreuve intolérable. Si elle était séparée de lui, elle n'y survivrait pas.

— Il veut quelque chose, reprit-il. S'il a été capable de tuer, il n'est pas près de renoncer. Il reviendra, c'est sûr.

— Je sais.

— Je déteste attendre et être une cible facile. C'est contraire à ma nature. Je repense sans cesse à cette histoire de papiers qu'il voulait te faire signer. Il t'avait droguée pour te rendre docile, il t'a fait enfermer pour te briser mais, s'il est ton tuteur, il peut signer à ta place, et c'est là que je ne comprends pas.

— Je me suis interrogée à ce sujet. Il s'agit peut-être de documents qu'il ne peut signer en aucun cas.

— Lesquels par exemple ?

Le sang de Molly ne fit qu'un tour lorsqu'une horrible idée lui vint à l'esprit.

— Il se peut qu'ils concernent des affaires hors des États-Unis.

— Bon sang ! Ce que je déteste ce jeu de devinettes !

— Moi aussi. Il faut que je me plonge dans les dossiers de l'entreprise.

Jake se raidit et lui jeta un regard anxieux.

— Comment ?

— En allant à Portland. Je peux forcer le système de surveillance de l'immeuble, et faire une recherche sur ordinateur.

— Pas question ! C'est trop dangereux.

— C'est peut-être encore plus dangereux d'attendre qu'il se manifeste. Je le connais, Jake. Il doit nous préparer une sale surprise.

— Tu n'iras pas là-bas.

Une semaine plus tôt, le ton autoritaire de Jake aurait semé la panique en elle. Aujourd'hui, elle ne voyait plus que la frayeur qui se reflétait dans ses yeux. Jake ne se préoccupait pas de la dominer mais de la protéger.

— Tu pourrais m'accompagner.

Il détourna le regard, la mâchoire crispée.

— Sans doute. Au moins, je serais sur place, je saurais ce qui se passe, et tu n'aurais pas à affronter seule ce salaud.

— Il est évident que je me sentirais bien plus à l'aise.

— D'accord, déclara-t-il en la regardant droit dans les yeux. Marché conclu. Nous irons ensemble.

— Il faut qu'on réfléchisse à un plan, observa-t-elle, consciente d'entraîner Jake dans l'illégalité.

Sans prévenir, il plia les genoux, entoura ceux de Molly de son bras, et la fit basculer sur son épaule d'un seul mouvement. Elle eut le réflexe de s'agripper à sa ceinture pour ne pas tomber.

— Jake ! Qu'est-ce qui t'arrive ? Tu as perdu la tête ?

— Absolument. J'avais une bonne raison de t'amener ici, et je ne vais pas laisser Rodney Wells tout gâcher.

Sur ces mots, il se dirigea vers la forêt avec son cher fardeau sur l'épaule. Molly criait, lui martelait le dos de ses poings, et lui se vengeait en lui tapant sur le derrière.

— Aïe ! protesta-t-elle, bien qu'elle n'ait pas mal du tout.

Il lui pinça la fesse.

— Eh, je crois que je suis un peu vicieux sans le savoir.

— Contrôle-toi ! gloussa-t-elle.

— Allez ! Laisse l'homme s'amuser un peu.

— Amuse-toi de cette façon avec quelqu'un d'autre.

— Impossible. Il n'y a que toi qui m'intéresses.

Brusquement, il s'immobilisa et la déposa au pied d'un pin, puis il tapota le tronc en souriant.

— Tu te souviens de cet arbre ?

Elle se retourna, perplexe.

— C'était celui-là ?

— Fais-moi confiance, c'est bien lui. Je le reconnaîtrais entre mille. J'en ai rêvé je ne sais combien de fois.

— Et tu voudrais que je me plante des échardes dans le dos alors que tu m'as déjà maltraitée ?

L'œil malicieux, Jake sortit un petit couteau de sa poche.

— J'ai apporté de quoi les enlever. Après, je te prendrai sur mes genoux et… Mince ! Ça ne marchera jamais. J'aurais aussitôt envie de refaire l'amour.

Glissant le bras autour de la taille de Molly, il se pencha sur son cou.

— Non ! cria-t-elle. Pas contre un *arbre*, Jake !

— Je t'en prie. Il faut que je le fasse pour ne plus y penser. Mets tes jambes autour de mes hanches, Molly.

Elle le fit sous le regard brûlant de son mari. Un regard si empli d'amour qu'elle eut la certitude d'être belle, et ne ressentit pas la moindre gêne quand il commença à déboutonner son chemisier.

— Tu n'as pas apporté de corde ? ne put-elle s'empêcher de remarquer.

À la surprise succéda un énorme éclat de rire.

— Encore une scène de ton roman, non ?

Sans lui laisser le temps de répondre, il l'embrassa avec un savoir-faire passionné qui lui fit souhaiter qu'il la possède, là, sur-le-champ. Avec un gémissement d'impatience, elle s'abandonna à son désir, un désir si violent qu'il lui paraissait impossible à satisfaire pleinement.

Elle se trompait, bien sûr. Quand le moment ultime arriva, Jake pensa, malgré sa fougue, à se débarrasser de sa chemise pour protéger le dos de Molly. Puis, la plaquant contre l'arbre, il la prit avec une telle ardeur qu'il combla et son corps et son cœur.

Quelques semaines plus tôt, Molly ne se serait pas crue capable d'enfreindre la loi. Mais depuis qu'elle avait volé un cheval de soixante-cinq mille dollars, sa moralité était sérieusement écornée. Et voilà que, maintenant, elle pénétrait par effraction dans des bureaux. C'était l'expérience la plus terrifiante de sa vie. Durant tout le trajet entre Crystal Falls et Portland, elle n'avait cessé d'y penser, et de redouter ce moment.

D'une main tremblante, elle chercha dans son sac les clefs de l'entreprise, l'une des rares choses dont Rodney ne l'avait pas dépouillée. Jake se tenait à côté d'elle, le visage en partie éclairé par les lumières du parking. Pour l'accompagner en ville, il avait renoncé à son Stetson, portait une chemise blanche et une veste de sport sur son jean. Mais il conservait son allure de cow-boy, et Molly était convaincue que même un costume trois pièces n'y changerait rien. Peu importait d'ailleurs. Grand, solide, absolument fiable, sa présence la rassurait.

— Oh, Jake... murmura-t-elle, la clef du système d'alarme dans la main. Pourvu qu'ils n'aient pas changé le code.

— Si on déclenche la sonnerie, on file sans attendre.

— Tu ignores donc que les policiers courent toujours plus vite que les malfaiteurs ?

— La plupart n'ont pas de 4 x 4 tout-terrain, ma Molly, plaisanta Jake. Je ferai avaler notre poussière aux flics qui nous poursuivront.

Elle sourit, encouragée de le voir si confiant. Puis elle prit une longue inspiration, enfonça la clef tubulaire et la fit tourner en retenant son souffle. La petite lumière rouge sur le tableau s'éteignit. Molly expira lentement.

— Ouf! Merci, mon Dieu.

Dès que la porte fut déverrouillée, Jake l'ouvrit.

— Dépêchons-nous, Molly. Nous sommes en danger ici.

Ils pénétrèrent dans l'entrée. L'obscurité régnait, mais Molly connaissait si bien les locaux qu'elle n'eut aucun mal à se repérer. À droite, il y avait la cafétéria, à gauche, la réserve de fournitures où elle avait, un jour, surpris Rodney avec une femme. Un événement qui lui avait ouvert les yeux, mais auquel elle pouvait désormais penser sans plus souffrir.

— Suis-moi, murmura-t-elle.

— Tu ne risques pas de me perdre. Je reste à tes côtés tel un frère siamois.

Elle se dirigea droit dans le bureau paternel, referma la porte derrière eux, puis alluma. Aussitôt, elle revit son père, la tête ensanglantée.

Le bras autour de ses épaules, Jake l'attira contre lui.

— Parle-moi, ma Molly. Raconte-moi.

— Il y avait du sang partout… Je l'aimais tellement, tu sais. C'était le meilleur père du monde, et il n'a jamais été avare de son amour. C'était un homme merveilleux. Et puis, d'une minute à l'autre, il m'a été arraché, et d'une façon si horrible.

Jake resserra son étreinte, conscient que Molly avait plus que jamais besoin de son soutien.

— Aujourd'hui, c'est moi qui t'aime inconditionnellement, ma chérie. Essaie de te souvenir des bons moments que tu as dû passer ici.

— Oh, oui ! Des bons moments, il y en a eu. Papa était mon roc. Il arrivait toujours à me faire rire, même quand j'étais convaincue que tout allait mal. J'existais pour lui comme pour personne d'autre.

— Ne retiens que ces souvenirs-là, Molly. Souviens-toi de ton père vivant, pas de la façon dont il est parti.

Apaisée, elle se laissa aller contre Jake, et ferma les yeux. Quand elle les rouvrit, elle se sentit régénérée, sut qu'elle aurait de la force et du courage tant que cet homme serait à ses côtés. Et le lui dit.

— Non, Molly. Ce n'est pas en moi que tu puises ta force mais en toi-même. Tu n'as besoin de personne. Sinon, tu ne serais jamais arrivée où tu en es aujourd'hui.

Elle s'écarta de lui, laissa tomber son sac sur un fauteuil, s'avança vers le bureau de son père et s'y installa bravement, les larmes aux yeux. Là était sa place. Dès l'enfance, elle s'était nourrie de journaux financiers. Son destin était ici, et pas ailleurs.

— Assise à ce bureau, tu as l'air transformée, observa Jake.

Puis il s'approcha, la main tendue.

— Bonjour, Molly Sterling. Il y a longtemps que j'attendais de vous rencontrer.

Molly lui serra la main et sourit.

— Quel effet cela te fait d'être marié à une femme d'affaires ?

— Je me sens le plus heureux des hommes. Et toi, l'épouse d'un rancher, comment te sens-tu ?

Molly marqua un silence.

— Bénie des dieux, répondit-elle finalement.

Le sourire aux lèvres, Jake regarda l'ordinateur.

— Au travail, madame. Coince ce salopard.

Molly eut un petit rire ravi et se tourna vers l'écran. Connecté au logiciel central, ce terminal lui donnait accès à tous les dossiers de l'entreprise. Par-dessus son épaule, Jake la regarda pianoter sur le clavier.

— Bon sang ! tu es dans ton élément.

Se sentant en pleine possession de ses moyens, Molly releva le menton.

— Rien de plus normal, monsieur Coulter. J'ai eu l'un des meilleurs professeurs qu'on puisse trouver.

Cependant, en dépit de son expérience et de sa détermination, ses recherches ne donnèrent aucun résultat.

— Je ne trouve rien de suspect, annonça-t-elle.

Elle ouvrit les dossiers personnels de son père, mais ce fut aussi l'échec.

— Et maintenant, qu'est-ce que je fais ?

— Que dirais-tu de faire l'amour dans un fauteuil ?

— Non, Jake ! Pas ici. C'est un sanctuaire.

Il se passa en soupirant la main dans les cheveux, puis regarda autour de lui.

— Quand nous viendrons passer six mois ici, où est-ce que je vais prendre mon petit remontant de l'après-midi, dans ces conditions ?

— Nous pourrions faire installer une cloison, suggéra Molly en souriant.

— Excellente idée !

Elle caressa avec amour le bureau de son père. Le simple contact de l'acajou suffit à faire surgir une foule de souvenirs.

— Quand j'étais enfant, il y avait toujours des petites surprises pour moi dans le tiroir secret de papa.

— Où est ce tiroir secret ?

Molly s'adossa au fauteuil et adressa à Jake un regard de défi.

— Quelque part dans ce bureau, devant moi. Essaie donc de le trouver.

Jake ne se le fit pas dire deux fois. Accroupi, il examina le meuble, passa la main sur le côté gauche.

— Non ! Pas par là !

Il se redressa et essaya de l'autre côté.

— C'est froid ! C'est froid ! Essaie au centre.

Il glissa la main sous le tiroir du milieu, posa sur Molly un regard insistant, puis sourit. L'instant d'après, un tiroir jusque-là invisible apparut brusquement.

— Et voilà !

— À chacun de ses déplacements, papa me rapportait une petite chose qu'il cachait là-dedans. À la sortie de l'école, je me précipitais ici et...

Molly s'interrompit, le regard attiré par une disquette.

— Ô mon Dieu !

— Qu'est-ce qu'il y a ? Bon sang ! J'ai comme l'impression que ton père t'a laissé un dernier petit rien.

Molly adora l'expression qui lui rappelait les cadeaux que Jake déposait sur son perron. Bouleversée, elle prit la disquette, l'imaginant dans la main de son père quelques instants avant sa mort.

— Du calme, fit Jake. Attendons de voir ce qu'il y a là-dedans.

— Tu as raison. Papa disait toujours que tous les bureaux avaient des tiroirs secrets. Il ne cachait jamais rien d'important ici.

— Il a peut-être fait une exception. Si Rodney est son assassin, comme tu le crois, ton père n'a peut-être pas eu le temps de dissimuler cette disquette ailleurs. Ou alors il savait qu'un jour ou l'autre tu ouvrirais ce tiroir.

— Je croyais qu'on devait rester calmes.

Jake sourit.

— Allez, vas-y, la pressa-t-il. Ouvre cette satanée disquette.

Fébrile, Molly dut s'y reprendre à deux fois pour introduire la disquette dans l'ordinateur.

— Seigneur ! s'écria-t-elle dès qu'elle eut commencé à parcourir le premier dossier.

— Quoi ? C'est du chinois pour moi. Explique-moi.

— Il créait des sociétés bidons pour faire des opérations boursières en utilisant les informations que lui procurait l'entreprise. Ce qui constitue un délit d'initié.

— Ton père ?

— Non, papa n'aurait jamais rien commis d'illégal. C'est une machination de Rodney.

— Quel salaud ! Il n'était même pas capable de ramasser de l'argent sale sans faire porter le chapeau à quelqu'un d'autre.

Molly ouvrit un autre dossier, fut de nouveau scandalisée, puis murmura :

— Il a dû amasser des millions, Jake. Des millions.

Elle découvrit ensuite toute une correspondance concernant des informations du même type, mais venant d'autres sociétés, et adressées à Marshal Sterling.

— Seul le nom de mon père apparaît, Jake, s'alarma-t-elle en poursuivant sa recherche. Si je devais prévenir la commission de contrôle des opérations boursières, tout retomberait sur lui.

Elle s'affala dans son fauteuil et fixa son mari d'un regard inquiet.

— Je ne peux même pas prouver la responsabilité de Rodney. Quant à mon père, il s'est peut-être effectivement suicidé plutôt que d'affronter un scandale.

Jake secoua la tête.

— Je n'ai pas eu l'honneur de rencontrer ton père, Molly, mais je te connais, toi. Une femme de ton calibre n'avait pas un père enclin à la dérobade, quelle que soit la situation.

— Oh, Jake ! Merci.

— Pourquoi ces dossiers n'apparaissent-ils pas sur le fichier central ? Est-ce que ton père les aurait copiés sur un logiciel à part ?

— C'est vrai. Tu as raison. Puisqu'ils sont censés représenter ses transactions, ils devraient se trouver avec le reste. Tu sais, pendant la semaine qui a précédé sa disparition, il était extrêmement préoccupé. Le matin de sa mort, il est parti de bonne heure, alors qu'habituellement il aimait passer la matinée avec Claudia avant qu'elle n'aille travailler. Est-ce qu'il a voulu consulter les dossiers de Rodney avant qu'il n'arrive ? Rodney aussi est parti plus tôt pour le bureau. Pourtant, quand je suis arrivée, il n'était pas là, et je m'en suis étonné. En fait, il était peut-être venu puis reparti.

— Continue. Jusque-là, je te suis.

— Peut-être a-t-il surpris mon père dans son bureau alors qu'il venait juste de terminer de copier des informations de son ordinateur sur la disquette ? C'est bien possible. Il l'aura suivi jusqu'ici, ils auront eu une discussion orageuse et papa aura glissé la disquette dans le tiroir secret en sentant venir le danger.

Molly se leva d'un bond et se dirigea vers le bureau de Rodney, Jake sur les talons.

— Connaissant mon ex-mari, je suis sûre qu'il continue à investir illégalement. C'est un flambeur qui prétend que c'est plus intelligent que de jouer au casino.

— Espérons que nous allons trouver des preuves pour coincer cette ordure.

— Il *savait* que papa avait découvert son trafic. C'est évident. C'est ce qui explique sa fureur le jour où il m'a surprise dans le bureau de mon père. Il craignait tellement que je découvre le pot aux roses qu'il a aussitôt entrepris de me faire passer pour folle.

Après s'être assise au bureau de Rodney, Molly ferma les yeux, le temps de se calmer, en se jurant de faire payer ce salaud. Puis elle les rouvrit et se remit au travail.

Derrière elle, les bras croisés sur le dossier du fauteuil, Jake avait les yeux rivés sur l'écran de l'ordinateur.

— Tout cela ne nous dit toujours pas pourquoi Rodney voulait te contraindre à signer ces papiers, remarqua-t-il.

— La réponse est peut-être ici.

— S'il a gagné des millions de dollars, qu'est-ce qui l'a empêché de prendre son argent et de filer à l'étranger ?

— Il n'est jamais satisfait. Il lui en faut toujours plus. C'est une véritable maladie.

— Dans ce cas, laisse-le faire jusqu'à ce que tu ne sois plus sous sa tutelle.

À peine entrée dans le système d'accès aux données de Rodney, Molly se heurta à un barrage.

— Une grande partie de ses dossiers sont protégés, expliqua-t-elle. Il me faudrait le mot de passe. Ô Seigneur ! Je n'y arriverai pas. C'est un redoutable expert, Jake ! Comparée à lui, je ne suis qu'une novice.

Jake posa une main apaisante sur l'épaule de Molly.

— Molly Sterling Coulter, tu peux tout faire. Souviens-toi que tu as volé un cheval au péril de ta vie… Attends. Qu'est-ce que c'est que ce bruit ?

Molly eut un coup au cœur, faillit se lever d'un bond en entendant un son grave dans le couloir. Puis elle éclata de rire et s'écroula au fond du fauteuil.

— C'est l'horloge de grand-père !

— Bon sang ! J'ai cru qu'on était cuits.

Soulagée, elle entreprit à nouveau de tenter de forcer l'accès aux dossiers de Rodney. Cherchant le sésame, elle essaya le nom de Rodney, ses initiales, sa date de naissance, son numéro de Sécurité sociale. Rien n'y fit.

— Il nous faudrait un coup de chance, déclara Jake.

Rodney le flambeur croyait à la chance. Molly tapa le mot, sans succès. Puis, après quelques instants de réflexion, elle eut une idée qui lui parut lumineuse. Elle tapa Sonora Sunset, le nom du cheval sur lequel Rodney avait tant misé.

— Bingo ! fit Jake. Tu y es, Molly !

— Oui. Ça marche !

Elle commença à ouvrir les dossiers un à un.

— Nom d'un chien ! s'écria Jake. Il n'a pas perdu de temps.

Après une série de transactions illicites, Molly tomba sur le dossier des paris engagés sur les champs de courses.

— Eh bien, la chance n'était pas au rendez-vous ! Maintenant, je comprends pourquoi il se défoulait sur le pauvre Sunset.

Jake laissa échapper un long sifflement en découvrant les sommes monumentales englouties dans les paris.

— Quelle folie! Plus la peine de se demander pourquoi il ne se prélasse pas dans un hamac. Il est au bord de la ruine, ce crétin. Mais qu'est-ce qu'il s'imagine? Qu'il va pouvoir trafiquer encore longtemps sans se faire prendre?

Tristement, Molly passa en revue les pertes occasionnées par les mauvaises performances de Sonora Sunset. Le pauvre cheval avait donné tout ce qu'il avait dans le ventre, mais il n'était pas à la hauteur. Il était trop jeune.

— Jake, tu crois que Rodney a fouetté Sunset chaque fois qu'il a perdu une course? Rien que d'y penser, j'en ai la nausée.

— Je te comprends. Mais remercions le Ciel qu'il ne s'en soit pas pris à toi.

— Sunset n'est qu'un animal sans défense. Moi, j'aurais eu mon père pour me protéger s'il avait levé la main sur moi. Oh, Jake! cet homme ignore ce qu'est la compassion. Heureusement que je m'en suis libérée.

— Oui. Et il est temps d'aller de l'avant et de guérir de toutes tes blessures, ma Molly.

— Mais pour ça, Jake, il faut que je le traîne en justice.

— Tu as suffisamment de preuves pour alerter la COB, non?

Molly hocha la tête et entreprit de copier sur disquette les dossiers secrets.

— J'en ai plus qu'il n'en faut. Les dates des dernières transactions disculpent mon père. Et comme je ne travaille plus ici depuis des mois, je suis moi aussi hors de cause.

Les copies achevées, tandis que Molly se levait, Jake regarda autour de lui.

— Ce bureau est également un sanctuaire, Molly ?

— Non, c'est plutôt la chambre des horreurs !

— Tu crois que Rodney t'a trompée ici même ?

— Sûrement.

— Tu aimerais lui rendre la monnaie de sa pièce.

— Je préférerais faire ça ailleurs, monsieur Coulter. Si on nous surprenait, tu pourrais avoir quelques difficultés à remonter ton jean précipitamment.

— Très juste !

Jake l'embrassa néanmoins, et la magie de ce baiser suffit pour dissiper les mauvais souvenirs. Désormais, Rodney Wells n'avait plus aucun pouvoir sur son ex-femme.

Avant de quitter la ville, Molly demanda à Jake de faire une halte, une seule, au cimetière. Elle n'était pas retournée sur la tombe de son père depuis l'enterrement et il était temps, grand temps, de le faire. À présent, elle se sentait capable d'affronter cette épreuve douloureuse.

Il pleuvait lorsque Jake se gara près de la tombe de Marshal Sterling. Serrée dans le trench-coat qu'elle n'avait pas porté depuis qu'elle avait quitté Portland, Molly fut vite trempée. Les cheveux dégoulinant de pluie, elle s'attarda tout de même devant la tombe. Toute une vie résumée par deux dates, quoi de plus triste ? De plus injuste ? Elle se souvint de l'une des inscriptions gravées par Jake dans l'écorce du vieux chêne : *Pedro, 1976-1983*. La vie était courte, la mort si définitive.

— Je préviendrai les autorités lundi, papa, murmura-t-elle. Je ne trouverai pas la paix tant que je ne l'aurai pas fait. J'espère que les preuves que j'ai réunies contre Rodney seront suffisantes. Sinon je risque de salir ton nom, et la réputation de Sterling et Wells s'en ressentira. Et je sais ce que l'entreprise représentait pour toi.

Elle ferma les yeux avant de poursuivre :

— Si ça devait arriver, papa, j'en serais désolée. Mais je ne peux pas ne pas réagir. Tu le comprends certainement, et tu me pardonneras si les choses devaient mal tourner.

Jake, qui s'était approché d'elle sans qu'elle s'en aperçoive, l'entoura de ses bras.

— Cesse de te tourmenter, ma Molly. Pourquoi crois-tu que ton père ait fait une copie des dossiers de Rodney ? Il savait qu'il tenait la preuve de ses malversations. À sa place, j'aurais fait la même chose. Je commence à croire que je lui ressemble vraiment.

Molly eut un sourire mouillé de pluie et de larmes ; Jake avait raison. Puis, bien que le moment ne soit pas très opportun, elle ne put s'empêcher de demander :

— Qui était Pedro, Jake ?

Elle le sentit se figer.

— Pardon ?... Tu es allée voir mon chêne ?

— Oui.

— C'était mon chien. Il s'est fait tuer en voulant me protéger contre un taureau qui me chargeait.

— Ce devait être un chien exceptionnel.

— Le seul que j'aie jamais eu. Quand je l'ai enterré, je me suis juré de ne jamais le remplacer.

Molly sourit. Décidément, lorsque cet homme aimait, c'était de tout son cœur, de toute son âme, et à jamais. Et ceux que l'on aime ainsi continuent à vivre même lorsqu'ils ont disparu. Ils vivent dans notre souvenir. Deux dates sur une pierre tombale marquent un commencement et une fin, mais tout ce qui a existé entre les deux reste vivace dans notre esprit. Jamais Molly n'oublierait son père, jamais il ne mourrait tout à fait.

— Je voudrais te demander une faveur, Jake. J'aimerais graver le nom de mon père sur ton arbre.

— C'est *notre* arbre maintenant, Molly, et le nom de ton père y sera à sa place.

Notre arbre. Comme ces mots étaient doux à son oreille ! Un jour, elle graverait le nom du premier petit-enfant de son père sur le vieux chêne. Et le souvenir de Sterling Marshal se transmettrait ainsi de génération en génération.

Pour la première fois depuis longtemps, elle eut le sentiment de se rapprocher de la femme que son père avait voulu faire d'elle.

— Je sens la présence de papa, souffla-t-elle. Il nous regarde. Et sais-tu ce qu'il fait ?

Elle n'eut pas besoin de regarder Jake pour savoir qu'il souriait.

— Non. Dis-moi.

— Je crois que, tout là-haut, il se réjouit de me voir dans les bras d'un homme tel que toi.

Puis elle se retourna, prit le visage de Jake entre ses mains.

— Rien ne nous arrêtera, Jake. Rodney Wells va mordre la poussière et payer très cher ce qu'il nous a fait, à mon père, à Sunset, et à moi. Je me battrai pour cela.

23

La cuisine baignait dans la lumière dorée du soleil matinal. Attablés l'un près de l'autre, Jake et Molly prenaient leur petit déjeuner. Tout en léchant le jus d'une belle pêche sur ses lèvres, Molly tendit vers son mari un morceau de fruit piqué au bout d'une fourchette. Mais Jake préféra lui mordiller les doigts.

— C'est toi que j'ai envie de croquer, avoua-t-il d'une voix rauque. Remontons dans la chambre.

— Je suis de congé, je sais. Mais je ne veux pas pour autant passer la journée au lit.

— Allez, viens. Je vais t'offrir un brunch à la manière de Jake Coulter.

Le regard de Molly s'attarda sur sa bouche, elle imagina ses lèvres courant sur sa peau et sentit un délicieux frisson le long de son dos.

— Je pourrais peut-être me laisser convaincre. Si tu m'en dis un peu plus.

— Viens dans la chambre. Je suis plus convaincant dans l'action.

Elle reposa sa fourchette et se leva. Jake laissa son regard glisser sur le corps de sa femme, puis admira longuement ses jambes.

— Tu sais que tu as aussi des fossettes aux genoux?

Molly se pencha pour vérifier, releva la tête, et fronça le nez, l'air espiègle.

— Certains hommes adorent les fossettes.

— J'en fais partie, c'est sûr.

Cinq minutes plus tard, il lui en apportait la preuve avec une telle ardeur qu'elle se sentit électrisée.

— T'ai-je dit ce matin à quel point je t'aime? lui demanda-t-il.

— Depuis un quart d'heure, je n'ai rien entendu.

— Il n'y a pas de mots assez forts pour te dire mon amour. Je suis obligé de te faire une démonstration.

La démonstration dura une demi-heure et fut éblouissante. Comblée, Molly n'avait plus qu'une envie : dormir, lovée contre son mari.

— Fais un petit somme avec moi, suggéra-t-elle.

— J'ai un tas de choses à faire, tu sais.

— Par exemple?

— Oh, le travail habituel! Je te rappelle que les hommes sont de congé aujourd'hui, et qu'il ne reste que Hank et moi.

Molly grommela quelques paroles inintelligibles et pinça Jake.

— Dans ce cas, je réclame une modification de mon emploi du temps. Je veux que tu puisses partager mes jours de congé.

— Il faut t'adresser à la maîtresse de maison. Je ne m'occupe plus des histoires ménagères depuis que j'ai eu la bonne idée de me trouver une femme.

Molly lui flanqua un coup dans les côtes. Puis, changeant de tactique, elle adopta une voix câline :

— Dors un petit peu avec moi. Quand nous nous réveillerons, je ferai en sorte que tu n'aies aucun regret.

Jake ferma les yeux avec un sourire rêveur.

— Je pourrais me laisser me convaincre. Dis-m'en un peu plus.

— Je vais te donner un avant-goût de ce qui t'attend, fit-elle en s'agenouillant. Moi aussi, je suis meilleure dans l'action.

— Hé, j'ai besoin d'un certain temps pour recharger mes batteries.

— Tu crois ? On parie ?

— Combien ?

— On ne parle pas d'argent. Mais de gage.

Elle lui murmura à l'oreille ce qu'elle attendait de lui s'il perdait.

— Qu'en dis-tu ?

— Rien que d'y penser, j'ai déjà perdu…

Elle en fit le constat, et elle riait à gorge déployée quand Jake l'entraîna dans un corps à corps langoureux qui s'acheva par une douce somnolence dans les bras l'un de l'autre.

— Jake !

Molly sursauta en entendant Hank appeler son frère. Puis des bottes résonnèrent dans l'escalier tandis que Jake s'asseyait sur le lit, les paupières à demi fermées. La porte de la chambre s'ouvrit toute grande à l'instant où Molly remontait le drap.

— Grouille-toi de t'habiller ! s'écria Hank. Les chevaux sont dans la nature. Le voisin vient de téléphoner, il y en a deux qui viennent de débarquer chez lui.

— À trois kilomètres ! Nom d'un chien ! Comment ont-ils pu se sauver ?

— Je n'en sais rien. Mais il faut qu'on les rattrape avant qu'il y en ait un qui se fasse écraser.

Dès que Hank fut ressorti, Jake rejeta le drap et se leva d'un bond.

— Franchement, c'est le bouquet !

— Je peux venir avec vous ?

— Non, tu nous ralentirais plus qu'autre chose. Attends ici. J'estime que je n'ai pas complètement honoré ma dette, précisa-t-il en lui lançant un clin d'œil. Mais cesse de me regarder comme ça, sinon je laisse filer ces maudits chevaux.

— Va faire le cow-boy, Jake. Moi aussi, j'ai besoin de recharger mes batteries.

Dès qu'il eut quitté la chambre, Molly se pelotonna de nouveau sous la couverture en serrant contre elle l'oreiller de Jake imprégné de son odeur. Heureuse, elle se laissa sombrer dans une douce léthargie. Comme elle aimait cet homme ! Elle avait l'impression qu'une fée lui avait permis, d'un coup de baguette magique, de réaliser ses rêves les plus fous.

Un bruit la réveilla alors qu'elle venait juste de plonger dans le sommeil. Elle ouvrit un œil, aperçut dans un brouillard la porte entrouverte et s'étonna, certaine que Jake l'avait refermée derrière lui.

— Jake ? appela-t-elle en se redressant, appuyée sur un coude. Tu as déjà rattrapé les chevaux ?

Une poigne la tira violemment par les cheveux. La douleur lui arracha un cri. Puis quelqu'un la sortit du lit. Quelqu'un qui portait un pantalon gris et des mocassins vernis.

— Non, grosse vache, ses chevaux courent encore !

Rodney ! Frénétiquement, Molly l'agrippa par le poignet pour lui faire lâcher prise. Mais il la fit tomber et lui renversa la tête en arrière avec une telle force qu'elle crut qu'il lui brisait la nuque.

— Tu me dégoûtes, cracha Rodney, penché sur elle. Ce crétin est tellement habitué aux vaches qu'il cherche des pis partout.

Curieusement, ses paroles ne lui firent aucun effet. Il pouvait dire ce qu'il voulait maintenant sans la blesser. L'amour de Jake avait définitivement eu raison de la cruauté de Rodney Wells.

— Qu'est-ce que tu veux, Rodney ?

Un objet froid s'appuya sur sa tempe et elle comprit aussitôt, le ventre noué, qu'il s'agissait d'un revolver.

— Essaie de crier et je te descends. Relève-toi et habille-toi. Nous allons nous amuser un peu.

Dès qu'il la relâcha, elle s'éloigna de lui en titubant. L'arme pointée sur elle, il la suivit jusqu'à la commode. Les doigts engourdis par la terreur, elle sortit des sous-vêtements d'un tiroir, puis elle se précipita vers la penderie et attrapa un jean et un chemisier, Rodney toujours sur ses talons.

— Où sont les disquettes? aboya-t-il tandis qu'elle enfilait son chemisier.

— Quelles disquettes?

Il la gifla du revers de la main à la volée, sa tête heurta le mur et elle s'effondra sur le sol. Hébétée, elle demeura là, le regard fixé sur Rodney.

Il pressa le revolver entre ses yeux et menaça:

— Ne cherche pas à me rouler, Molly. J'ai fait sauter la cervelle de ton père, et je n'hésiterai pas à recommencer avec toi.

L'aveu ne la surprit pas. Elle avait la tête qui tournait et sa joue lui faisait mal, elle dut lutter pour retrouver ses esprits.

— Tu croyais vraiment que je ne remarquerais pas qu'on s'était servi de mon ordinateur? Tu es aussi stupide que ton père. Tu as laissé tes empreintes partout. Je veux les copies que tu as faites.

N'osant le défier plus longtemps, Molly se releva tant bien que mal et alla chercher les disquettes dans la poche de la veste de Jake. Rodney les lui arracha des mains, y jeta un coup d'œil et les glissa dans sa poche.

— Merci, fit-il d'une voix doucereuse. Et maintenant, habille-toi.

Tandis qu'elle enfilait son jean, il lança:

— C'est vraiment dommage que ton cow-boy se soit mêlé de nos affaires. La folle qu'il a hébergée va commettre un dernier acte insensé qui lui coûtera très cher.

Puis, sous la menace de son revolver, il la fit sortir sur le palier. Elle se figea en découvrant un jerricane d'essence à côté de la porte.

— Prends ce jerricane et arrose le plancher, ordonna-t-il avec ce sourire fielleux qu'elle avait en horreur. Je ne te prête pas mes gants. Je n'ai pas besoin de t'expliquer pourquoi.

Elle ne comprenait que trop bien. Le ranch allait brûler, quant à elle, elle osait à peine imaginer le sort que lui réservait Rodney. Il ne lui aurait pas avoué son crime s'il n'avait eu en tête de l'éliminer.

Quand elle eut fait ce qu'il lui avait ordonné, il lui désigna l'escalier d'un geste autoritaire.

— Emmène le bidon avec toi. Nous le laisserons bien en évidence, dehors, à l'intention de la police.

Au rez-de-chaussée, il lui montra un second jerricane.

— Tu sais ce que tu dois faire. Magne-toi. Si ton cow-boy revenait avant qu'on ait fini, il y laisserait sa peau.

Molly imagina la fureur de Jake s'il devait surprendre une telle scène. Elle songea, bouleversée, que ce n'était même pas le ranch qu'il essaierait de protéger. Pour lui, elle passait avant tout le reste. Elle avait rencontré le bonheur auprès de cet homme. Elle l'aimait, elle était aimée. Elle se sentait belle avec lui. Splendide. Et voilà que Rodney Wells allait tout saccager de la façon la plus horrible qui soit.

Tandis qu'elle répandait l'essence sur le plancher du séjour, les larmes lui vinrent aux yeux au souvenir des merveilleux moments passés ici, avec Jake et les siens.

— Au tour de la cuisine, maintenant.

— Tu as l'intention de me tuer, n'est-ce pas ? demanda Molly en s'efforçant de maîtriser le tremblement de sa voix.

— Chaque chose en son temps. Nous avons d'abord une affaire à conclure.

Elle versa l'essence sur le sol de la cuisine. Partout, dans chaque pièce, elle retrouvait la marque de Jake, de ses grandes mains puissantes et habiles. À force de travail, de persévérance, et d'amour, il avait réussi à donner une âme à son ranch.

Rodney, qui avait passé sa vie à prendre et à détruire, n'avait aucune idée de la monstruosité de l'acte qu'il s'apprêtait à commettre. Avec le ranch, c'était le rêve de Jake Coulter qui allait partir en fumée.

— Avant que tu ne me tues, je vais faire bon usage des minutes qui me restent à vivre, lâcha Molly en se tournant vers l'homme qui avait déjà ruiné dix ans de sa vie. Je tiens à ce que tu saches à quel point je te hais.

Rodney se contenta de sourire.

— Tu n'as jamais existé pour moi, ma chère Molly. Alors, tu crois que tes paroles me touchent ?

— Ça ne risque pas, rétorqua-t-elle, la voix chargée de dégoût. Parce que personne ne t'intéresse excepté toi. Quand je te regarde, tu sais ce que je vois ? Rien. Du vide. Le néant.

— Tais-toi et vide ce jerricane.

Quelque chose qui s'apparentait à du détachement envahit Molly. Elle allait mourir, et elle n'avait même plus peur. Était-ce un cadeau du Ciel que cette espèce d'insensibilité qui s'emparait d'elle tout à coup ?

Quand elle eut aspergé d'essence tout le rez-de-chaussée, Rodney lui ordonna de déposer le jerricane dehors, devant le perron. Puis, le revolver toujours braqué sur elle, il sortit un briquet de sa poche.

— Arrête, Rodney ! s'écria-t-elle. Jake ne t'a jamais rien fait. Si tu incendies son ranch, tu le ruines. Quoi que tu attendes de moi, tu n'as pas besoin d'impliquer Jake.

— Oh, oh ! J'ai l'impression que la petite boulotte est de nouveau amoureuse. Ne t'inquiète pas pour ton homme, mon cœur. Il se serait lassé de toi bien vite, et tu le sais, non ? Tu es la femme la plus terne, la plus ennuyeuse que je connaisse.

Molly jeta un coup d'œil aux flaques d'essence sur le perron. Puis elle vit Rodney s'avancer, à demi courbé, en tendant le briquet allumé vers le liquide inflammable.

— Apprête-toi à courir, lança-t-il.

— Je t'en prie, non ! hurla-t-elle.

Il répondit par un éclat de rire. L'essence prit feu. Il fit un bond en arrière, le regard brillant d'un éclat anormal.

— On te traitera de folle, Molly. Les gens se demanderont comment tu as pu incendier le ranch de ton amant.

Sur ces mots, il l'attrapa par le bras et l'entraîna vers les bois tandis que, dans son enclos, Sunset hennissait désespérément. Parvenu à la lisière des arbres, Rodney empoigna brusquement Molly par les cheveux, l'obligea à s'agenouiller, puis lui mit un stylo et des documents entre les mains.

— Cette fois, je te jure que tu vas signer.

— Encore ces papiers ? Si tu dois me tuer, dis-moi au moins ce que c'est.

— Signe ! siffla-t-il en appuyant le canon du revolver sur sa tempe. Si tu t'entêtes, je te fais sauter la cervelle. Je n'ai plus rien à perdre. Rien du tout !

— Évidemment, tu as déjà tout perdu sur les champs de courses, rétorqua-t-elle.

En guise de représailles, il lui assena un coup de crosse sur le crâne. La douleur lui fit venir les larmes aux yeux. La vue brouillée, Molly ne parvenait pas à trouver l'endroit où elle devait signer.

— Signe ! hurla Rodney.

— J'essaie. Arrête de me frapper. Je ne vois plus rien.

— En bas de cette page ! indiqua-t-il en lui appuyant de nouveau l'arme sur la tempe. Tu m'as fourré dans un sacré pétrin en refusant de signer quand je te le demandais. Pourquoi cet entêtement ? C'était bien la première fois que ça t'arrivait.

— Papa était mort. J'étais responsable de l'entreprise.

— Responsable ! Je rêve ! Tu as tout fait de travers. J'aurais disparu et je t'aurais laissée tranquille si tu avais eu l'intelligence de signer. Mais, non, il a fallu que tu fasses des difficultés !

Molly avait de la peine à tenir le stylo entre ses doigts tremblants.

— Qu'est-ce que tu me fais signer ?

— La titularisation d'un compte dans un paradis fiscal ! Des millions de dollars ont été déposés là-bas par des entreprises fantômes. À ton nom. Je pensais pouvoir me servir, mais la procuration que m'avait délivrée le juge n'était pas considérée comme valable par ces crétins d'étrangers. Je ne pouvais pas toucher un centime. J'étais au bord de la faillite et tu me refusais ta signature ! C'est pour ça que j'ai joué aux courses avec l'argent qui me restait ici. Le problème, c'est que je n'ai pas eu de chance. Ce fichu cheval est un vrai canasson ! conclut amèrement Rodney.

— Tu m'as fait enfermer pour ça ? Une question *d'argent* ?

Si elle l'avait pu, Molly lui aurait arraché les yeux.

— Je n'avais pas le choix. Qu'est-ce que je pouvais faire d'autre ? Te laisser m'échapper avant que tu aies signé, et renoncer à ces millions de dollars ? Je pensais que tu finirais par te rendre à la raison.

— Mais pourquoi mettre de l'argent sale sur un compte à mon nom ?

— Pourquoi pas ? C'était le meilleur moyen de m'en sortir si les choses tournaient mal. En cas de pépin, tu aurais été la seule à plonger.

— Et tu serais allé recommencer ailleurs ?

Rodney sourit.

— Je dois cette fortune à mon seul génie. Je n'ai eu aucun mal à vous manipuler, ton père et toi. Et il y a d'autres crétins de votre espèce sur terre.

Accroupi à côté de Molly, il pointa son revolver entre ses yeux.

— Tu ne comprends pas que je suis un esprit brillant, Molly ? Tu sais ce que j'ai fait pour m'informer sur des transactions boursières avant qu'elles soient annoncées ? Quand je travaillais à la Silicon Valley, j'ai mis au point un virus indétectable par les logiciels actuels. J'ai envoyé des courriers électroniques infectés par ce virus qui a la particularité de créer automatiquement un alias. Alias transmis aussitôt à l'entreprise de ton père, sans laisser de traces.

Le visage de Rodney trahissait une exaltation perverse tandis que les flammes de l'incendie se reflétaient dans ses yeux.

— Ainsi tu as piraté des sociétés ?

— Disons que je me suis trouvé une boule de cristal pour lire l'avenir.

Molly se rappela tous ces films dans lesquels l'héroïne en péril gagnait de précieuses minutes en faisant durer la conversation. Malheureusement, Rodney n'avait plus rien à lui révéler. Alors, elle songea à le défier. Quel plaisir elle en tirerait ! Mais, comme s'il avait deviné ses pensées, il eut un sourire mauvais.

— Je peux te rendre les choses très douloureuses, fit-il. C'est ce que tu veux ? Méfie-toi, avant que j'en aie fini avec toi, tu me supplieras de te tuer. Pour une fois dans ta misérable vie, choisis le plus facile.

Molly réfléchit à toute allure. Jake et Hank allaient certainement apercevoir la fumée, si ce n'était déjà fait. Combien fallait-il de temps pour parcourir trois kilomètres à cheval ? Elle l'ignorait mais, s'il y avait une chance pour qu'elle sorte vivante de ce guêpier, elle ne pouvait la laisser passer.

Elle regarda Rodney droit dans les yeux.

— Si je signe ce document, je signe mon arrêt de mort.

— Et si tu ne le signes pas, tu signes *son* arrêt de mort, répliqua-t-il, une lueur diabolique dans le regard.

Il se leva, cessant de la tenir en joue. Sans comprendre, elle suivit la direction dans laquelle il pointait son arme et étouffa un cri. Sunset était pile dans sa ligne de mire.

— Je commence par un genou ? C'est la mort assurée pour un cheval, non ? Une mort lente, une vraie torture. Si tu crois que je suis trop loin pour l'atteindre, tu te trompes. Depuis cinq ans, je m'entraîne dans un club, et je t'assure, ma chérie, qu'il va souffrir.

— Non ! cria-t-elle spontanément. Je signe, Rodney. Je t'en supplie, laisse-le vivre.

Il lui avait déjà tout pris, et il la tuerait de toute façon. Si elle le laissait abattre Sunset, elle gagnerait quoi ? Une minute ? Deux ? Elle se sentait incapable de sacrifier la vie du bel étalon pour gagner deux hypothétiques minutes.

— Alors vas-y, bon sang !

Elle griffonna sa signature au bas du document, tout en sachant ce qu'elle-même risquait, puis le tendit à Rodney.

— Voilà, c'est fait ! Tu l'auras, ton argent. Qu'est-ce que tu attends pour t'en aller maintenant ?

— Tu plaisantes ? ricana-t-il. Pas question de laisser un témoin derrière moi.

Il fourra le document dans la poche intérieure de sa veste, et agrippa Molly par le bras pour l'obliger à se relever.

— Finissons-en avant que ton cow-boy vienne tout compliquer.

Elle avança d'un pas vacillant, la poigne de fer de Rodney lui arrachant une grimace de douleur.

— Tu n'as pas l'intention d'utiliser ce revolver, je suppose, lui lança-t-elle. À moins qu'il ne soit enregistré sous mon nom. Tu as déjà fait le coup avec le revolver qui a servi à tuer mon père.

— Un trait de génie ne se répète pas, fit-il, suffisant. C'est trop risqué.

Il la conduisit jusqu'à l'enclos de Sunset, puis la lâcha subitement. Perplexe, elle lui jeta un regard, c'est alors qu'elle aperçut à ses pieds une grosse pierre et un fouet.

— Ouvre la barrière, ordonna-t-il.

— Qu'est-ce que tu… ?

— Ouvre !

Elle s'exécuta. Le dos exposé à la chaleur de l'incendie, elle pria pour que Jake aperçoive la fumée noire qui montait vers le ciel.

— Entre !

Elle pénétra dans l'enclos.

— Arrête-toi là ! Ne te retourne pas. Ça fait moins mal quand on ne voit pas.

La seconde d'après, elle eut l'impression que sa tête explosait. Juste avant de s'évanouir, elle comprit que Rodney l'avait frappée avec la pierre. Puis ce fut le trou noir…

Tenant son cheval par la bride, Jake chevauchait un hongre en lui parlant doucement afin de l'apaiser. À cinquante mètres devant lui, Hank faisait de même avec une jument effrayée.

Hank fit signe à son frère avec son Stetson. Jake lui répondit afin de l'assurer qu'il le suivait. Il ne pensait qu'à retrouver sa femme au plus vite quand il aperçut de la fumée au loin. Pendant quelques instants, il la regarda, sans comprendre puis, soudain, s'alarma.

— Hank ! cria-t-il. Il y a un incendie du côté du ranch !

Hank porta son regard dans la direction du *Lazy J*.

— Grands dieux, c'est la maison !

Jake abandonna le hongre pour reprendre sa monture et rejoindre son frère.

— Molly ! Elle est dans la chambre. Elle dort !

Hank enfourcha à son tour son cheval, et les deux frères s'élancèrent au galop vers la maison en flammes.

Molly battit des paupières. Elle sentit de la terre dans ses yeux, sa bouche, toussa, cracha. Elle avait un mal de tête atroce. Des claquements sourds, des bruits aigus pareils à des cris résonnaient à ses oreilles.

Dans un gémissement, elle roula sur le côté. La vision brouillée, elle crut discerner des jambes noires qui dansaient à deux doigts de son visage. Les yeux plissés, elle vit des sabots s'agiter dans tous les sens, frapper le sol en soulevant la poussière. D'un coup, elle retrouva la mémoire. Elle était dans l'enclos de Sunset. Rodney lui avait assené un coup sur le crâne.

Elle tenta de se redresser sur un coude, mais son corps pesait une tonne, et ses membres refusèrent de lui obéir. Elle retomba sur le dos et, au même instant, aperçut Rodney. À califourchon sur la clôture, il agitait le bras. Un bras armé d'un fouet.

L'étalon se démenait, épouvanté, essayant de se soustraire aux coups de la lanière qui sifflait dans l'air tout autour de lui.

— Piétine-la, espèce de crétin ! hurlait Rodney. Réussis quelque chose, pour une fois dans ta vie !

Sunset lança un hennissement aigu et fit un pas de côté, à temps pour éviter un coup de fouet. Rodney éclata d'un rire hystérique tandis que l'étalon, dans sa danse désespérée, frôlait Molly. Elle chercha vainement à s'écarter, mais son corps refusa de bouger.

Miraculeusement, Sunset réussit à ne pas la piétiner et, quand le fouet claqua de nouveau et s'abattit tout près de ses naseaux, il releva la tête, les yeux révulsés. Puis il fit un écart qui l'éloigna de Molly.

Elle l'avait vu lui jeter un regard. Même sous l'emprise de la terreur, il essayait de l'épargner. En un éclair, ce que Jake lui avait dit un jour lui revint à l'esprit : « Jamais il ne te fera de mal. Je le sens. »

Elle fixa sur Rodney un regard haineux. Un flot de rage la submergea. Ce type était cinglé ! À grand-peine, elle parvint à se mettre à quatre pattes.

— Piétine-la ! hurla de nouveau Rodney en brandissant son fouet. Fais-le, ou je te lacérerai jusqu'à la moelle. Vas-y, imbécile !

Tandis que Sunset hennissait douloureusement et se cabrait, Molly, vacillant sur ses genoux, se protégea le visage du bras. Le cheval retomba de biais, à deux pas d'elle. Puis il chercha à s'éloigner, mais Rodney lui bloqua le passage avec son fouet. Combien de temps encore Sunset réussirait-il à l'éviter avant que la terreur ne l'aveugle tout à fait ?

Les yeux rivés sur l'homme qui avait failli briser définitivement sa vie, Molly sentit une froide et calme détermination s'emparer d'elle. Alors que Rodney levait de nouveau son fouet, avec une rapidité et une énergie qu'elle ne se connaissait pas, elle se détendit comme un ressort, leva les bras et attrapa la lanière de cuir au vol. Ignorant la brûlure au creux de ses paumes, elle l'enroula deux fois autour de son poignet et tira d'un coup sec.

Avec une exclamation étouffée, Rodney bascula à l'intérieur de l'enclos, et s'affala, le visage contre terre. Il secoua la tête comme pour s'éclaircir les idées.

— Salaud! cracha Molly en jetant le fouet par-dessus la clôture. Ne touche plus à mon cheval.

Rodney secoua à nouveau la tête, tenta de se redresser, fixa sur Molly un regard effaré, puis plongea la main dans sa poche.

— Plan B, annonça-t-il en sortant le revolver. Je t'ai menti tout à l'heure. Il est à ton nom.

Molly se figea. Elle allait mourir!

Mais c'était sans compter sur Sunset. L'étalon fonça droit sur son tortionnaire, la crinière au vent, la queue flottant telle une bannière.

Rodney hurla, essaya de s'écarter de la trajectoire du cheval. Sans succès.

L'étalon le piétina sous le regard de Molly qui faillit pousser un cri de joie. Finies les fanfaronnades! Privé de son fouet, Rodney n'était plus rien.

Molly se précipita sur le revolver qui venait de tomber dans la poussière, d'un coup de pied elle l'envoya de l'autre côté de l'enclos autour duquel Sunset galopait à perdre haleine. Lorsqu'elle se retourna, l'étalon se dressait sur ses jambes postérieures, le regard fou, son corps puissant pareil à une sculpture d'ébène contre le soleil. Pendant quelques secondes qui lui parurent durer une éternité, il demeura dans cette posture.

Puis ses sabots fendirent l'air pour s'abattre sur l'homme qui lui avait infligé des plaies dont il garderait à jamais les cicatrices. Molly écarquilla les yeux, mi-ravie, mi-stupéfaite. Sunset méritait cette revanche, Rodney méritait la mort. Et puis, soudain, elle songea à ce qui lui arriverait si elle ne s'interposait pas. Quelles que soient les circonstances, un cheval meurtrier est promis à l'abattoir.

En dépit de sa crainte de le voir retourner sa fureur contre elle, elle saisit sa longe.

— Non, Sunset ! Arrête ! Arrête ! S'il te plaît !

Dès qu'il sentit sa main sur lui, le cheval renâcla, le corps écumant, mais recula. Molly glissa les bras autour de son cou et murmura :

— Je sais. Je comprends ce que tu ressens, Sunset, mais calme-toi. C'est mieux comme ça.

Rodney gémit et se retourna sans trop de difficultés. Visiblement, il n'était pas gravement blessé.

— Essaie de bouger, et je le lâche sur toi, le prévint Molly.

— Et je tiendrai la main de celui qui devra l'abattre, riposta Rodney, haineux.

— Non. Parce que je le laisserai te tuer avant que qui que ce soit touche à ce cheval.

Rodney se redressa pour s'appuyer sur un genou. Aussitôt, Sunset recommença à renâcler.

— Bon Dieu ! retiens-le, s'écria Rodney en se laissant retomber sur le dos.

— Je me sens de plus en plus faible, le menaça-t-elle. Alors, tiens-toi tranquille, parce que je n'aurai pas la force de maîtriser Sunset.

Soudain, elle crut entendre un grondement sourd dominer celui de l'incendie. Avant même qu'elle puisse l'identifier, la voix de Jake lui parvint :

— Molly ! Grands dieux !

Elle tourna la tête, mais, déjà, il sautait de son cheval dans un nuage de poussière. D'un seul élan, il se précipita vers l'enclos, franchit la clôture et la prit dans ses bras. Sunset poussa un petit hennissement et se contenta de s'écarter légèrement.

— Seigneur ! Tu saignes. Tu es blessée ! Tu as une plaie à la tête !

— Il m'a frappée avec une pierre.

Molly allait ajouter que ce n'était rien lorsque Rodney se redressa sur les genoux.

— Ordure ! tonna Jake en relâchant Molly.

Puis il empoigna Rodney par le col et le secoua comme s'il n'était qu'une poupée de chiffon.

— Je jure devant Dieu que je vais te tuer ! Tu es un homme mort, Wells.

Ce dernier voulut envoyer son poing dans la figure de Jake, mais ne fit que lui effleurer la joue. Jake, en revanche, lui balança un direct au visage qui l'expédia contre la clôture. Jamais Molly ne lui aurait prêté une force capable de transformer en fétu de paille un homme de la carrure de Rodney.

— Mon nez, gémit Rodney. Bougre de salaud ! Tu m'as cassé le nez !

— Je vais te réduire en bouillie, riposta Jake, les muscles bandés, le visage crispé par la rage.

— Jake, non ! s'écria Molly.

Sourd à ses cris, il s'avança vers Rodney, le décolla de terre en le saisissant par les revers de sa veste, et commença à lui taper la tête contre la clôture. Vainement, Molly essaya de le retenir par le bras.

— Misérable ordure ! articula-t-il en frappant Rodney à l'estomac. Ne pose plus jamais tes sales pattes sur ma femme ! Ne t'avise même pas de la regarder, tu m'entends ?

Alors que Molly sentait la panique l'envahir devant un tel déchaînement de fureur, Hank surgit soudain, sauta sur le dos de son frère et lui tira les bras en arrière.

— Arrête, Jake ! Il n'en vaut pas la peine. Laisse-le à la justice.

— Lâche-moi, bon Dieu ! Il a blessé ma femme !

— Il ne l'a pas tuée, Jake.

Avec une charge de cent kilos sur le dos, Jake commençait à manquer d'air. Mais il continuait à fixer un regard brûlant de rage sur Rodney, avachi sur le sol, un bras en travers de l'estomac.

— Regarde-le, fit Hank, il n'en peut plus. Si tu frappes un homme à terre, tu t'en voudras.

— Laisse-moi le massacrer, bon sang ! Il n'a eu aucune pitié pour Sunset. Il a assommé *ma femme* avec une pierre.

Molly agita la main devant les yeux de Jake.

— Regarde. Ça va. Je n'ai qu'une bosse.

Jake lui lança un bref regard qui suffit à modérer un peu l'éclat sombre de ses yeux.

— Personne ne touche à ma femme!

— Il le paiera, lui assura Hank. Ne prend pas le risque d'aller en taule pour ce minable.

Jake fit une nouvelle tentative pour se débarrasser de son frère, puis, brusquement, cessa de se débattre. Molly vit dans son regard qu'il retrouvait son sang-froid.

— Descends de ton perchoir, petit frère, avant que je te flanque une raclée.

Hank sourit à Molly, et s'exécuta.

— Essaie de te contrôler un peu mieux, frangin, dit-il en tapotant l'épaule de Jake. Tu risques d'avoir des ennuis un de ces jours.

Jake se redressa, fusilla Rodney du regard, puis lui envoya de la poussière dans la figure en jurant entre ses dents. Molly faillit rire quand Rodney, pris d'une quinte de toux, recracha la poussière.

— C'est ton jour de chance, déclara Jake à son ennemi. Comme je n'ai aucune envie d'aller en prison à ta place, je te laisse la vie sauve.

Puis il s'approcha de Molly, la tâta délicatement pour s'assurer qu'elle n'avait rien de cassé.

— Ça va, Jake, affirma-t-elle. Je t'assure.

Ce qu'elle découvrit soudain en cherchant son regard la laissa médusée. Ses yeux bleus étaient baignés de larmes. Sa mâchoire se contracta quand il examina la plaie au sommet de sa tête.

— Il aurait pu te fracasser le crâne, fit-il d'une voix assourdie par l'émotion.

— Mais ça n'est pas arrivé, Jake, murmura-t-elle. Sunset et moi, nous avons gagné.

Jake la prit par la taille et l'attira contre lui. Elle sentit son cœur battre à grands coups, son corps trembler, et elle comprit à quel point il l'aimait. Les yeux fermés, elle appuya la joue contre son torse et goûta la perfection de cet instant.

Puis elle redescendit brutalement sur terre en entendant le grondement de l'incendie.

— Ta maison, Jake... Je suis tellement désolée. Je ne t'ai créé que des ennuis...

Il la serra plus fort encore sans accorder un seul regard au ranch en flammes.

— Sûrement pas, ma Molly, lui murmura-t-il avant d'ajouter : Sais-tu combien je t'aime ?

Oh, oui, elle le savait ! Dressée sur la pointe des pieds, elle glissa ses bras autour du cou de son mari.

— Moi aussi, je t'aime. Mais ce fou a tout détruit.

— Pas tout, la rassura-t-il. Loin de là. Nous sommes ensemble, mon cœur, et rien ne peut nous abattre vraiment.

Sunset poussa un petit hennissement. Molly tourna la tête et vit qu'il reniflait la manche de Jake. Celui-ci eut un rire moqueur, puis tendit le bras pour prendre la bride de l'étalon.

— Alors, tu as fini par m'accepter ? lui dit-il. Allez, viens manifester ton amour à Molly.

Sunset vint renifler les vêtements de Molly, puis ses cheveux. Elle sourit, malgré elle. Jake avait raison : tout n'était pas perdu. Ils étaient là, l'un pour l'autre, et puis il y avait Sunset.

Avec de l'amour, tout était possible. Tous trois formeraient une équipe gagnante. Sunset reprendrait le chemin des champs de courses, ce que le feu avait détruit pouvait être reconstruit, et elle allait enfin entrer en possession de son héritage.

Elle pivota entre les bras de son mari, et, le dos appuyé contre son torse, contempla les pâturages et les forêts qui, au-delà du ranch en feu, s'étendaient jusqu'à l'horizon. Il y aurait toujours de l'herbe pour les chevaux, du bois pour reconstruire la maison, de l'espace pour les jeux des petits Coulter qui naîtraient un jour. Molly se jura qu'ils grandiraient ici, sur ces terres où leur père aurait finalement réalisé son rêve.

Elle redressa les épaules et respira profondément. À la petite voix qui lui avait si souvent demandé : « Qui es-tu, Molly ? Où es-tu ? », Molly Sterling Coulter pouvait désormais répondre.

ÉPILOGUE

Sept mois plus tard

Les flocons de neige dérivaient doucement dans le crépuscule gris-bleu, portés par le vent. Toute la magie de Noël enveloppait la forêt où Jake s'enfonçait en tirant sur un traîneau sa femme enceinte. Depuis un bon moment déjà, il cherchait « l'arbre parfait » mais, lorsqu'il jeta un coup d'œil à sa montre, il commença à s'inquiéter. Si sa quête devait encore se prolonger, jamais ils ne seraient de retour à la maison pour accueillir leurs invités. Malheureusement, il ne pouvait le dire à Molly, sans gâcher la surprise qu'il voulait lui faire.

Avec un soupir de résignation, il poursuivit son chemin, enneigé jusqu'aux genoux. La corde du traîneau lui sciait l'épaule et il avait les jambes en compote.

— Que penses-tu de celui-ci ? demanda-t-il en désignant un petit sapin.

Molly examina l'arbre d'un œil critique, puis secoua la tête.

— Non. Il est trop tassé.

Le précédent était trop large, et Jake repartit en se demandant s'il existait sur terre un arbre de Noël aux proportions parfaites. Au bout de quelques minutes, il s'arrêta pour souffler.

— Tu commences à être fatigué, observa Molly d'une voix inquiète. Je savais que ce n'était pas une bonne idée de m'emmener avec toi. Laisse-moi ici. Je vais rentrer à pied. Un peu d'exercice me fera du bien.

— Pas question. La neige est trop haute, tu risques de tomber et de te faire mal.

— Je ne suis pas en verre, et le bébé non plus. La neige ne me fera pas plus de mal qu'un oreiller.

— Tu pourrais heurter une souche. Ou une grosse pierre. De toute façon, je ne suis pas si fatigué que ça.

— Si, tu l'es. Laisse-moi au moins marcher un peu, Jake. Ensuite, je remonterai sur le traîneau.

Il la regarda, les yeux plissés.

— Tu m'avais promis de ne pas discuter. Quand il s'agit de la sécurité de ma femme et de mon fils, je ne veux prendre aucun risque.

Espérant la distraire, il jeta un regard circulaire sur les conifères les plus proches.

— Tu en vois un qui te plaît ? demanda-t-il.

Molly hésita.

— Tu sais quel est le problème ? dit-elle finalement. Tous ces arbres sont trop beaux. Chez un pépiniériste, dix minutes me suffisent pour choisir. Ici, je n'arrive pas à me décider.

— Donnez le choix à une femme, elle ne saura plus où elle en est, c'est bien connu.

— Je te répondrai que la plupart des hommes ignorent ce qu'est la symétrie, riposta Molly avant de lui tirer la langue.

Jake éclata de rire et alla se pencher sur elle pour lui voler un baiser.

— Ça fait combien de temps que je ne t'ai pas dit « Je t'aime » ? murmura-t-il.

— Vingt minutes. J'ai l'impression que tu me négliges.

Un deuxième baiser, plus ardent que le premier, poussa Molly à passer les bras autour du cou de son mari. Incapable de résister à cette invite, il se laissa tomber sur le traîneau à côté d'elle et la prit sur ses genoux. Quand leurs lèvres se séparèrent, ils demeurèrent un moment perdus dans la contemplation de la nature environnante, frappés l'un et l'autre par la beauté de ce paysage dont ils ne se lassaient pas.

Molly laissa échapper un soupir heureux.

— J'ai encore du mal à croire que tu aies réussi à reconstruire la maison à temps. Pour notre premier Noël ensemble, nous allons pendre la crémaillère. Je vois déjà l'arbre illuminé dans le séjour décoré de guirlandes.

Jake, lui, voyait la pièce illuminée par le sourire de Molly.

— Merci, Jake, reprit-elle doucement.

— Merci pour quoi ? s'étonna-t-il.

— Pour avoir tant travaillé afin que la maison soit finie.

— Je ne me voyais pas ramener notre fils dans la petite maison. Et je savais qu'il valait mieux que tout soit terminé avant la trêve de Noël.

Molly soupira de nouveau et se pressa plus étroitement contre lui.

— Laisse-moi quand même te remercier. Grâce à toi, la fin de ma grossesse sera un vrai rêve.

Jake perçut une pointe de tristesse dans sa voix et n'en fut pas surpris. Il savait que quelque chose d'important manquait encore à sa vie.

— Je n'aurais jamais réussi sans l'aide de Hank et de nos hommes. Et toi aussi, tu as apporté ta contribution en confectionnant les coussins et les rideaux avec maman et Bethany.

— Ce n'était pas bien difficile. Nous étions assises. Tandis que vous...

Il avait en effet accompli un travail surhumain pour accueillir dignement son enfant, prévu pour le mois de février. Mais le jeu en valait la chandelle et, toutes ces heures harassantes, il ne les regrettait pas.

— Après les fêtes, nous nous attaquerons à la décoration de la chambre du bébé, promit-il. J'imagine déjà le berceau. Il ressemblera à l'arche de Noé.

— Tu plaisantes ? pouffa Molly.

— Je croyais que c'était une bonne idée.

— Mais oui, tu as raison ! Il vaut mieux qu'un enfant destiné à vivre dans un ranch soit habitué aux animaux dès son plus jeune âge. Oh, Jake !

Ce berceau sera magnifique, j'en suis sûre. Avec toi, tous mes rêves se réalisent.

Jake jeta un coup d'œil à sa montre. Il était près de 17 heures et, à moins d'un accident sur les cols enneigés, le plus beau cadeau de Noël de sa femme allait bientôt arriver.

— Tout s'annonce bien, non ? remarqua-t-il, masquant son incertitude momentanée.

Molly resta un instant silencieuse dans ses bras avant de répondre d'un ton où la gaieté semblait un peu forcée :

— Oui, Jake, absolument.

Il sourit. Molly était incapable d'avouer que son bonheur ne pourrait être complet tant qu'elle n'aurait pas renoué des relations affectueuses avec une certaine personne. Quelle femme se moquerait de ne pas avoir sa mère à ses côtés, le jour de la naissance de son premier enfant ?

Le procès de Rodney avait été une rude épreuve pour Molly. Ce n'était pas le cœur léger qu'elle avait témoigné contre son ex-mari. Un témoignage qui avait valu à Rodney deux condamnations : l'une à vie, l'autre à une peine de quarante ans de prison. Le système judiciaire étant ce qu'il était, ce salaud serait probablement libéré au bout de quelques années. Mais ce n'était pas ce qui tracassait Jake, dans la mesure où il ne pouvait rien contre ce genre d'injustice.

Ce qu'il refusait d'accepter, c'était l'absence de communication entre Molly et sa mère adoptive. Au cours du procès, il était apparu que Jared Wells, le père de Rodney, avait soupçonné son fils d'activités illégales, mais sans en prendre toute la mesure. Comme beaucoup d'autres pères l'auraient fait à sa place, il avait fermé les yeux en se disant que Rodney finirait par subir les conséquences de ses actes, sans dommage pour les autres.

Il s'était trompé, et son erreur de jugement avait entraîné la mort de son meilleur ami et associé, et l'internement de Molly. Jared Wells portait maintenant, et à jamais, le poids de sa culpabilité. Au tribunal, il avait été incapable de regarder Molly en face, persuadé qu'elle le méprisait et ne lui pardonnerait jamais. Quant à Claudia, par loyauté et par amour pour Jared, elle était restée à ses côtés, mais son regard n'était que chagrin et regrets mêlés.

Devant un tel gâchis, Jake avait décidé d'agir. Curieusement – ou tout simplement parce qu'elle avait été élevée par une femme exceptionnelle –, Molly n'en voulait pas à Jared d'avoir protégé son fils. Quel père digne de ce nom dénoncerait son fils à la police sans s'arracher le cœur ? Quel père peut soupçonner chez son fils un traître et un assassin en puissance ? Jared Wells était un homme normal, sans aucune mauvaise intention, ce que Jake avait compris dès qu'il l'avait eu au bout du fil.

Non, à part Rodney, Molly n'en voulait à personne. Mais elle pensait que Claudia et Jared lui reprochaient d'avoir envoyé Rodney en prison, et d'avoir manifesté sa joie – ce qui était compréhensible – à l'annonce du verdict. Mais si elle se refusait à faire le premier pas, Jake devinait que c'était par crainte d'un rejet. C'en était au point qu'elle n'était même pas allée à Portland occuper la place qui lui revenait. Or, tant qu'elle n'aurait pas pris la suite de son père, elle ne serait pas elle-même. Jake le savait et tenait à ce qu'elle consacre six mois de l'année à cette entreprise qui était l'œuvre de son père. Ce n'était pas uniquement l'héritage de Molly qui était en jeu, mais aussi l'avenir de leurs enfants auxquels cet héritage devait revenir un jour.

Et puis Jake supportait mal de voir trois personnes incapables de s'avouer qu'elles s'aimaient encore. Il était grand temps pour elles de crever l'abcès et d'aller enfin de l'avant. Molly et Claudia, surtout, avaient besoin de se retrouver. Un enfant allait naître, et Jake n'entendait pas priver son fils de sa grand-mère.

Il avait donc pris l'initiative de téléphoner à Claudia et insisté pour que Jared et elle viennent passer une soirée au ranch avant Noël. Elle s'était finalement laissé convaincre que Molly n'avait aucun grief contre elle. De toute façon, si, pour une raison ou une autre, l'atmosphère devait se révéler pesante, l'expérience ne serait pas renouvelée.

— Tu as l'air tendu, remarqua soudain Molly en frottant le bras de Jake. Quelque chose te tracasse ?

Il priait pour qu'enfin un bruit de moteur lui parvienne de la route. Si un accident était survenu, la réunion familiale dont il attendait tant serait peut-être définitivement impossible. Quant à Molly, elle serait bien capable d'accoucher prématurément, et il préférait ne pas y penser.

— Non, ma chérie. Qu'est-ce qui pourrait me tracasser ? L'assurance a marché. La maison et les écuries sont reconstruites. À la vente aux enchères de l'automne, nous avons fait des bénéfices. Et par-dessus le marché nous allons avoir un beau petit garçon. Jamais je n'ai été aussi heureux.

À cet instant, un sourire radieux illumina le visage de Molly.

— Jake, regarde ce sapin. Il est superbe !

Jake suivit son regard. Mais l'arbre était si haut qu'il se sentit aussitôt découragé.

— Ma chérie, cet arbre doit faire trois mètres de haut.

— Nos fenêtres sont hautes également. Si on installe un petit arbre devant, il aura l'air tout rabougri.

Bien décidé à faire de leur premier Noël ensemble un événement inoubliable, il soupira, mais prit sa scie et alla se mettre au travail. Quelques minutes plus tard, le sapin touchait le sol avec un bruit mat.

Molly abandonna le traîneau et aida Jake à y fixer l'arbre à l'aide de cordes, puis ils reprirent le chemin du ranch.

— Si tu n'es pas trop fatiguée, Molly, nous pourrions peut-être commencer à décorer ce monstre après le dîner.

— Je ne serai pas trop fatiguée, affirma-t-elle. Je me suis contentée de me laisser traîner. C'est toi qui as tout fait.

Ils atteignaient la rivière, quand il aperçut une Buick beige qui approchait du ranch. Dès que le traîneau eut franchi le cours d'eau sur les planches qui servaient de pont, Jake s'arrêta et se tourna à demi vers Molly.

— Je crois qu'on a de la visite.

Elle leva la tête et regarda en direction du ranch à travers le rideau de neige. Quand elle aperçut la femme svelte qui sortait de la Buick, elle blêmit, les yeux arrondis de stupeur. Jake redoutait déjà d'avoir commis une erreur lorsqu'elle poussa finalement un petit cri de joie.

— C'est ma mère ! Jake, maman est là !

— En effet.

Elle l'interrogea un instant du regard, puis, sans prévenir, se jeta à son cou.

— C'est toi qui l'as appelée ! Oh, Jake, merci ! Je t'aime. Je t'aime. Tu es le plus merveilleux des maris.

Sur ces mots, elle s'arracha à ses bras pour s'élancer vers le ranch. Il voulut la retenir de crainte qu'elle ne fasse une chute, puis y renonça. De ce côté de la rivière, elle ne risquait plus guère de rencontrer une souche ou une roche sur son parcours.

Pour une femme alourdie par la grossesse, elle courait avec une agilité surprenante. Ralenti par le traîneau, lui-même avançait beaucoup plus lentement, et s'en félicita. Ainsi, il ne gênerait pas Molly et Claudia à l'instant de leurs retrouvailles.

Hank sortit de la grange quand il vit son frère approcher. Amusé, il regarda Molly se jeter dans les bras de sa mère, puis il adressa à Jake un clin d'œil complice.

— Tu seras son héros pendant au moins un mois.

— Je n'ai fait que mettre la machine en route.

— Tu veux que j'aille leur sortir une pile de serviettes-éponges ?

— Pour quoi faire ?

— Eh bien ! Pour qu'elles épongent leurs larmes. Ça va être l'inondation, prédit Hank en souriant. Tu n'as pas remarqué que, ces derniers jours, Molly se transformait en fontaine à volonté.

— Les femmes enceintes pleurent facilement. C'est une question d'hormones.

— Hier, quand je lui ai fait remarquer qu'elle avait un ventre énorme, elle a éclaté en sanglots. J'étais embêté, j'ai voulu me rattraper en essayant de la consoler, mais je n'ai fait qu'aggraver les choses.

— Elle se trouve horrible en ce moment. Ce doit être normal à ce stade de la grossesse.

— Elle n'est pas horrible ! Je trouve mignon sa façon de marcher en se dandinant. Elle a l'air d'un canard.

— Hank, je te conseille de ne pas dire ça devant elle ! Elle ne s'en remettrait pas.

— Tu me prends vraiment pour un imbécile ?

— Oui.

Le bruit des sanglots s'accentuant, Jake tourna la tête. L'émotion le saisit lorsqu'il constata que Jared s'était joint aux deux femmes. Le trio s'étreignait. Molly, la joue contre l'épaule de sa mère, tenait Jared par le cou. Même à distance, la joie se lisait sur son visage.

Jake se sentait immensément heureux.

À cet instant, Claudia prit le visage de sa fille entre ses mains avec une tendresse bouleversante et il se souvint de ce jour où Molly lui avait avoué qu'elle n'était pas certaine d'exister encore.

Il l'avait rassurée en lui certifiant que la vraie Molly ne s'était pas évaporée. Elle avait simplement besoin de se redécouvrir, et cette réunion familiale représentait la dernière étape de ce processus. Les souvenirs d'enfance remonteraient à sa mémoire, les liens qui se renouaient lui rendraient son identité et lui apporteraient la certitude d'être aimée, depuis toujours, profondément et sans réserve.

La gorge nouée, il était fier d'être à l'origine de ces retrouvailles, même s'il ne doutait pas qu'elles auraient fini par avoir lieu, avec ou sans lui. Quel plus beau cadeau aurait-il pu offrir à sa femme ?

Molly dut sentir son regard posé sur elle, car elle se retourna et lui adressa un sourire lumineux. Aussitôt, il lâcha la corde du traîneau et s'avança vers elle. S'arrachant à l'étreinte de ses parents, elle se précipita à sa rencontre.

Quand il la prit dans ses bras, elle renversa la tête en arrière et il la laissa lire au fond de ses yeux un message silencieux.

Devant son sourire, il sut qu'elle avait compris : pour lui, elle était et resterait à jamais la plus belle femme du monde.

Découvrez les prochaines nouveautés
des différentes collections J'ai lu pour elle

AVENTURES
& PASSIONS

Le 22 août

Inédit **_Le clan Campbell - 2 - Le proscrit_** ☙

Monica McCarty

Patrick McGregor a été chassé de ses terres et les membres de son clan, tels des hors-la-loi, doivent vivre cachés. Aucun doute sur l'identité des coupables, ce sont les Campbell, ses ennemis jurés ! Pour assouvir sa vengeance, Patrick est prêt à épouser Elizabeth Campbell, la fille de son rival. Mais encore faut-il gagner la confiance de la belle et l'attirer dans un piège… Or, tel est pris qui croyait prendre : désarmé face à la sublime Elizabeth, Patrick aspire à bien plus qu'une revanche…

Inédit **_Les archanges du diable - 4 - Rien que la passion_** ☙ **Anne Gracie**

Brillant diplomate, Nash Renfrew rentre en Angleterre pour prendre possession de Whitethorne Manor, dont il a hérité. Victime d'un accident, il est recueilli par Maddy Woodford, une jeune fille démunie, qui vit entourée de ses frères et sœurs. Avec dévouement, elle le soigne. Mais Nash, conscient de l'avoir compromise, lui propose le mariage. Par sens du devoir, car Maddy est loin d'être l'épouse à laquelle rêve un homme de son rang…

Plaisirs interdits ☙ **Eloisa James**

Ah, les plaisirs de l'amour ! Quentin Dewland doit s'y résoudre, ce ne sera plus que de lointains souvenirs. Depuis un accident, il ne peut plus effectuer d'effort physique, sur ordre de son médecin. Dépité, Quentin se condamne au célibat. Pourtant, quand il rencontre Gabrielle, il est déterminé à la conquérir. Tant pis pour ses migraines, il la mettra dans son lit !

Le 29 août

Inédit *Les secrets - 2 - Une nuit, encore* ☙

Anne Mallory

Tout ce qu'il désire, lord Roman Merrick l'obtient. Depuis plusieurs jours, il y a justement une chose qu'il brûle de posséder : Charlotte Chatsworth. D'une beauté à couper le souffle, elle a aussitôt retenu son attention. À tel point que Roman est prêt à tout pour l'avoir dans ses bras. Jusqu'à s'engager dans une partie de cartes contre le père de Charlotte, dont l'enjeu est la jeune femme...

Inédit *Les amants de Londres - 1 - L'affront* ☙

Lorraine Heath

Morgan Lyons, le comte de Westcliffe, ne peut pardonner le moindre affront qui lui est fait. Quand il découvre Claire, sa jeune épouse, dans les bras de son frère, ivre de rage, il l'envoie vivre à la campagne. Mais trois ans plus tard, Claire revient à Londres. Fort troublé, Morgan a face à lui une femme déterminée à le reconquérir...

Cœur de rubis ☙ **Candice Hern**

De retour en Angleterre, Richard Mallory découvre le domaine familial au bord de la ruine et son grand-père à l'agonie. Seule solution pour sauver sa famille : récupérer un bijou familial, volé il y a cinquante ans. Et ce, avant la mort du patriarche ! À Londres, il se rend dans l'un des bals les plus prisés et découvre le cœur de rubis... porté par la ravissante lady Weymouth.

Le 22 août

Passion intense

Des romans légers et coquins

Inédit **Protections rapprochées - 1 -**
Magnétisme fatal ☙ **Lisa Marie Rice**

Nicole Pearce n'a pas une minute à elle entre un père malade et la création de sa société. C'est à peine si elle a pu faire connaissance avec son nouveau voisin. Et c'est bien dommage car Sam Reston est un pur canon ! Néanmoins, la situation va vite évoluer quand Nicole devient la cible d'une sombre conspiration dont seul Sam et sa garde (très) rapprochée peuvent la protéger.

Inédit ***Carrément hot*** ☙ **Erin McCarthy**

Les rituels de séduction des pilotes de stock-car, le parfait sujet pour une thèse de socio ! Imogen Wilson va devoir côtoyer de (très) près le monde des courses automobiles si elle veut rendre un travail disons... authentique. Justement, Ty McCordle, ce type qui lui tourne autour, travaille dans le milieu. Trente-trois ans, pilote professionnel, sexy à souhait... Quoi de mieux qu'allier théorie et pratique ?

Le 22 août

PROMESSES

Inédit **_Les chroniques de Virgin River_ - 4 - _Nouveau départ_** ∞ **Robyn Carr**

À Virgin River, la vie suit son cours. Dans cette charmante communauté se nouent de fortes amitiés, comme celle de Paul Haggerty et Matt Rutledge, par exemple. Avant que Matt ne décède, Paul lui avait juré qu'il prendrait soin de sa femme, Molly, et de l'enfant qu'elle portait. Aujourd'hui, plus présent que jamais au côté de la jeune veuve, Paul est fidèle à sa promesse. Fidèle également à l'amour secret qu'il lui voue depuis toujours…

Le 22 août

CRÉPUSCULE

Les Highlanders - 7 - _La vengeance de McKeltar_ ∞

Karen Marie Moning

Pour rendre service, Jessi Saint-James accepte de récupérer un colis en pleine nuit, à l'université d'archéologie. À première vue, il s'agit d'un miroir ancien. Dans un déluge de magie, en surgit un immense guerrier celte à la beauté féline. Durant onze siècles, Cian McKeltar est resté prisonnier du miroir et n'aspire plus qu'à se venger de son bourreau, qui pourrait anéantir l'univers. Jessi est la première menacée. Cian lui offre alors sa protection en échange de vingt nuits de plaisir…

Et toujours la reine du roman sentimental :

Barbara Cartland

« Les romans de Barbara Cartland nous transportent dans un monde passé, mais si proche de nous en ce qui concerne les sentiments.
L'amour y est un protagoniste à part entière : un amour parfois contrarié, qui souvent arrive de façon imprévue.
Grâce à son style, Barbara Cartland nous apprend que les rêves peuvent toujours se réaliser et qu'il ne faut jamais désespérer. »

Angela Fracchiolla, lectrice, Italie

Le 29 août
La revanche de l'amour

6214

Composition
INTERLIGNE B-LIÈGE

Achevé d'imprimer en Italie
par GRAFICA VENETA
le 11 juin 2012.

1er dépôt légal dans la collection: novembre 2002.
EAN 9782290056264

ÉDITIONS J'AI LU
87, quai Panhard-et-Levassor, 75013 Paris

Diffusion France et étranger : Flammarion